«PANDORA»

Della stessa autrice
(anche in ebook)

TUTTO QUELLO CHE SO DI NOI

ROWAN COLEMAN

ORA E PER SEMPRE

Traduzione di Susanna Decio

Sperling & Kupfer

I personaggi di quest'opera sono fittizi e qualsiasi somiglianza con persone reali, esistite o esistenti, è puramente casuale.

La citazione iniziale è tratta da Emily Dickinson, *Poesie*, Giulio Einaudi Editore, Torino 2023.
La citazione di Robert Browning all'inizio della parte quinta è tratta da *Noi siamo bellissimi*, Maria Rita Parsi, Mondadori, Milano 2023

Pubblicato per

Sperling & Kupfer

da Mondadori Libri S.p.A.

ISBN 978-88-200-7904-8

I Edizione settembre 2024

Anno 2024-2025-2026 - Edizione 1 2 3 4 5 6 7 8 9 10

Per Noah Peter Devitt Brown
23 aprile 2003 – 8 agosto 2022

«Se non potevo fermarmi per la morte
Lei gentilmente si fermò per me
La carrozza portava noi soltanto
E l'Immortalità.»

Emily Dickinson

XII

Le ore volano,
I fiori muoiono:
Nuovi giorni,
Nuove vie:
Se ne vanno!
L'amore resta.

Henry van Dyke

1

QUANDO accade, è quasi come un ricordo, o la prova generale di un ricordo. Come qualcosa che ho già mezzo immaginato centinaia di volte. Non del tutto reale, non del tutto vero, ma immutabile.

«C'è qualcuno con te?» chiede. Dieci minuti fa guardavo la pioggia fuori dalla finestra e pensavo a cosa avrei cucinato per cena, e ora per la prima volta da quando ho compiuto diciotto anni mi chiede se mi hanno accompagnato.

«No» dico. «Solo io, Doc.»

«D'accordo.» Tende un braccio oltre la scrivania e mette la mano sulla mia, per un attimo. Una piccola crepa nella facciata fredda e professionale che conosco da sempre, ma basta a dirmi tutto. «Non ho buone notizie, Ben. Come sai dalle terapie precedenti, l'aneurisma è uno dei sintomi della sindrome di Marfan. Negli ultimi anni abbiamo già dovuto affrontarne alcuni. Ma i recenti esami ne mostrano uno nuovo, nel cervello, proprio accanto al tronco encefalico. È piuttosto grande, ha un diametro di cinque centimetri, ed è la causa dei tuoi mal di testa e del peggioramento della vista.»

Mi rendo conto che sto per affrontare il peggior momento della mia vita, ma non provo nulla. Mi sembra che tutto avvenga al rallentatore.

«Già» ribatto, incerto. «Ma a parte quello sto bene, a dire il vero. Non è che ho esagerato un po'?» Lei non risponde, e la sento deglutire. «Allora, potete operare anche questo, no? O metterci un palloncino?»

La dottoressa Patterson scuote appena la testa.

«Temo che la posizione dell'aneurisma renda estremamente pericoloso tentare di intervenire come faremmo di solito, e le probabilità di guarigione completa sono forse del tre per cento. È molto più probabile che tu non sopravviva all'operazione, o che riporti gravi danni cerebrali. Ecco perché non posso, in coscienza, raccomandare questa linea d'intervento. Se ci limiteremo a mitigare i sintomi, la qualità della vita che ti rimane sarà buona.» Resta in silenzio per un momento, le sopracciglia aggrottate, poi mi guarda negli occhi. «Avrai comunque dei sintomi, ma non saranno debilitanti. Potrai goderti il resto della vita, purtroppo però con ogni probabilità non sarà molto lunga.»

«Quanto si intende con "non molto lunga"?» le chiedo lentamente, in attesa che le sue parole si incarnino in una realtà tangibile, da toccare e sentire.

«Viste le dimensioni e l'estrema pressione sul vaso sanguigno, la rottura potrebbe avvenire nel giro di qualche mese, di qualche settimana, o...» Esita. «Potrebbe essere questione di giorni, Ben. Non c'è modo di prevedere il momento esatto. Quando accadrà, probabilmente sarà molto veloce, non sperimenterai dolore e sofferenza prolungati.»

«Il lato positivo.» Un tuono rimbomba fuori dalla finestra e il suono sembra quello di ossa sbatacchiate in un sacco. Guardo le foto della maturità di sua figlia sulla scrivania, e penso a mia madre, seduta in cucina, allo stesso tavolo a cui mangiavo da bambino. A mia sorella Kitty, che fa un lavoro che l'annoia pur di poter garantire a suo figlio un tetto sopra la testa. Al mio cane, Pablo, che sonnecchia nell'ingresso e aspetta che torni al mio tavolo da disegno e al progetto quasi ultimato che farà – che avrebbe potuto fare – la mia fortuna.

«Ti prescriverò qualcosa per il dolore e la nausea» dice la dottoressa Patterson, mentre aggira la scrivania. «Non sarai più in cura da me. Un'infermiera ti contatterà con tutte le informazioni necessarie sulle medicine che dovrai prendere. Potrai accedere a ottimi gruppi di supporto e servizi di counseling. L'infermiera ti darà tutte le informazioni di cui hai bisogno. Ma io sono sempre qui. Hai il mio numero. Puoi chiamarmi e farmi tutte le domande che vuoi, dopo che avrai riflettuto un po'.»

«Grazie, Doc.» Annuisco. «Sei la migliore.»

«Buona fortuna, Ben.»

Tutte le esperienze che non ho fatto perché credevo che non fosse il momento giusto. Le donne che mi sono lasciato scappare. Le feste che mi sono perso per studiare. Non ho mai viaggiato sul serio; non ho mai ballato fino a sentire il cuore che mi scoppiava; non mi sono mai lanciato con il paracadute, non ho imparato a fare surf. Non mi sono mai iscritto a Instagram e non ho mai fatto il bagno nudo. Non mi sono mai davvero innamorato. Le serate passate da solo, a occuparmi della mia attività, perché tanto avrei avuto tutto il tempo che volevo per vivere davvero. O almeno così credevo. Non sarò mai padre.

Quando mi alzo, faccio per stringerle la mano, ma lei mi abbraccia forte. Sento che le tremano le spalle, e questo dovrebbe essere il momento in cui mi piomba tutto addosso, ma sono solo dispiaciuto per lei. Sono dispiaciuto per questa donna brillante a cui probabilmente importa di me più del dovuto.

«Scusami.» Fa un passo indietro e si rassetta la gonna. «Non molto professionale.»

«Non scusarti perché tieni a me. Ci conosciamo da un sacco di tempo» rispondo. «Grazie. Grazie di tutto.»

Esco dall'ospedale, e mi ritrovo negli ultimi capitoli della mia mediocre vita. Alzo il volto verso la pioggia, lascio che mi scorra addosso, che si infili sotto il colletto e che mi goccioli gelida lungo la schiena. Pioggia, non lacrime.

Il fatto è che ero convinto di essere a metà, non alla fine. E adesso? Adesso sono completamente disorientato.

«Piove sempre sul bagnato, eh?» borbotta un'anziana signora accanto a me mentre cerco riparo all'interno della stazione. Ha un cappello impermeabile trasparente legato sotto il mento, il volto segnato dalla vita e gli occhi che brillano per quello che ancora la aspetta. «Sarà meglio che tu vada a casa ad asciugarti, giovanotto, o ti prenderai un malanno.»

Rido. La stazione si riempie di vapore, sempre più gente entra in cerca di riparo dalla pioggia. Nelle pozze d'acqua scrollata in fretta dagli ombrelli, vi è il riflesso delle lampade sopra le nostre teste.

«Ha bisogno di una mano con le borse?»

«No, che vuoi che sia» ribatte lei. «Ho il mio carrellino, vedi? Ora vai a berti qualcosa di caldo, che sei bianco come uno straccio.»

«Ci stavo proprio andando» rispondo, e alzo lo sguardo verso il tabellone dei treni in partenza. Lo zaino mi pesa sulle spalle, pieno dell'occorrente per la notte, in caso dovessi farmi ricoverare in ospedale senza preavviso.

Studio il tabellone e vedo che il prossimo treno per Hebden Bridge parte tra cinque minuti. Penso a mia madre, seduta da sola al tavolo della cucina, che legge un libro e beve un caffè. A mia sorella Kitty, che lavora al garage, o che forse ha il giorno libero e lo sta passando con Elliot, mio nipote. Tutti completamente ignari di come sto per sconvolgere le loro vite. E penso a tutte le questioni che dovrò sistemare: la mia attività di ingegneria ottica, il progetto quasi finito a cui ho dedicato anni, le bollette da pagare, la passeggiata che ho promesso a Pablo prima di uscire. Cose che pensavo potessero attendere un paio d'ore, prima che un paio d'ore sembrassero così preziose. Non ho idea di come farò.

Sul tabellone, il treno sopra il mio inizia a lampeggiare, l'ultimo avviso per i passeggeri. Un treno diretto per Londra, dove non conosco nessuno e non sono mai stato, che parte tra tre minuti.

Sento un impulso improvviso. Forse è paura, forse desiderio. So solo che ho bisogno di uscire dalla mia pelle per poter pensare. Per poter *sentire*.

Mi metto a correre, salto sul treno per Londra proprio mentre le porte si stanno chiudendo e mi lascio cadere nel primo posto libero che trovo. Per la prima volta in vita mia non ho un piano, ed è terrificante.

2

SOGNO questo momento praticamente da tutta la vita. E ora che è arrivato, ho una paura folle che andrà tutto storto. Dall'altra parte dell'enorme portone dorato in stile rococò mi giunge il suono di conversazioni animate e il tintinnio delle flûte di champagne. Al di là della porta c'è quella che un tempo era la sala da ballo di una delle dimore più lussuose e alla moda di Londra, che ora ospita la Collezione Bianchi, dal nome della ricca vedova che ha lasciato in eredità la casa e tutto ciò che conteneva ai cittadini di Londra. Il luogo in cui lavoro per gran parte della giornata. Praticamente ci vivo. Il luogo a cui ho affidato le mie fragili speranze. E se dovessero di nuovo ridursi in polvere, allora finalmente saprò di dover smettere di *cercare la fine*. Dopodiché, non riesco a immaginare cosa accadrà.

L'opulenta sala da ballo con i suoi specchi dalle cornici dorate è piena zeppa dei grandi, dei buoni e dei meno buoni prodotti del mondo dell'arte e dei musei, che si rispecchiano, eterei, sui pavimenti lucidi. Come in cielo, così in terra. Sono qui per l'anteprima della mostra che ho impiegato anni a portare alla Collezione. Finalmente, i ritratti di Leonardo da Vinci sono arrivati.

«Stai entrando, Vita?» Anna, la mia capa, mi sorride. «Stai benissimo, tra l'altro. È un Dior autentico?»

«Questo straccetto?» Indico l'abito vintage anni Cinquanta in tulle e seta grigio tortora che mi dona come se fosse stato creato per me. «Che posso dire? Era lì appeso in casa a prendere polvere.»

«Com'è che in casa hai così tanti abiti di ogni epoca "appesi a prendere polvere"?» chiede Anna incredula. «Potresti esporre il tuo guardaroba al Victoria and Albert Museum.»

«Grazie a una lunga dinastia di accumulatrici seriali» le spiego con un sorriso. «Non siamo mai riuscite a buttare via nulla.»

Anna mi prende una mano.

«Sei nervosa? Ti aggiri qua fuori come Cenerentola» mi dice. «Lo sai che hai il permesso di andare al ballo, vero tesoro? È la tua festa. Sei tu la Principessa. Noi siamo qui solo per ammirare a bocca aperta i tuoi incredibili successi.»

«Hai ragione» rispondo. «È solo... troppo, capisci? Mi sembra che la posta in gioco sia troppo alta. Più di quanto mi aspettassi.»

Anni passati a organizzare e negoziare, a implorare e contrattare con i musei e le gallerie più importanti del mondo per portare quasi tutti i ritratti di Da Vinci alla Collezione per una singola mostra. Tanto lavoro e tanto tempo per arrivare a questo momento.

Anna fa un cenno di assenso: «Dopo stasera, tutta Londra conoscerà il tuo nome» promette.

Il solo pensiero mi fa rabbrividire.

«Non sono sicura che questa idea mi vada a genio» scherzo, ma solo in parte, per nascondere le mie vere paure. «Ma c'è dell'altro.» Scelgo le parole con cautela. «Ho molte domande su queste opere. E spero che avendole in custodia riuscirò finalmente a trovare delle risposte.»

«Sono sicura che la tua ricerca sarà un trionfo.» Anna mi prende per mano. «Andiamo, Principessa» dice, mentre sorride agli uscieri che aprono il portone all'unisono. «Vieni con me a scoprire le meraviglie che hai creato.»

«È stato Da Vinci a crearle» rispondo. «Io mi limito a seguire le sue orme.»

* * *

A mezzanotte gli ultimi ospiti se ne sono andati. Sono quasi sola, e accolgo con sollievo l'agognata quiete. È stata una splendida serata, un «successo strepitoso» ha detto Anna, ma non riesco a ricordare i singoli dettagli, solo un ininterrotto turbinio di sorrisi e congratulazioni, spumeggiante come lo champagne nel mio bicchiere. Ora che sono andati via quasi tutti, il museo sembra improvvisamente vigile, come se l'occasione lo avesse risvegliato dal suo sonno secolare. I ricordi sembrano prendere vita per qualche istante, appena fuori portata, come se mi bastasse girare l'angolo per sentire gli echi degli invitati che scendono lo scalone d'onore.

Mi sento nel Paese delle Meraviglie. Mi sento a casa.

«Mo, ti dispiace?» chiedo al capo della security occupato con gli ultimi controlli prima di tornare al suo ufficio nel seminterrato. «Potresti concedermi cinque minuti da sola con la mostra prima di buttarmi fuori?»

«Fai pure» dice Mo. «Solo perché sei tu.» Ha cinque figlie di cui accoglie i capricci romantici da superfan con gentilezza e dolce pazienza, e loro gli hanno trasmesso nozioni estremamente approfondite sul K-pop, su cui ama ragguagliarmi ogni volta che ci ritroviamo insieme nella sala ristoro. «Però se cerchi di svignartela con la *Gioconda* sotto il cappotto ti faccio mettere dentro.»

«Non abbiamo la *Gioconda*» gli ricordo. «Il Louvre non ha voluto separarsene per alcun motivo.»

«Tanto non mi è mai piaciuta» dice, e mi fa l'occhiolino. «Goditeli pure. Hai lavorato sodo per questa mostra, Vita. Sembri appena caduta dalle stelle.»

«Non so cosa significhi, ma lo prenderò come un complimento» rispondo.

* * *

Nel buio i dipinti brillano come gemme, illuminati in modo da sembrare sospesi in aria. Sono immagini così famose da apparire quasi scontate, eppure vederle tutte insieme non manca mai di suscitare in me un fremito di stupore e meraviglia. I loro occhi sembrano cercare i miei, le labbra socchiuse come se da un momento all'altro potessero pronunciare il mio nome.

Mi fermo di fronte alla *Dama con l'Ermellino*, al secolo Cecilia Gallerani. Eternamente capricciosa e civettuola, la favorita del Duca di Milano sapeva rallegrare qualunque compagnia con il suo spirito e la sua grazia. Poi passo a Ginevra de' Benci, la povera, pallida fanciulla immortalata alla vigilia del matrimonio con un uomo che non amava, i tratti stanchi pieni di dolore e fatica come se fosse già pronta per la morte che la portò via solo qualche mese dopo l'esecuzione del ritratto. Io almeno ho conosciuto l'amore. Lo sguardo triste di Ginevra de' Benci me lo ricorda sempre.

Sono tele sublimi, capolavori, ma non sono loro a farmi battere il cuore per l'emozione e l'affetto. L'opera che risveglia in me queste sensazioni mi attende verso la fine della mostra; il suo incarnato eburneo brilla nel buio.

La Belle Ferronnière, anche detto *Ritratto di Dama*. Un viso ovale, serio, incorniciato da capelli lisci e scuri e leggermente inclinato. Pare osservarmi mentre mi avvicino, come se mi stesse aspettando. È passato molto tempo dal nostro ultimo incontro.

Faccia a faccia, occhi negli occhi, ci scambiamo uno sguardo mentre mi interrogo sui suoi segreti. Il mondo ha scordato il suo nome centinaia di anni fa, gli storici discutono ancora sull'identità della dama. Tuttavia non è del suo nome che mi importa, ma di quello che è diventata: ogni donna disperata, colta in eterno nell'attimo tra il sorriso e il pianto. E nascosti da qualche parte, dietro quel quasi sorriso, quasi pianto, ci sono dei segreti noti solo al suo creatore.

3

AVEVO quasi sedici anni quando ho scoperto di essere nato con una rara malattia genetica.

Soffrivo da settimane di mal di testa e vista annebbiata, ma facevo finta di niente. La mamma mi aveva costretto ad andare da un oculista, che aveva suggerito una visita dal neurologo. Non ci era mai venuto in mente che potesse trattarsi di qualcosa di serio. Sul treno per Leeds non ci pensavo nemmeno. La mamma parlò per tutto il viaggio, e io facevo finta di ascoltare mentre guardavo fuori dal finestrino e pensavo alle ragazze e al calcio.

Fu allora che conobbi la dottoressa Patterson, e lei mi svelò i segreti che il mio corpo mi aveva nascosto. Sindrome di Marfan. Rara, genetica, forse ereditaria, anche se poi scoprimmo che i miei geni avevano semplicemente deciso di mutare nell'utero, nessuno riusciva a capire perché. Era il motivo per cui ero il più alto della classe, il motivo della mia miopia e delle mie articolazioni snodate. «Nulla di cui preoccuparsi» ci disse la dottoressa Patterson. Certo, doveva essere gestita e monitorata, ma ormai il novanta per cento dei pazienti viveva fino a settant'anni. Mi erano sembrati tantissimi. Lo sembrano ancora.

«E l'altro dieci per cento?» chiese mia madre.

«C'è un maggior rischio di complicazioni cardiache o di aneurisma» rispose la dottoressa Patterson. «Ma le terapie sono sempre più efficaci. Cerca di non preoccuparti. Ci prenderemo cura di te.»

«Ma allora, cosa vuol dire?» chiesi a mia madre sulla via di casa.

«Non cambia molto» rispose. «Hai sentito anche tu: il novanta per cento dei pazienti vive una vita normale. Quasi tutti. Dobbiamo solo tenerti un po' d'occhio. Cerca di non pensarci, tesoro.»

Ripresi a guardare fuori dal finestrino, e anche se tutti mi avevano detto che non c'era nulla di cui preoccuparsi, ricordo vagamente di aver pensato che qualcuno doveva pure far parte del dieci per cento di sfortunati. A qualcuno doveva andare male perché al novanta per cento potesse andare bene. Facevo un check-up ogni anno, e ogni anno era tutto a posto, e così alla fine ho smesso di preoccuparmi e la paura è svanita. Non mi è mai passato per la testa che potessi non avere a disposizione tutto il tempo che volevo per cominciare a vivere davvero; era sempre dopo aver lasciato un segno nel mondo con questa o quell'impresa che avrei alzato la testa e mi sarei guardato intorno.

Da allora sono passati quindici anni, e ora sono a King's Cross, a Londra. La sera è diventata notte. Un tizio guida una spazzatrice sulle banchine e i passeggeri vanno e vengono dalle stazioni della metropolitana, impazienti di arrivare da qualche parte. Anch'io mi sento impaziente di arrivare da qualche parte. È solo che non so dove.

Sono salito sul treno per Londra perché sapevo, prima ancora di capirlo davvero, che dovevo *fare* qualcosa, che era ora o mai più. L'istinto mi ha spinto ad allontanarmi da tutto quello che conosco. Seduto accanto al finestrino, ho spento il telefono senza leggere il messaggio di mia madre. Poi mi è venuta l'idea di sfilarmi l'orologio e lasciarlo lì. Se avessi perso la cognizione del tempo forse anche lui si sarebbe dimenticato di me, magari solo per un po'. Era un bell'orologio. L'avevo comprato il primo anno in cui la mia impresa era andata in attivo. L'ho infilato nella fessura tra due sedili e ho augurato buona fortuna a chiunque l'avrebbe trovato. Ora, ho deciso, sarebbe dovuto succedere qualcosa di *importante*.

Non è più tempo di fare le cose a metà. L'unica scusa per essere fuggito via dalla mia casa, dai miei amici e dalla mia famiglia era la necessità di fare accadere qualcosa, di provare qualcosa prima dello scoccare dell'ultimo secondo della mia vita. Non potevo permettere che l'apparecchio non testato e sconosciuto sul banco da lavoro nel capanno degli attrezzi fosse l'unica cosa che lasciavo di me stesso al mondo. Mentre il treno mi faceva sfrecciare a quasi duecento chilometri l'ora, mi è parso che il mio cuore fosse l'ago di una bussola puntato verso una speranza impossibile.

Riconosco la Post Office Tower che domina la città, relitto di un'epoca futuristica che non è mai davvero iniziata. Sembra una buona meta, e così mi avvio a passo deciso in quella direzione. Sono passate le undici, ma le strade sono ancora affollate, il traffico si ferma e riparte, le sirene suonano, i suoni bassi rimbombano da dietro le finestre chiuse. La porta di un pub si spalanca; sento uno scroscio di risate e odore di birra. Sono tentato di sentirmi come il classico bambino col naso contro la vetrina della pasticceria, che brama quello che non può avere. Ma posso averlo se voglio. Sono venuto a perdermi in questa città labirinto, fatta di miti e più domande di quante risposte esistano. Sono qui perché non voglio arrendermi. Sono qui perché cerco un modo non per morire, ma per vivere.

4

TORNARE a casa a piedi attraversando il centro di Londra nelle notti d'estate come questa è sempre un po' come camminare sospesi tra cielo e terra. Il conforto immutabile dell'abitudine si accompagna a qualcosa di sempre nuovo, continuamente inaspettato. Non credo che potrei esistere in un luogo diverso da questa città senza tempo in costante evoluzione.

Non è ancora tutto spento e l'aria pulsa di vita. La passeggiata dal Mall, dove il palazzo di Madame Bianchi fa capolino dietro l'Institute of Contemporary Arts, fino al mio rifugio a Soho è piena di colori, ricordi e così tanta storia, mia e della città, che da tempo si snodano insieme come il lento corso del Tamigi. Trafalgar Square è sempre assediata dalla calca, quindi prendo Charing Cross Road. Ci vuole un po' di più che a passare da Chinatown, ma mi piace incrociare la gente che esce dai teatri ancora euforica e inebriata dallo spettacolo che ha appena visto, ignara di camminare sopra dei tunnel segreti costruiti da aristocratici poco raccomandabili e canali sotterranei che alimentano i laghetti di templi romani ormai dimenticati. Procedo tra gruppi di colleghi che sono stati a bere qualcosa al pub dopo essere usciti dagli uffici, impegnati a scambiarsi battute e numeri di telefono; sono una di loro ma al tempo stesso sono diversa, ed è proprio questo ciò che più mi piace.

All'angolo di Wardour Street accelero un poco, felice di essere quasi arrivata, aggirando gruppi di ragazzi esageratamente avvenenti che flirtano tra di loro come se non ci fosse un domani. Una combriccola intenta a festeggiare un addio al nubilato irrompe per strada cantando a squarciagola, senza imbroccare una nota ma con grande entusiasmo.

Amo Londra con tutto ciò che resta del mio cuore.

È il primo posto in cui mi sono rifugiata, ben prima di Dominic, un faro nella notte. Londra sa essere crudele, sa essere brutale, ma è anche onesta. Mi ha salvato allora, e ha continuato a farlo.

Giro l'angolo. Se qualcuno mi stesse guardando in questo momento, potrebbe pensare che sia scomparsa tra le ombre a metà di Poland Street. Questo perché il posto in cui vivo è una specie di Narnia urbana fatiscente, e spesso per entrare bisogna spingere da parte un cassonetto industriale. Gran parte del mondo non ha neppure idea che esista.

Quando emergo dal vicolo che sbuca nel minuscolo cortile buio, vengo accolta dall'odore di pizza che aleggia nella notte e da una manciata di luci accese. Incastonata al centro dell'antico acciottolato si erge una meridiana del 1770, che non vede il sole da almeno duecento anni, da quando gran parte delle case a schiera intorno è stata abbattuta e riqualificata dagli industriosi vittoriani. Un unico lampione solitario illumina la mia anziana vicina come un occhio di bue.

«Ciao cara!» Mariah è seduta sugli scalini di fronte alla porta, con le gambe accavallate fasciate da collant color carne, intenta a fumare una lunga sigaretta e a prendere aria come se fosse sulla Costiera amalfitana e non in un vicolo di Soho, con un gin tonic ai suoi piedi. Ottantasei anni, elegante come Audrey Hepburn. «Bella serata, vero? Allora vieni a cena, cara? Ho mandato a casa le ragazze, non le volevo tra i piedi stasera.»

Le ragazze sono Viv e Marta, rispettivamente la sua badante diurna e quella notturna, che si occupano di Mariah ventiquattr'ore su ventiquattro. Marta mi saluta dalla soglia scrollando le spalle e io le faccio cenno di andare a dormire e lasciare Mariah con me per qualche ora. Succede spesso. Mariah mi è molto cara. È una delle due persone al mondo da cui non devo nascondermi, e quanto di più simile a una famiglia mi sia rimasto.

«Avevamo un appuntamento?» dico, sporgendomi dalla sottile ringhiera in ferro battuto che separa le due scalinate in pietra delle nostre case. Non avevamo alcun appuntamento, ma la memoria di Mariah è capricciosa, e a volte la proietta in avanti o all'indietro di giorni, mesi o anche anni. Le tengo dietro, mi adatto alle diverse realtà in cui si trova volta per volta; è più semplice. «È un po' tardi. È quasi l'una di notte.»

«Sciocchezze! Siamo giovani, che ce ne importa degli orari» esclama. «E tu come stai? Cosa mi hai portato?»

Frugo in una tasca e le lascio cadere delle caramelle colorate sul palmo. Lei sorride, entusiasta.

«Le terrò per dopo.»

«Cosa si mangia, Mariah? Passo da me a prendere del vino.»

«*Spaghetti hoops*, Evie. Sul toast. E per dessert, *custard*. Niente male, vero?»

«Perfetto.» Mariah mi chiama spesso Evelyn, come la donna che mi ha preceduto. Era coraggiosa, esuberante e del tutto impavida. In questo momento vorrei somigliarle di più.

«Fumo solo un'altra sigaretta» borbotta Mariah mentre entro a prendere il vino. «Poi metto su i toast.»

Casa mia è la copia perfetta di quella di Mariah, sono le ultime due villette di epoca georgiana ancora in piedi nel cortile, strette, con bovindi panciuti affacciati sul nulla. Deep Cut Yard è troppo sporca per rivestire alcun interesse storico, e troppo piccola per meritare il titolo di piazza. I nostri vicini sono retrobottega di ristoranti e uffici, e a noi va benissimo così. Mi piace il nostro angolo segreto di Londra, di cui pochissimi sono al corrente.

Entro e accendo le luci nell'ingresso, che sfarfallano lungo due rampe di scale regalandomi qualche esitante sprazzo di magia mentre illuminano decenni di disordine, quattro piani di stanze e una soffitta piene zeppe di libri e bauli di vestiti e di cappelli. Dipinti, schizzi e l'intera storia della fotografia affollano ogni centimetro delle pareti, e ogni superficie piana è ricolma di cimeli, ricordi di momenti persi nella storia.

Quando mi sono trasferita qui, dopo la morte di Dominic, ero tentata di gettare via tutto e rinnovare completamente la casa, così come avrei voluto fare con me stessa. Ma non ci sono riuscita: questa casa non è solo quattro pareti e un tetto. È ogni secondo di vita che ha ospitato. Non potrei sopportare di spazzarli via insieme alla polvere e ai topi. Questa casa è la mia fedele compagna, è lo scudo che mi infonde coraggio.

Lascio cadere la borsa ai piedi della stretta scalinata e scendo rapida nella piccola cantina infestata dai ragni, dove prelevo una bottiglia di vino che probabilmente era già d'annata quando Mariah era bambina.

Mentre sto uscendo, il mio sguardo viene attirato dal riflesso della luce sulla cornice d'argento della mia foto di nozze. E solo per un momento il ricordo di Dominic riprende vita, nitido, le sue mani sui miei fianchi, il suo respiro sulla nuca. Il suono delle risate e degli applausi mentre ballavamo sulle rive della Dordogna, bevendo champagne dalla bottiglia. Inspiro e si rompe, questo ricordo fragile come le ragnatele sullo stipite della porta.

5

«DOVE sei?» chiede Kitty preoccupata appena rispondo al telefono. L'ho acceso solo ora, e ha subito preso a squillare. «Mamma sta perdendo la testa! Le hai mandato un messaggio per chiederle di tenere Pablo per qualche giorno, senza nessuna spiegazione! Cosa succede, Ben?»

«Ho avuto un momento di crisi» rispondo, minimizzando, mentre apro la porta della mia stanza con la tessera magnetica ed entro. Mi sono un po' perso lungo il percorso, e ho trovato un hotel carino ben oltre la mezzanotte, che suppongo sia il motivo per cui l'unica stanza rimasta era una piccola suite.

«Stavo tornando a casa quando ho visto il treno per Londra e mi sono detto, perché no, una botta di vita. Pablo sta bene? Ha mangiato?»

«Il tuo cane sta bene, Ben. I tuoi umani no. Aspetta! Cosa diavolo ci fai a Londra?» esclama Kitty, poi abbassa la voce, probabilmente per cercare di non svegliare mio nipote Elliot. «Stamattina eri a Leeds e ora sei a Londra?»

«Sono andato all'ospedale per il check-up annuale» dico lentamente, mentre mi guardo intorno. La stanza è modernissima e così in alto che la vista mi mozza il fiato. Oltre i tetti riesco a vedere Trafalgar Square. C'è un divano di velluto blu scuro di fronte a un enorme televisore, e un'enorme vasca indipendente al centro del bagno. Ma quello che mi piace di più è la tv ai piedi del letto sul quale mi lascio cadere mentre il mio corpo teso ed esausto inizia a risentire di questa strana giornata vuota. Uso ogni secondo a mia disposizione per evitare di arrivare al punto, perché non so ancora quale sia, il punto. Per il momento, la mia vita è questa. Giorni, minuti, ore e secondi. Ciascuno di essi va usato in modo preciso e mirato.

«E?» domanda Kitty, cauta. Non so come dirglielo. Sono solo parole, eppure sono la fine di tutto. Non posso pronunciarle al telefono. Vorrei non doverle pronunciare mai. Quindi non lo faccio.

«Sì, come al solito insomma.»

Non sapevo che le avrei mentito finché non l'ho fatto.

Stamattina mangiavo cornflakes e programmavo di bingiare una nuova serie nel weekend, e magari di scrivere a quella ragazza che mi ha dato il suo numero al pub un paio di giorni fa. Stanotte, evito a ogni costo di annunciare la mia imminente dipartita. È a dir poco surreale.

«Quindi è tutto a posto?» dice lei. Si è accorta immediatamente che sono evasivo.

«Sì, alla grande.»

C'è una lunga pausa durante la quale so che Kitty sta cercando di decidere la prossima mossa. Continuare a insistere, o lasciar perdere? Prego che scelga la seconda opzione.

«Be', devi chiamare la mamma, Ben» dice alla fine. La sua voce è piena della distanza che ci separa. «Spiegale che hai deciso di avere una crisi di mezza età con dieci anni di anticipo.»

«Lo so» rispondo, e volto il capo verso la finestra. All'improvviso la città mi sembra davvero enorme, e mi sento un'insignificante goccia di esistenza nel grande fiume della vita. Il battito di un cuore di cui nessuno noterà l'assenza, niente di speciale. «Non voglio melodrammi. Non potresti...»

«Neanche per idea» ribatte Kitty. Lo sapevo. «Non voglio

sobbarcarmi il peso del tuo esaurimento nervoso. Allora, perché proprio Londra?» chiede.

«Perché no?» dico, sapendo che la farà infuriare.

«Perché costa tutto diciotto volte tanto ed è piena di londinesi?»

«È stata una decisione dell'ultimo minuto.»

«Ti riempirai di droghe e chiamerai qualche spogliarellista?»

«Non lo so. Ho sempre voluto visitare la Torre di Londra.»

«La tua idea di divertimento è davvero deprimente» dice Kitty, ma in tono affettuoso. All'improvviso la mia sorellina mi manca disperatamente. È stato stupido venire qui, scappare dalle persone che mi amano? Certo che è stato stupido, ma mi è sembrato di non avere scelta.

«Quando torni a casa?» aggiunge.

«Quando avrò finito i soldi» dico. «Ci vorranno secoli. È solo una piccola vacanza, tutto qui. Un modo per schiarirmi le idee.»

«Sei un idiota.»

«Sì, lo so.»

Sento il dolore diffondersi in ogni cavità del petto al solo pensiero di dover tornare.

«Ben?» Il mio nome è seguito da un silenzio che si allunga dall'altra parte del Paese e su tutti gli anni che ancora non sa di dover vivere senza di me.

«Cosa, Kits?» le chiedo.

«Penso che tu sia proprio uno stupido bastardo» dice.

«Ti voglio bene anch'io» rispondo.

6

«Questo mi fa pensare a quella volta, nel '41. Ti ricordi?» mi chiede Mariah, mentre si versa un altro bicchiere di vino. La sua cucina è piccola e caotica, ma preferisce mangiare sempre qui. La guardo mentre accende un mozzicone di candela e lo fissa a un piattino con qualche goccia di cera.

«Mi ricordo» dico.

«Ti ricordi che paura avevo?» prosegue imperterrita. «La mamma non poteva tornare a casa per via del raid e le bombe venivano giù come se piovesse. Sei venuta, ricordi? Cercavi di portarmi nel rifugio, ma io non volevo venire, avevo troppa paura del rumore e degli incendi. Ci siamo sedute proprio sotto questo tavolo, con una candela come questa. Mi hai tenuto la mano e mi hai raccontato delle storie e cantato delle canzoni. Cosa mi cantavi?»

Mariah mi prende una mano e la stringe forte, guardandomi negli occhi. «Non mi viene in mente. Forse qualcosa di allegro come *We'll meet again*?»

«Mi ricordo!» Le si illuminano gli occhi. «Era *Run rabbit run*! Me l'hai cantata mille volte con le voci buffe e gli accenti diversi per farmi ridere. Eravamo ancora qui all'alba, quando è tornata la mamma. E qualche tempo dopo sei sparita. Dove sei andata, Evie?»

«Mi sono sposata con un uomo molto affascinante» le racconto. «Aveva i capelli neri, gli occhi scurissimi e un sorriso assolutamente perfido. Il sorriso di chi ne sta sempre tramando una delle sue.»

«Oh la la!» ride Mariah. «Mi sono sempre piaciuti i tipi pericolosi. Il mio Len era proprio un matto quando ci si metteva. E com'era a letto, fantastico?»

«Be', in effetti era un ottimo amante» dico, e non solo per vederle brillare gli occhi. Non è la prima volta che le racconto di Dominic, ma non mi dispiace ripetermi. Non in una sera come questa, in cui mi ritrovo a desiderare tutto ciò che ho perduto.

«Ma basta parlare di me» dico. «Raccontami come hai conosciuto il tuo Len.»

«Oh, il mio Len.» Il volto di Mariah si addolcisce, e ha di nuovo vent'anni, gli occhi azzurri che brillano e le guance accese di felicità. «Aveva dei bellissimi capelli ondulati, come una star. Sua madre non approvava, ma Len le ha detto che voleva me e nessun'altra, che le piacesse o meno, così ci siamo sposati e basta. Quanto mi piaceva Soho negli anni Cinquanta! Era come se il mondo si fosse riempito all'improvviso di colori e tutto accadesse proprio qui, non solo cose buone, ovvio, ma era così emozionante.»

Mi rilasso sulla sedia sgangherata con il bicchiere in mano, e ascolto Mariah che mi porta indietro nel tempo, tra sale da ballo e cinema, fino al giorno del suo matrimonio con Leonard Hayward. Oh, se solo potessi essere come lei. È qui, alla fine della sua vita, e non c'è un solo momento, bello o brutto, che non abbia vissuto con tutto il suo cuore.

Lo dimostrano i cimeli del suo passato. La carta da parati gialla di nicotina è coperta di fotografie attaccate direttamente al muro. Sulle mensole, oltre a una collezione di piatti spaiati, sono sistemati gli oggetti che vuole avere sotto gli occhi tutti i giorni. Un vaso art-déco che, mi ha detto una volta, era l'orgoglio di sua madre, e una cuffietta per neonati bordata di pizzo con lunghi nastri rosa sbiaditi fino a diventare quasi bianchi.

Anche la ciotola del suo cane Kip, scomparso da tempo, è ancora per terra accanto al frigo come se potesse tornare a casa affamato da un momento all'altro. A volte, se ha una brutta mattinata, Mariah la riempie di cibo, la porta sugli scalini di fronte alla porta e si mette a chiamarlo finché non la riporto dolcemente in casa. Ha perso molte cose, Mariah, ma mai la speranza.

Si appoggia a me, un po' brilla, e ci stringiamo per salire le scale fianco a fianco. Marta sbuca dalla sua camera per metterla a letto.

«Ci penso io» le dico.

«Sicura?» chiede. «Mi sembra brutto starmene solo qua a leggere.»

«Tranquilla» la rassicuro. «Dormi. Di certo tra un po' si sveglierà e si metterà a girare.» Accendo il polveroso abat-jour con le frange e prendo la sua camicia da notte – di chiffon rosa, naturalmente – ben piegata sotto il cuscino. Mariah dice che una volta che rinunci a certi standard è come se ti arrendessi.

«Sei una brava ragazza» dice mentre le rimbocco le coperte. «Chissà... se avessi avuto figli, se la mia piccola Rosie fosse vissuta più di una settimana, sarebbe stata gentile come te?»

«Tutti ti vogliono bene. Fai questo effetto alla gente. Tutti quelli che lavorano nel cortile farebbero qualunque cosa per te.» Tendo bene le coperte sulla sua sagoma minuta, e le scosto i capelli sottili dalla fronte.

«Ma non era quello che la Provvidenza aveva in serbo per me, vero?» sospira Mariah, e chiude gli occhi. «Ho avuto così poco tempo con la mia Rosie, e non mi è bastato. Com'è essere una mamma?»

La domanda mi paralizza per un attimo, non so come rispondere. Mentre la guardo respirare piano, le rughe sul suo viso si rilassano.

«Raccontami una delle tue storie, Evie.»

«Quale?» le chiedo.

«Quella della strega. Raccontami della strega di Tyburn» dice Mariah.

«Povera Elizabetta Sedgewick. Ovviamente non era davvero una strega, neanche un po'» mormoro. «Era solo diversa. Parlava in un modo diverso, con un accento strano, e sapeva troppe cose per essere una donna. In più viveva da sola, senza marito né figli, e guadagnava molto bene importando prodotti e profumi dalla Turchia e persino dall'Egitto. La gente non si fidava di lei, soprattutto gli altri mercanti. Avevano paura di quella donna che parlava in modo strano, era troppo giovane, troppo nubile per cavarsela così bene. Allora decisero che doveva esserci lo zampino del demonio. Elizabetta sapeva di essere in pericolo, ma non se ne andò, non si trasferì, non cercò di nascondersi» dico con un lieve sorriso. «Era molto testarda. E visto che era impavida, fece ancora più paura.»

«E cosa le è successo?» sussurra Mariah.

«Be', la giustiziarono a Tyburn» le dico. So bene che questa è la parte che preferisce. «O meglio, ci provarono. La processarono, la dichiararono colpevole, la portarono al patibolo e la impiccarono. Ma indovina cosa accadde?»

«Dimmelo» chiede Mariah. Un sorriso cancella tutti gli anni dalla sua pelle e ha di nuovo sei anni.

«Elizabetta non morì. Il suo collo non si ruppe, non soffocò. Rimase solo appesa lì. Le tirarono delle pietre, ma lei continuò a dondolare dalla corda e a guardarli con gli occhi vigili e ben aperti, mormorando maledizioni. Diceva che se qualcuno si fosse avvicinato, l'avrebbe trascinato all'inferno con sé. La gente del posto, i soldati e i magistrati ebbero così tanta paura che corsero a nascondersi, perché il diavolo venisse a prendersela. All'alba, quando trovarono il coraggio di tornare a controllare, non c'era più; era svanita nel nulla.»

«Però...» bisbiglia Mariah.

«Però alcuni giurarono e spergiurarono di averla vista proprio il giorno dopo sulla prua di una barca, insieme a un tizio così avvenente che doveva per forza essere il diavolo venuto a portarsela via.»

Mariah fa un sospiro lento e soddisfatto. Si è addormentata.

Resto seduta sul bordo del letto ancora per un po' prima di tornare a casa. Quando apro la porta mi fermo a guardare il cielo sulla città in cerca di una stella, la stessa, magari, che contemplava dall'alto il patibolo di Tyburn la notte in cui Elizabetta Sedgewick non morì. Ma stanotte non ce n'è neanche una.

I

La vita non è che un'ombra:
l'ombra di un uccello in volo.

Motto tradizionale per meridiane

7

«CHE ne dice di un paio di bretelle?» mi chiede la commessa, Amelia.

Ho pensato che avrei dovuto comprare dei vestiti nuovi, per evitare il peggio. Chi vorrebbe morire con indosso i jeans del supermercato? Ma c'è un limite a tutto.

«Non mi lascerebbero rimettere piede nello Yorkshire se le compro» le spiego. «Voglio solo essere, insomma, elegante. Presentabile. Come se fossi uno da prendere sul serio.»

Il guaio delle scelte impulsive è che non mi sono portato dietro quasi niente. Mi sono imbattuto in questa boutique mentre gironzolavo per Charing Cross Road. Di solito sono un tipo da offerte al supermercato, ma non ora. Ora voglio che me ne freghi di tutto, in caso faccia qualche differenza. E poi, appena Amelia mi ha visto non ho più avuto via di scampo. È uscita dal negozio e mi ha invitato a entrare. Ho provato a dirle «No grazie» ma mi è uscito «Certo, volentieri.»

«Allora...» Amelia mi squadra dalla testa ai piedi. «Che ne dice di questo? Guardi, è proprio il colore dei suoi occhi!»

Mi tiene sospesa sotto il mento una camicia azzurro cielo a maniche corte. Mi guardo allo specchio, e scambio una smorfia con l'uomo profondamente sconcertato che ho di fronte.

«Oh, sì, davvero bellissimo» dice lei. «E se lo abbiniamo a dei jeans scuri e ci mettiamo sotto una T-shirt bianca, il gioco è fatto, credo. Perché non se li prova?»

Appena indosso i vestiti, però, mi accorgo che ha ragione. Sono… niente male, in effetti.

Amelia sorride e fa un piccolo applauso quando esco dal camerino. «Le servono delle scarpe per completare il look. Che ne dice di queste? Fatte a mano in Italia, sono trendy e allo stesso tempo comodissime.»

«D'accordo» dico. «Posso…?»

«Vuole metterle subito? Ma certo.»

Dopo aver preso la mia carta, Amelia incrocia le braccia e ammira il frutto delle sue fatiche.

«Buona fortuna» dice. «Sta benissimo.»

Per un attimo, quando mi sorride, sono piuttosto sicuro che se la invitassi a bere qualcosa direbbe di sì. In fin dei conti è per questo che sono qui a Londra, per mettermi in gioco e divertirmi. Ma l'attimo passa senza che io faccia altro che prendere il sacchetto e salutare. Sono in attesa di qualcosa. È solo che non ho idea di cosa o chi potrei stare aspettando in un momento simile.

Mi getto nel caos della via e quasi incespico nel tentativo di trovare un posto dove mettere i piedi in mezzo al flusso costante di persone. I rider in bicicletta saltano su e giù dal marciapiede, e una fila di ragazze sottobraccio incombe su di me, si divide e mi oltrepassa tra raffiche di risatine. L'aria odora di cento diversi tipi di fritto, facendomi salire in gola la nausea. Non ricordo nemmeno l'ultima volta che ho mangiato qualcosa. All'improvviso la strada si inclina e barcollo in avanti, vedo le stelle e tendo le braccia in cerca di qualcosa di solido a cui aggrapparmi. All'improvviso mi rendo conto, con terrore, di aver dimenticato di prendere le medicine.

«Stai attento» dice la voce di un uomo. «Un po' presto per sbronzarsi, no?»

Qualcuno mi urta, barcollo di lato e vado a sbattere contro un muro. Il dolore si irradia dalla sommità del capo. Il poco che riesco a vedere vortica e si frantuma. Se solo potessi restare aggrappato a questo muro fino a quando tutto si sarà fermato...

Sento qualcosa di liscio e freddo contro la fronte. Mi lascio andare, grato del sostegno. Le stelle che mi accecano iniziano a sbiadire, e il dolore diminuisce. Apro gli occhi, e sento i passi delle persone che mi passano accanto come se fossi invisibile.

Qualcosa cattura la mia attenzione. Indietreggio un poco e incrocio lo sguardo di due occhi castani, tristi. Il poster del dipinto di una donna di molto tempo fa. I suoi occhi scuri e seri sono decisi e irremovibili. So esattamente quello che prova, intrappolata sotto il peso di un dolore che la opprime come una pietra nella cassa toracica, un fardello di cui non potrà mai liberarsi. Con i palmi sulle guance, poggio la fronte contro la sua e aspetto finché la mia vista non è più sfocata.

Conosco questa immagine, è così famosa da diventare una di quelle che col tempo smetti anche di notare, fino a quando poi le vedi fuori dal loro contesto e tornano completamente nuove. Questo viso è sulla copertina di un librone che mia madre ha comprato a Parigi quand'era giovane, ben prima di conoscere mio padre. Lei diceva che si intitolava *L'arte e le opere di Leonardo da Vinci*, ma era tutto in francese. Però a me non importava. Da bambino andavo matto per quel libro. Non tanto per i dipinti, ma per i disegni, gli appunti e le invenzioni. Mi sedevo al tavolo a copiare dozzine di volte, con mano infantile, i disegni, fionde giganti o sezioni laterali di un cranio, mentre Kitty colorava infinite versioni della *Gioconda*. Passavamo tutti e tre un sacco di tempo insieme a esplorare il mondo grazie alla passione della mamma per l'arte e il colore.

Ora che osservo questo viso, di cui prima non mi importava granché, ricordo alla perfezione come mi appassionava perdermi nei dettagli dei disegni di Da Vinci. Mi basta guardare questi occhi malinconici che conosco così bene per sentirmi confortato. Come se mi fossi imbattuto in un amico che ho perso di vista da tempo, un legame con il mio passato che mi indica una meta precisa, finalmente. Devo trovare questo dipinto.

8

APRO la porta vecchissima e poco nota che conduce al tetto di Palazzo Bianchi. Oltre a essere l'unica ad avere la chiave, sono anche l'unica a sapere che esiste: è nascosta in un angolo buio della soffitta, ancora immune alle ristrutturazioni. Dietro la porta, bassa e stretta, si apre un paesaggio che sembra il regno della Regina Rossa di *Attraverso lo specchio*. Le balaustre di pietra fanno da pezzi degli scacchi; le guglie e gli abbaini sono le siepi potate con perfetta simmetria. Un regno segreto di cui posso essere regina finché mi tengo lontana dalle telecamere di sorveglianza, in questo punto cieco.

«Lo sai che se mi beccano quassù potrebbero licenziarmi?» dico a Jack, che ha portato dei panini e mezza bottiglia di rosé gelato per il nostro "picnic panoramico", come ha soprannominato le nostre periodiche effrazioni. È così che va a finire quando il tuo più vecchio amico è un cattivo soggetto: ti ritrovi a correre rischi stupidi solo per vederlo sorridere. E Jack si abbina benissimo alla cornice maestosa dei tetti di Londra.

«Ne dubito fortemente» dice lui, con le mani in tasca e gli occhi che abbracciano le vie intorno, mentre io verso il vino. «Sei la beniamina del mondo dell'arte, o dei musei, o come lo chiamano.» Mi guarda e alza il calice per brindare. «E sono davvero fiero di te. Ce l'hai fatta, Vita. Alla fine sei riuscita a portarla qui. Non sei emozionata?»

«Non so come mi sento» ammetto, in piedi accanto a lui. Da quassù Londra sembra una di quelle miniature che si trovano nei giardini degli eccentrici. Centomila vie che si allungano sotto il cielo: viali, curve, rettilinei e palazzoni che spuntano in ogni centimetro di città ancora libero. Ci sono milioni di vite, laggiù, ma in questo momento sono tutte così lontane da non sembrare affatto reali.

«Provaci» dice lui, e si volta a guardarmi, gli occhi castani pieni di luce.

«Terrorizzata, esaltata, sconvolta. Guardo *La Belle*, e riesco a vedere quanto è giovane. Mi spezza il cuore. Ma è la prima volta che posso studiarla così da vicino invece di leggere le ricerche altrui. Potrò scoprire cosa nasconde. Spero che mi perdonerà e mi mostrerà le risposte che ho cercato così a lungo.»

«Tutte quante?» chiede Jack, il sorriso che si spegne. «Sicura?»

«Sono sicura che non posso più andare avanti in questo modo» rispondo. «Assillata dai dubbi, senza sentirmi mai sicura di nulla.»

«A mio parere la sicurezza è molto sopravvalutata» ribatte Jack. Sento la tristezza nel suo tono, insieme a qualcos'altro, qualcosa di indefinibile. «La mancanza di mistero annoia in fretta, credimi.»

Inclino il capo e lo esamino con attenzione. «Qual è il *vero* motivo per cui mi hai fatto infrangere almeno un centinaio di norme antinfortunio?» gli chiedo.

Fa un sospiro profondo, e si appoggia alla balaustra. Il suo bicchiere, ormai vuoto, dondola in equilibrio precario, pronto a cadergli dalle dita eleganti se allenterà appena la presa.

«Sto cercando il coraggio di andare a vedere la tua mostra» ammette alla fine. «Non posso perdermela: è il coronamento del lavoro di una vita, o sbaglio? Ho pensato che avrei potuto partire da quassù e poi scendere per gradi. Forse mi servirebbe una bottiglia intera di questa roba... o due.»

«Non devi andarci per forza» dico. «Ti capisco. Sarebbe difficile per te.»

«Se non fosse per lui non ti avrei mai conosciuta» risponde. «Ed è morto da così tanto tempo, non posso permettere che anche dall'aldilà eserciti su di me un potere tale da impedirmi di vedere un Da Vinci. È patetico. Non amo più nemmeno il suo ricordo, è passato così tanto tempo. Però credo di aver paura che mi ricorderebbe quanto l'ho amato. Che sono stato davvero quel giovane cuore avventuroso pieno di...» Si interrompe, in cerca delle parole giuste. «Fiducia, suppongo. Non mi sono impegnato per anni a diventare cinico e distaccato solo per mandare tutto all'aria in un secondo.»

Mi guarda. «Non voglio ritrovarmi a mostrare all'improvviso i segreti del mio cuore a tutto il mondo. Li custodisco gelosamente.»

Sorrido e metto una mano sulla sua.

«Che ne dici se torni dopo la chiusura e facciamo un giro, solo tu e io?»

«Non oggi.» Mi guarda a lungo, poi alza per un attimo le spalle: «Mi preparerò con alcolici di diversa gradazione. Forse comincerò con un bel cognac».

«Sarò qui» dico.

«Tu sarai sempre qui» replica guardandosi intorno. «O almeno sarei felice che lo fossi.»

«Hai capito cosa intendo.»

«Lo so, ma potresti essere al centro di tutto, come una volta» dice come ha già fatto tante volte, con un cenno del mento verso la nostra città. «Vivere là in mezzo, invece di osservare dai margini. Potresti riprenderti tutto, se volessi.»

«Ma non voglio. Non sono come te.» Jack ama gli amanti, donne e uomini di ogni genere. La novità lo riempie di piacere e adrenalina, come il sesso e il caos che accompagnano questo genere di cose. Ma io sono stanca di tutto questo. Fin dai tempi di Dominic. Ho permesso al mio cuore di invecchiare e non me ne pento neanche un po'. Anzi, non chiedo di meglio. «Non preoccuparti per me. Sto bene.»

«Non voglio suggerirti di darti all'edonismo sfrenato» replica Jack. «È sfiancante, e ci si sente spesso piuttosto soli, anche se spero sempre che compenserà quello che non posso avere.» Distoglie lo sguardo per un attimo. «No, voglio solo dire che stare "bene" non è sufficiente. La vita è fatta per le emozioni estreme, non per… la noia.» All'improvviso mi afferra una mano, mi tira a sé: «Vieni a ballare con me ancora una volta. Solo noi, come ai bei vecchi tempi, ma meglio. Lascia che ti renda di nuovo felice».

«Temo che la noia mi stia piacendo più del dovuto» lo prendo in giro, e spingo via la sua mano con il palmo. «È la mia vera vocazione.»

«Sei impossibile» ribatte con un sospiro.

«Non impossibile, solo molto molto stanca» dico. «Ho bisogno che finisca, Jack. Deve finire.»

«Tutto finisce prima o poi» risponde. «E a volte non inizia neppure.»

Sono stupita dalla tristezza nella sua voce.

9

SONO così distratto che ci metto un po' ad accorgermi di essere fermo fuori dal St Martin's Crypt Café. Il dolore sta passando, e anche le vertigini. Ci vedo piuttosto bene, nonostante gli occhiali un po' storti. Però ho fame, e sete. Scendo le scale verso il locale fresco e buio, dai soffitti a volta, per prendere una tazza di tè e un toast al formaggio.

È inquietante vedere questa cripta, che un tempo doveva essere tetra e silenziosa, piena di gente che chiacchiera e cammina avanti e indietro sulle antiche lapidi incassate nel pavimento. Trovo un angolino appartato. Non ho ancora chiamato mia madre. Non so come farei a mentirle. Non so come potrei dirle la verità. Non è corretto nei confronti suoi e di Kitty, ma ogni volta che cerco di immaginare le parole che dirò perdo il coraggio. Però devo fare qualcosa, così le mando un messaggio.

Non preoccuparti. Devo solo schiarirmi un po' le idee. Dopo ti chiamo. Non dimenticarti di dare l'orsacchiotto a Pablo quando va a dormire. Bacio

Premo INVIA e spengo il telefono prima che mi chiami.

10

I NOSTRI ricordi ci trasformano in negromanti: riportano in vita i morti, giorno dopo giorno. Forse dovremmo lasciarli riposare, ma come? Il loro fantasma è tutto ciò che ci resta di loro. Dopo il picnic sul tetto con Jack e tutti i suoi discorsi sul passato, il fantasma di Dominic si mette a camminare accanto a me mentre mi destreggio nella calca lungo il breve tragitto verso la National Portrait Gallery. Appare all'improvviso, dal nulla, come tutti i ricordi. Per un momento ride, con gli occhi scuri che brillano. L'attimo dopo mi sembra quasi di rivedere il modo in cui mi prendeva all'improvviso la mano, se la portava alle labbra e mi faceva fermare il cuore.

L'immagine di lui è così chiara che per poco non inciampo in una bambina di circa quattro anni, le treccine fermate da nastri rossi. Una gioia sconfinata le illumina il viso grazioso: «Un autobus! Un taxi nero! Un piccione!», pieno di meraviglia anche per le cose più banali. Sua madre mi chiede scusa con lo sguardo, e la bambina riprende a saltellare di fronte a me, mentre le strattona il braccio e le spiega, come se fosse la cosa più importante del mondo, che deve farsi una foto seduta sulla testa di un leone.

«*Maman, lion!*» grida in francese, e indica una delle grandi belve di bronzo.

Accade tutto in un attimo.

La bambina sfugge alla madre e si mette a correre, tagliando la strada a un autobus. Il tempo accelera e rallenta. Solo io posso salvarla. Lo so per certo, e non posso fare finta di nulla. Corro in strada, la prendo in braccio. Con un passo, sono fuori dalla traiettoria dell'autobus, sulla riga tra le due carreggiate. La tengo stretta per occupare meno spazio possibile. Dei freni stridono e ululano; un tassista suona violentemente il clacson. Il mondo attorno a noi si sfalda in lunghi nastri sfilacciati di colori e rumori. Sento l'alito caldo della morte sulla guancia, e gliela porgo perché la baci.

Qualcuno sta urlando. Non riesco a muovere i piedi, né a espirare la boccata di smog che mi riempie i polmoni. Non sono sicurissima che se facessi un passo sentirei l'asfalto sotto i piedi.

Poi una mano sul gomito mi guida, e per un momento penso: *Dominic*. Lo vedo, che mi porta dolcemente al sicuro nella piazza. Per un secondo due forme sembrano occupare l'aria, e poi la sua svanisce, sostituita da quella di un uomo in carne e ossa, alto, snello e carino.

La bambina urla, chiama la madre, che si precipita a prenderla dalle mie braccia e comincia a sgridarla mentre le bacia ogni centimetro del viso coperto di lacrime. Si accasciano sul marciapiede strette l'una all'altra. La donna trema e culla la bambina, sussurrando, col volto sepolto nei suoi capelli.

Poi ci siamo solo io e lui, in piedi, che ci fissiamo. Il rumore del traffico svanisce. Intorno a noi c'è solo silenzio. Vacillo e mi avvicino a lui, gli tocco per un attimo il petto. Chi è quest'uomo che condivide l'ombra del mio amore perduto?

«Sei stata davvero incredibile» dice, e rompe almeno un poco l'incanto. «Stai bene? Potevi morire.»

«Non ho avuto tempo per pensarci» gli spiego. Le mie mani riprendono pian piano sensibilità, e le giro, fletto le dita come se non le avessi mai viste prima d'ora. Mi ricompongo e lo guardo di nuovo, improvvisamente timida. Occhi azzurri dietro le lenti degli occhiali e un leggero sorriso. «Sei stato tu a fermare il traffico, vero? Grazie mille.»

La madre e la bambina se ne sono andate, i fili delle nostre vite sciolti con la stessa velocità con cui si erano annodati. Vedo di sfuggita i nastri rossi della bambina che danzano mentre carica uno stormo di piccioni, già dimentica del pericolo che ha corso.

«Be', devo tornare al lavoro» dico.

«Una vera londinese» ride lui. «Un faccia a faccia con la morte e poi via a riempire fogli di calcolo!»

«Dici?» È il mio turno di ridere. «Non so proprio cos'altro potrei fare.»

«Non vuoi almeno bere una tazza di tè? Hai rischiato di morire!» Poi scorge la mia brochure. «Sei stata a vedere quella mostra? C'è molta gente? Ci sto andando adesso. Speravo di comprare il biglietto lì.»

«Sul serio?» esclamo. «È la mia mostra. Lavoro lì, ho organizzato tutto. Ci sono voluti anni e ora sto zitta, sennò non smetterò più di parlarne.» Gli porgo la mano. «Sono Vita Ambrose.»

«Ben Church» risponde. Ci stringiamo la mano. «Il nostro incontro doveva essere scritto nelle stelle. Anzi, fai finta che abbia detto qualcosa di intelligente e razionale» si prende in giro.

«Oh, io credo nel destino.» Sorrido.

11

Con la coda dell'occhio studio a lungo Vita Ambrose mentre le cammino accanto. A Hebden Bridge siamo abituati ai tipi eccentrici, ma lei spicca persino qui, dove una persona su tre è un artista. La sua testa mi arriva più o meno alla spalla. I capelli neri le ondeggiano a metà schiena, e spiccano sul vestito giallo acceso, punteggiato di fiorellini bianchi. Con le sue All-Star verdi e gli occhiali da sole fluo, è un'esplosione di colori primari, e io non mi sono mai sentito più monocromatico.

Viene accolta da sorrisi smaglianti quando entriamo nel fresco corridoio in marmo della Collezione Bianchi. Le colonne sono dorate, il soffitto è affrescato con uccelli e angeli, e su una parete campeggia l'enorme ritratto di una donna con un abito e una parrucca incipriata che la fanno somigliare a Maria Antonietta. Suppongo sia la già citata Madame Bianchi.

«Prendo un tavolo» dice lei mentre aspetto al bancone del bar. «Remi, il solito per favore!»

Il problema di stare per morire, sto scoprendo, è che ogni secondo di ogni giorno sembra carico di significato, compreso l'incontro con Vita Ambrose. Mi aspetto qualche rivelazione o epifania anche quando sto solo prendendo un caffè. Le lancio un'occhiata. È già persa in un libro, e prende appunti a penna sulle pagine, il che secondo mia sorella dimostrerebbe che è una psicopatica. La sua mente è decisamente altrove.

Quando mi avvicino al tavolo, si scosta i capelli dal viso e chiude il libro, usando la penna come segnalibro.

«Allora, stavi andando a vedere la mia mostra» dice. «Sei un fan di Da Vinci?»

«E chi non lo è?» rispondo. «Insomma, sì, da piccolo mi piaceva, e ora sono un ingegnere.» Resto un attimo in silenzio, e penso ai miei disegni sul tavolo della cucina. «I suoi appunti, le sue invenzioni e le sue idee sono pazzeschi. Ma non sono qui per quelli. Non sapevo neanche che sarei venuto, poi ho visto lei» dico con un cenno del capo verso il ritratto riprodotto sulla brochure. «Allora ho capito che dovevo salutarla.»

«Davvero? Proprio questo ritratto?» domanda Vita, inclinando appena il capo. «Cos'ha di speciale?»

«Sembra...» esito, poi scuoto la testa. «È stupido.»

«Non lo è, credimi» dice. «Non c'è un modo sbagliato di sperimentare l'arte. Di qualunque genere, non solo i capolavori degli antichi maestri.»

«Be', quando l'ho vista non ho visto un Da Vinci, e nemmeno il ritratto di una ragazza» dico. «Ho visto me stesso.»

Vita si appoggia allo schienale della sedia, le labbra socchiuse.

«Te l'ho detto che era stupido» continuo.

«No, quello che hai detto non è per niente stupido.» Beve un sorso di tè. «È esattamente quello che provo io quando guardo *La Belle Ferronnière*.» Si accorge della mia smorfia, e aggiunge: «Di solito la chiamano così, la ragazza nel ritratto, per via della fascia che ha sulla fronte. Nessuno ricorda più il suo nome».

«È triste» commento. «Chissà da quanti anni dev'essere morta una persona prima che nessuno ricordi più che è esistita.»

«Be', guarda Da Vinci» dice Vita. «Lui vivrà per sempre. E anche se nessuno ricorda più quella ragazza, desta ancora molto interesse. Cerco di scoprire i suoi segreti da una vita.»

«Quali segreti?» chiedo, incuriosito.

«Ora tocca a me sembrare stupida.» Abbassa la voce e si avvicina un poco, guardandosi intorno come se avesse paura di essere udita da qualcuno. «Ma quando Leonardo ha dipinto questo ritratto, stava anche cercando di screditare gli alchimisti. Pensava che fossero solo un mucchio di ciarlatani e imbroglioni. Ma una leggenda, ormai quasi dimenticata, dice che in realtà fece proprio il contrario. Scoprì per caso quello che gli alchimisti cercavano da secoli. Alcuni credono che Da Vinci avesse scoperto il segreto della vita eterna, la panacea di tutti i mali; *tutto* quello di cui parlano i libri e i film. E che quella scoperta, e il suo potere, siano nascosti nella *Belle Ferronnière*.» Resta un attimo in silenzio. «Non so perché te l'ho detto. Non lo dico mai a nessuno, ma anch'io sto cercando quel segreto. In altre parole, sono fuori di testa.»

«Credi che il segreto della vita eterna esista davvero?» le chiedo, e all'improvviso il mio cuore si mette a battere all'impazzata.

«Diciamo che credo abbia fatto una scoperta straordinaria, qualcosa che l'uomo moderno reputa ancora oggi impossibile» risponde. «Le sue opere sono disseminate di segreti, segni e simboli. E allora perché non questa? Mi piacerebbe davvero essere io a scoprirlo. Ora che siamo sotto lo stesso tetto, per così dire, sto rivedendo tutti i dati e le ricerche disponibili. Per ora non c'è nulla di nuovo. Ogni dipinto di Da Vinci arrivato fino a noi è stato analizzato, passato ai raggi X e fotografato all'infinito, e mi sembra improbabile che riuscirò a trovare l'elisir di lunga vita di Leonardo nascosto tra le pieghe della sua gonna.» Sospira con un rammarico che sembra genuino. «Ma non posso non provare. In effetti, non dirlo a nessuno, ma l'ho portata qui soprattutto perché spero che mi basterà vederla "in carne e ossa", per così dire, per inventare un nuovo modo di guardare e *vedere* davvero. È un'ossessione. Vedi? Non scherzavo quando ti ho detto che sono pazza.»

Nel silenzio che segue, faccio fatica a decidere cosa dire. Devo stare attento. La mia disperazione non può trasformarsi in follia. Se avessi tutto il tempo del mondo riuscirei a controllarmi, a rallentare e a reprimere quest'improvvisa fascinazione, a moderarla con tutto il prosaico realismo di cui sono capace. Ma non ci riesco, quindi non lo faccio.

«Non ho mai davvero creduto nel destino» le spiego. «Ma è possibile che io sia proprio la persona che dovevi incontrare dopo essere arrivata a un passo dalla morte. Il mio mestiere è vedere quello che è invisibile agli altri.»

«Davvero?» Sembra scettica. Mi piace.

«Sono un ingegnere ottico» dico «e progetto obiettivi speciali per i laboratori. Hai detto che il dipinto è stato analizzato con i sensori iperspettrali più avanzati?»

«Sì.» Vita annuisce lentamente. «Ma non hanno trovato nulla, nemmeno ridipinture degne di nota. Pare che Da Vinci sapesse esattamente cosa voleva dipingere e come, almeno in questo caso.»

«Mmm» borbotto.

«Mmm cosa?» chiede lei.

«Da qualche anno lavoro a un obiettivo di nuova generazione che potrebbe essere esattamente quello che cerchi, un obiettivo iperspettrale abbinato a un nuovo software che ho creato appositamente. È concepito per essere in grado di separare singoli elementi a livello molecolare, e fare l'imaging degli strati di qualunque oggetto per rivelare cosa lo compone e quando è stato creato. L'ho progettato perché servisse a ricercatori in chimica o astrofisica, ma riuscirebbe a vedere il tuo dipinto come nessuno l'ha mai visto prima. Non so… Se vuoi ti lascio il mio biglietto da visita così potresti contattarmi più tar…» Mi fermo prima di finire la parola. «O se preferisci te lo mando e lo provi.»

Non so che reazione mi aspettassi, ma la sua espressione è indecifrabile.

«Sei gentilissimo» dice dopo un po'. «Purtroppo però non è così semplice.»

«No?» chiedo, e distolgo lo sguardo così che non possa notare la mia delusione.

«Ci sono un sacco di protocolli da seguire prima che ti sia concesso usare attrezzatura da imaging, e per di più *La Belle* è in prestito dal Louvre. Le trattative per portarla qui sono durate anni, e loro l'hanno già esaminata a fondo con gli strumenti più all'avanguardia che esistano. E...» prosegue, il viso corrucciato «non voglio dire che la tua invenzione non sia diversa o innovativa, ma non te la lascerebbero testare sul loro Da Vinci, non prima che tu abbia raccolto un sacco di dati e ottenuto le credenziali e i contatti giusti. Potremmo lavorarci su, ma ci metteremmo anni. In questo campo va tutto così a rilento, siamo indietro di almeno due secoli rispetto a tutti gli altri.»

Annuisco. «Scusami, penserai che sono un idiota» le dico, scuotendo la testa. «Non volevo fare la figura di quello che cerca di insegnarti il tuo lavoro appena mette piede nel tuo museo.»

«No» risponde Vita, enfaticamente. «No, non sei un idiota. Sono proprio felice di averti conosciuto, Ben. Quello che provi per lei» sfiora la guancia del ritratto sulla copertina della brochure «per me è un dono. Grazie mille. Grazie del tè.»

Devo mettercela tutta per non crollare sotto il peso di questo anticlimax. E così resto seduto immobile mentre Vita Ambrose preme brevemente il palmo sul dorso della mia mano in segno di addio, e poi scompare.

12

«ASPETTA. Spiegami ancora una volta» chiede Jack nel bar dall'altra parte della strada, mentre aspettiamo che gli ultimi ritardatari lascino la Collezione, così potrò portarlo a vedere la mostra senza «il pubblico», il termine con cui definisce chiunque a parte sé stesso e me.

«È apparso così» dico mentre il barista mi porge un ampio calice di vino, che svuoto immediatamente per metà. «Ho tagliato la strada a un autobus, poi è apparso lui e abbiamo parlato, e adora *La Belle*, ed è stato davvero un piacere, capisci, parlare con qualcuno che la vede davvero come la vedo io.»

«Posso immaginarlo» dice Jack, mentre sorseggia il suo Martini. «Raccontami di nuovo la parte dell'autobus.»

«Quella non è importante» continuo in fretta. «La cosa importante è che chissà come quest'uomo è spuntato dal nulla, mi ha detto che *La Belle* gli ricorda sé stesso, e si è offerto di aiutarmi con la mia ricerca. E che ha questa nuova tecnologia che può leggere e analizzare le immagini come nessun'altra prima. È strano, no? Dev'essere una truffa di qualche genere, giusto? Cioè, sembrava che sapesse di cosa stava parlando, ma ovviamente ho dovuto dirgli di no.»

«Perché?» chiede Jack, in tono neutro. Mi osserva da dietro il bicchiere. La sua espressione è indecifrabile. «Sembrava troppo bello per essere vero?»

«A dirla tutta credo che fosse sincero» dico dopo un attimo di riflessione, ricordando l'espressione di Ben e la franchezza nella sua voce. Ho conosciuto fin troppi imbroglioni, e non mi ha dato l'impressione di esserlo. «Ma le assicurazioni e i protocolli museali moderni sono terribilmente noiosi in questo genere di situazioni.»

«E allora, cos'hai intenzione di fare?» Jack mette giù il bicchiere e fa cenno al barista di portare un altro giro. «Hai ottenuto quello che volevi: il ritratto con tutti i relativi storici e ricerche sotto il tuo tetto. Cosa credi che riusciresti a trovare, se nessuno ci è riuscito negli ultimi cinquecento anni?»

«Non lo so» ammetto. «Spero che raccogliendo tutti i dati ed esaminandoli con una nuova prospettiva, guardandola negli occhi insomma, tutto andrà in qualche modo al suo posto. Avrò una specie di illuminazione.»

«Hai lavorato per anni a questa mostra solo perché speri in una specie di rivelazione?» chiede Jack. «Non ci credo. Sei geniale. Ero convinto che avessi un piano infallibile.»

«A dire il vero non ce l'ho.» Ora che lo dico ad alta voce sembra assurdo. «Il mio unico piano era portarla qui, ed è stato già difficilissimo. Ora posso solo applicare tutti i nuovi dati a quello che sapevamo già e sperare che salti fuori qualcosa. Buon vecchio olio di gomito accademico. È così che si fanno le scoperte migliori.»

«Quindi forse questo gentiluomo così desideroso di mostrarti il suo obiettivo è proprio l'elemento mancante che stavi aspettando» suggerisce Jack. «È stato il destino a metterlo sulla tua corsia degli autobus.»

«Non ci credi nemmeno, nel destino» gli ricordo, mentre mi interrogo sul sospetto che mi rode da quando ho salutato Ben: e se rifiutare la sua offerta fosse stato un grosso errore?

«È vero» ammette. «Il vostro incontro è solo il prevedibile risultato dell'altissima probabilità che se ti imbatti in qualcuno fuori dalla Collezione Bianchi, questo qualcuno stia andando alla

Collezione Bianchi, visto che hai tappezzato Londra di poster.» Prende il bicchiere ignorando, con un'espressione corrucciata, l'ovvio tentativo di flirt da parte del barista. «Non è stato il destino a farvi incontrare. È stato il marketing.»

«Esatto» concordo.

«Eppure...» mi stuzzica Jack con un lento sorriso. «Le probabilità di incontrare per caso qualcuno che ha accesso all'attrezzatura di cui hai bisogno per avanzare nella tua ricerca sono molto più basse. È un'opportunità; e in quelle, ci credo.»

«Un'opportunità che non posso assolutamente cogliere se non voglio perdere il posto» dico, strofinandomi la fronte. «Sono davvero convinta di stare definitivamente perdendo la testa.»

«Sei fuori di testa solo quanto basta per sopravvivere» replica Jack, calmo. «Ascolta, perché non ci prendiamo una pausa dopo la mostra, andiamo dall'altra parte del mondo come una volta, però in prima classe. Sono sicuro che posso aiutarti a rimetterti in forma, a prescindere da quello che succede con *La Belle*. Solo tu e io. A volte mi mancano quei tempi.»

Prendo in considerazione l'idea per un momento, e ricordo i tempi in cui era possibile fuggire da tutto e ricominciare daccapo. Quante avventure abbiamo vissuto insieme, quando ancora ci sembrava che il mondo intero ci appartenesse. Sono cambiata così tanto da allora. Adesso so solo che se il problema da cui cerchi di fuggire sei tu, non andrai mai abbastanza lontano.

«Non posso lasciare la Collezione, non adesso» gli spiego, quando noto il rammarico sul suo volto. «E comunque non importa dove andiamo, cosa facciamo, non cambia mai nulla. È tutto così arbitrario, tutto così stupido e inutile.»

«È davvero questo ciò che provi?» chiede piano Jack. «Anche nei miei confronti?»

«Io... A volte» ammetto, e so di averlo ferito. È sempre così buono con me, gentile e leale. Ed è tantissimo che sono assente come amica. Non è giusto.

«Non sei tu, neanche un po'. Anzi sei l'unica cosa che mi dà la forza di andare avanti» ammetto. «Se non fosse per te...» Scuoto la testa, incapace di esprimere cosa sarebbe un mondo senza Jack.

«Ascolta, so che stai attraversando un brutto momento. Non sono cieco» dice, con una punta di tristezza nella voce. «Credo di aver sperato che la mostra ti tirasse su di morale, o che in alternativa avresti permesso a me di renderti felice»:

«Mi ha tirata su, e la tua amicizia mi rende felice.» Non riesco a convincere neppure me stessa.

«Allora magari dovresti impegnarti di più a cercare le risposte che desideri così tanto, e meno a tenerti il lavoro» sussurra Jack, il viso a pochi centimetri dal mio. «Ritrova il tizio delle lenti e digli che ci hai ripensato. Non sarebbe certo la cosa più scandalosa che tu abbia mai fatto.»

«Mi sa che hai ragione» rispondo lentamente. Jack si tira indietro, e incrocia lo sguardo del barista con un sorriso ammaliante. Sospetto che i nostri programmi dovranno attendere, e nel frattempo farà del suo meglio per curare il suo cuore spezzato. «Ma non so se ho voglia di trascinarlo nella mia ossessione. Non mi sembra giusto.»

«Come fai a saperlo?» chiede Jack. «Forse per lui saresti un'opportunità. L'opportunità di rendere famosa la sua invenzione in modo onesto, o comunque non troppo disonesto. Dopotutto, sono i risultati che contano, no?» La sua espressione si addolcisce quando gli scocco un'occhiataccia, irritata dal fatto che abbia conservato la lucidità quando io me la sono persa per strada. «A volte è meglio non pensare troppo e agire. È così che affronto la vita, e mi sembra di cavarmela abbastanza bene. In effetti, è sempre meglio evitare del tutto di pensare. Una volta non dispiaceva neppure a te.»

«Ma poi c'è stato Dominic» dico. «Dominic è stato l'amore della mia vita, l'ultimo amore della mia vita. È così che doveva andare.» È così che deve essere, e ora riesco solo a pensare che dovrebbe essere tutto diverso.

13

La cosa più difficile da affrontare quando sai che stai per morire, mi dico, mentre me ne sto seduto a bere ininterrottamente nel bar dell'hotel, è la fine delle possibilità.

Chiudo un attimo gli occhi e immagino un altro universo in cui incontro una donna interessante, che ricorda un po' Vita Ambrose, e ho altri quarant'anni a disposizione, così tanto tempo da dare per scontato. Le chiederei se le va di bere qualcosa più tardi, e forse direbbe di sì. E forse non andremmo d'accordo; o forse sì. Ma non potrò mai scoprirlo, perché non ci sono più forse.

«Altro giro?» Il barista ricompare, con una bottiglia di rosso della casa sospesa sul mio bicchiere. Annuisco con una smorfia, e butto giù un sorso di vino. Non pensavo che la mia fuga a Londra sarebbe andata così, ma d'altronde, a cosa pensavo? Forse che appena arrivato avrei capito tutto. Per un magnifico ingenuo momento ho pensato che potesse funzionare. Invece ho solo comprato un mucchio di vestiti eleganti che non indosserò abbastanza e fatto una figuraccia con una storica dell'arte.

«Ben? Terra chiama Ben.» Una voce familiare ma completamente fuori contesto interrompe le mie riflessioni. All'inizio mi convinco che deve trattarsi di un'allucinazione uditiva. «Ci sei?» Si rivolge al cameriere. «Prendo quello che ha preso lui, grazie.»

Apro gli occhi e per qualche motivo Kitty è di fronte a me che mi guarda con le sopracciglia aggrottate.

«Kitty?» chiedo. «Cosa ci fai qui?»

«Hai Find My Friends sul telefono, non lo sai?» risponde. Scivola accanto a me sul divanetto, e lascia cadere un grosso borsone ai suoi piedi.

«No, voglio dire perché sei venuta a Londra?»

«Perché al telefono avevi quel tono» dice.

«Quale tono?» le chiedo, anche se so esattamente cosa intende.

«Ti ricordi quando hai scoperto di avere la sindrome di Marfan e hai avuto la fase emo? Quando ti sei messo a leggere Shelley, Keats e Byron, e a girare per casa in pantaloni di pelle e camicie coi merletti, in crisi esistenziale permanente? E ti infilavi in casini stupidi e perfettamente evitabili, come se facessi apposta a far morire di imbarazzo la tua fantastica sorellina dodicenne? Quello. Sembravi in modalità poeti morti quando ci siamo sentiti, e per quanto ne so non è mai un buon segno.»

«Ah» rispondo. «Mi conosci troppo bene.»

«Allora, cos'è successo davvero all'ospedale?»

Kitty sostiene il mio sguardo e noto che c'è troppo eyeliner intorno ai suoi occhi chiari.

«Aneurisma» ammetto. «Grosso, vicino al tronco encefalico.»

«Cazzo! E allora, qual è il piano?» chiede. «Tra quanto tempo potremo liberarci di Ben Darkettone e riavere Ben il Noioso Ingegnere?»

«Non c'è nessun piano» rispondo, sempre più vicino al punto. L'idea di dirlo ad alta voce mi dà la nausea.

«Perché è tutto okay e non ti farà niente?» dice lentamente, col tono di chi inizia a capire. «O perché non è tutto okay?»

«Non è tutto okay, Kits» dico a fatica, senza riuscire a guardarla.

«Sei sicuro che non si siano sbagliati?»

«Sì» rispondo, ripensando all'espressione della dottoressa Patterson. «Sì, non si sono sbagliati. Forse non dovrei dirlo alla mamma. Forse sarebbe meglio… meglio per lei, intendo. Magari le farà meno male se non se lo aspetta.»

Kitty scuote la testa.

«Quanto… quanto ti rimane?»

«Non molto.»

«Dobbiamo tornare a casa. Dobbiamo dirlo alla mamma. Dobbiamo chiedere un secondo parere e cercare delle terapie che magari non saranno coperte dal servizio sanitario nazionale. Dobbiamo aprire un crowdfunding e un… un… Dobbiamo darci una mossa e battere questa schifezza.»

«Non voglio andare a casa per ora, Kits. Non sono pronto.»

«Per cosa?»

«Per niente» rispondo con un'alzata di spalle priva di speranze. «Ma soprattutto non per la faccia che farà la mamma quando glielo dirò. Né per come si darà da fare per prendersi cura di me anche se non ne ho bisogno. E nemmeno per chiedermi se ogni passeggiata con Pablo o pinta con Danny sarà l'ultima. Non voglio portare questa roba» indico la mia testa «a casa dove conosco tutto così bene. Ho bisogno che tutto sia diverso e strano, perché io sono diverso e strano e ho bisogno di conoscere quest'ultima versione di me prima di portarmela a casa.»

«Okay» dice Kitty. La paura e lo shock fanno appena capolino dietro la sua spavalderia. «Ho capito. Allora dimmi, come sta andando?»

Restiamo in silenzio. Potrei provare a descriverle questo vuoto che ha preso il posto del mio cuore, in cui l'unica cosa che risuona è il battito d'ali della paura. O potremmo farci una risata, e per un poco sarebbe di nuovo tutto a posto. Mi guarda per un lungo momento.

«Mah, tutto nella norma» dico alzando le spalle. «Un'apocalisse come tante.»

«Ben, non fare il coglione con me. Davvero potrebbe succedere in qualunque momento?»

«Sì» annuisco. «E potrebbe anche non succedere. Quindi,

pensiamo a quest'ultima eventualità, che ne dici? Diciamoci che andrà tutto bene almeno per un po'. Raccontami cosa ti succede.»

«Be', ci siamo visti due giorni fa, quindi non molto» dice Kitty, esitante. «Stava andando tutto come al solito e poi... è successo questo. Ti ricordi quando salivamo sulla collina per far volare l'aquilone e non avevamo nulla di cui preoccuparci a parte tenerlo in aria? O quando la mamma ci faceva fare le tinture psichedeliche alle sue magliette da rave termosensibili, e finivamo con la faccia di tutti i colori? Sembrava tutto così semplice.»

«Me lo ricordo» rispondo con un sorriso. «Bei tempi, vero? Eravamo felici, no?»

«Sì. Lo siamo ancora.» Kitty mi guarda e il sorriso le tremola. «Non riesco a immaginare una vita senza di te. Cosa farò senza...»

Il cameriere porta i nostri drink e Kitty finge di frugare nella borsa finché non se ne va.

«Tutto okay Kits?» Le prendo una mano e lei scuote la testa, mettendomi in guardia dall'essere troppo gentile con lei.

«Non so cosa fare» ammette. «Ma devo fare qualcosa.»

«Allora beviamo, che ne dici?» propongo.

Gli occhi di Kitty perlustrano attentamente il mio viso in cerca di qualche crepa che le permetta di capire cosa sto pensando davvero. Poi gli occhi le si riempiono di lacrime e scuote il capo, furibonda.

«Perché no, cazzo» dice.

«Mi fa piacere vederti, Kitty» continuo. «Dico sul serio. Grazie di essere venuta. Sono felice che tu sia qui. Non mi sono reso conto che non volevo stare solo finché non ci sono rimasto.»

«Ovvio. Puoi sempre contare su di me, lo sai.» Riesce a sorridere. «E tra l'altro, devo dormire nella tua camera stanotte.»

«Te ne prenderò una tutta per te» le prometto. «Ho soldi da buttare.»

«Be', se le cose stanno così» ribatte «tanto vale chiedere un altro giro.»

14

Mio padre mi ha educata a credere che l'intero corso della mia vita fosse parte del meraviglioso piano della provvidenza divina, e che da me ci si aspettasse solo che lo seguissi con obbedienza, insomma, che la scelta fosse un'illusione. Anche se me lo sono lasciata alle spalle tempo fa, quell'indottrinamento ha lasciato traccia in ogni mio pensiero e sentimento. E quindi, anche se detesto anche quel poco che rimane dell'idea di un burattinaio universale che mi manovra dall'alto, non sono sorpresa di vedere Ben Church quando entro nel foyer della Collezione. Guarda in alto, verso l'enorme e glorioso ritratto a figura intera di Madame Bianchi, tra parrucca incipriata e abito di seta, che da quando è stato appeso presidia l'andirivieni dal suo adorato palazzo.

Indietreggio appena e lo osservo ancora un momento dall'ombra del portone. È perfettamente immobile, le braccia lungo i fianchi, gli occhi attratti dalla postura civettuola e indagatrice del capo di Madame Bianchi, dall'elegante compostezza delle sue mani.

«Ben» dico mentre mi avvicino.

«Vita.» Al suono della mia voce, si volta e sorride. «Speravo di incontrarti. Ascolta, volevo scusarmi. Mi sento in imbarazzo per averti offerto l'obiettivo che ho costruito nel capanno degli attrezzi» dice. «Naturalmente con "capanno degli attrezzi" intendo un laboratorio con camera bianca come da standard Nasa, ma è in fondo al mio giardino, e così...»

«Hai una camera bianca in giardino?» domando. «Figo!»

«Per molta gente le camere bianche non rientrano nella definizione di figo.» Ben sorride. «Però grazie.»

«A dire il vero io non sono come molta gente» dico.

«Lo vedo.»

È una bella giornata e il Palazzo splende, graziosi riflessi e rifrazioni danzano e rimbalzano su ogni superficie. All'improvviso mi viene un'idea.

«Sei riuscito a vedere la mostra ieri?»

«No. Dovevo incontrare mia sorella, anche lei a Londra» spiega con un gesto vago.

«Be', abbiamo venti minuti prima che apra... avremmo un certo vantaggio sulla calca. Permetti che ti offra un tour privato e ti presenti a *La Belle*?»

«Sul serio?» Sembra entusiasta. «Mi piacerebbe tantissimo. Grazie mille, Vita.»

Noto che quando pronuncia il mio nome lo fa sembrare davvero mio.

«Deve essere meraviglioso lavorare in un posto come questo» dice Ben mentre camminiamo, guardandosi intorno. «Tutto questo splendore, questa bellezza. Lavoro un sacco nella mia stanza, e vedo solo la brughiera dietro casa. Non che non sia splendida anche quella.»

«Quale brughiera vedi?»

«Perlopiù quella di Wadsworth. Heptonstall e Stoodley Pike» risponde. «La terra delle Brontë. Selvaggia, tempestosa eccetera.»

«Ho passato un paio di settimane da quelle parti una volta» dico. «È davvero bellissimo lassù.»

«Cosa ci facevi dalle mie parti?» mi domanda.

«Sono andata a trovare delle sorelle che avevo conosciuto a Bruxelles. Avevano questa famiglia assurda, incasinata e piena di amore: è stata una specie di rivelazione. Ero gelosa di come si volevano bene e si odiavano a vicenda. Nella mia famiglia mi sono sempre sentita praticamente un'estranea.»

«Ah, eri la pecora nera» esclama. «Anch'io. Sono stato seriamente dark per un bel po'. Portavo l'eyeliner e tutto.»

«Coraggioso» dico, poi lo guardo di sottecchi. «Sì, credo che lo fossi, ma l'ho tenuto nascosto fino a quando sono scappata di casa e non sono mai più tornata.»

«Wow» fischia Ben. «Sento odore di storia.»

«Una storia lunga e deprimente» garantisco. Mi stupisce che sia stato così facile confidarglielo. A parte con Jack, e ovviamente Dominic, è da tempo che non parlavo così spontaneamente del mio passato. Forse è perché è un mio conterraneo, non di un Paese fisico, ma di uno mentale. Ma questa frase somiglia pericolosamente al verso di un sonetto. Jack avrebbe parecchio da dire a riguardo.

Le luci sono basse, è quasi del tutto buio. Solo i dipinti brillano nell'oscurità, una processione di splendidi fantasmi.

«Sono fantastici.» Ben trattiene il fiato mentre cammina verso il centro della stanza e guarda il primo ritratto. «Straordinari.»

«Grazie» dico, come se fossero opera mia.

«Chissà come sei orgogliosa. Insomma, è incredibile.» Si avvicina al primo ritratto, *Ginevra*. «Sembra così triste.»

«Lo era» confermo, e mi fermo accanto a lui. «Riesci a sentire il suo dolore, vero? Ecco il talento di Leonardo: sapeva catturare meglio di chiunque altro emozioni, pensieri e sentimenti, per farli vivere in eterno.»

Annuisce, pensieroso, gli occhi che indagano il ritratto.

«Vieni a vedere *La Belle* prima che arrivi il pubblico» dico con un sorriso, e gli faccio cenno di seguirmi. «Così potrai stare solo con lei per un po'.»

«Potrei farci l'abitudine a questo trattamento da vip, sai» risponde con un gran sorriso. «Oh, eccola.»

Si avvicina velocemente. Sostiene il suo sguardo per qualche momento, e si avvicina ancora, così tanto che per un attimo penso che stia per baciare il dipinto.

«Un altro millimetro e farai scattare l'allarme» lo avverto sorridendo.

«È tutto quello che sento.» Sospira, senza distogliere gli occhi. Da come la guarda, da come parla di lei, sembra quasi che conosca già i suoi segreti.

«Credi davvero che il segreto della vita e della morte, l'immortalità e la panacea di tutti i mali siano nascosti lì dentro?» chiede, e si volta verso di me, lo sguardo acceso. «Nel ritratto di una donna ormai dimenticata?»

All'improvviso, il mondo si inclina pericolosamente sul suo asse.

«Ne sono certa» dico. «Ma la cura di ogni male ha un prezzo. Vorresti davvero vivere per sempre?»

Mi aspetto che la butti sul ridere, invece prende in considerazione la mia domanda con tanta serietà che mi sembra di vederne il peso sulle sue spalle.

«Sì» ammette alla fine. «Darei qualunque cosa perché la leggenda fosse vera, per avere tutto quel tempo. Sì. Lo vorrei.»

Fa un sospiro così pesante che sento lo spostamento d'aria. «Davvero?»

Questa volta ride, ma senza allegria.

«Vedi, ho un aneurisma non operabile» dice piano. «Non so quanto tempo mi rimane, ma di sicuro non è sufficiente per tutto quello che vorrei fare. Cose che rimando da quando ero bambino o che non mi ero ancora accorto di desiderare.»

Ci guardiamo negli occhi. Lo afferro istintivamente per un polso, come se bastasse ad ancorarlo a questo mondo.

«Ben, mi dispiace tantissimo.»

Parole così piccole, così insignificanti, ma sono tutto ciò che ho da offrire. Sottrae delicatamente il polso alla mia stretta.

«No, scusami tu. Non si scaricano certi pesi addosso agli estranei» dice. «Non volevo lasciarmelo sfuggire.»

«Sono felice che tu me l'abbia detto» rispondo, e gli giro intorno per incrociare il suo sguardo.

«Se trovi qualche mistero nascosto nel ritratto, puoi testarlo su di me, okay?» Scuote la testa, imbarazzato. «Credo sia per questo che sono venuto a farti domande stupide e a rendermi ridicolo. Volevo dirti che se per caso dovessi scoprire il segreto della vita eterna sarei la cavia perfetta.»

«Ma non avresti paura?» gli chiedo. «Di scoprire la verità e capire che non è la risposta che volevi?»

«Non credo mi sia rimasto molto di cui aver paura» replica.

Anche io la pensavo così, un tempo.

15

Usciamo in silenzio dal buio rassicurante e intimo della mostra. Dovrei sentirmi distrutto, imbarazzato, ma per qualche ragione non è così. Pensavo che Vita si sarebbe spaventata o sentita a disagio dopo ciò che le ho detto. Invece mi ha ascoltato senza scomporsi, con una grazia e una serietà che non si incontrano spesso. Non si è girata dall'altra parte, anzi, si è girata *verso* di me. Ed è più di quanto potessi sperare.

Quando entriamo nei corridoi dorati, la luce abbagliante sembra scoppiarmi nel cervello. L'orizzonte oscilla, mi gira la testa, gli atomi esplodono e si rifiutano di ricombinarsi. Il dolore cancella tutto il resto.

Vado a sbattere con la schiena contro una parete e mi lascio scivolare fino a trovarmi seduto sul pavimento, o forse sul soffitto. Mi tremano le mani.

Respiri profondi. Inspira, conta fino a sette, espira, conta fino a undici. Il dolore è tutto. Tutto il mondo, tutto me stesso.

All'improvviso sento echeggiare la voce di Vita. «Posso fare qualcosa?» chiede. «Ambulanza?»

«No, no, meglio di no. Puoi solo stare qui?» Con gli occhi chiusi, cerco a tastoni qualcosa che mi distragga dal dolore, e premo i palmi contro il marmo gelido.

Ora posso solo aspettare che finisca.

I colori esplodono, ondate di dolore pulsano contro le ossa. Ma riesco a sentire il tocco fresco della mano di Vita sul mio avambraccio.

Concentrati su questa sensazione.

Non so se crollo o se è il pavimento a venirmi incontro, ma mi rendo conto di avere la guancia contro il marmo, le anche e le ginocchia a contatto con le mattonelle. L'ondata di dolore mi abbandona a scatti lenti e tortuosi. Il mondo torna, un pezzetto caotico dietro l'altro, con un'unica costante: la sua mano sul mio braccio.

«Ben?» La sua voce emerge dal rumore senza senso, accompagnata da passi, altre voci, dal baccano lontano del traffico e delle chiacchiere fuori dalla porta, e incredibilmente dal canto degli uccelli.

«Scusa» sussurro.

«Riesci a sederti? Va bene se ti siedi? Vuoi un po' d'acqua?» Cerco di aprire gli occhi e la vedo china su di me, i suoi capelli che mi schermano dal capannello di persone radunato intorno a noi.

«Sta passando» dico. «Puoi dir loro di andare via?»

«Non è successo niente.» Vita li scaccia come se fossero un branco di oche. «È solo un'emicrania. Per piacere, andate a vedere le opere! Mo, puoi darci una mano?»

«È tutto a posto, ragazzo. Ti aiuto io.» Sento una voce maschile, e un braccio si infila sotto il mio. Vita mi tiene una mano. Come per miracolo sono di nuovo in piedi, e poi in un'altra stanza, fresca e buia, seduto su una sedia. Qualcuno, Vita, mi mette in mano un bicchiere d'acqua. Non riesco a tenerlo, allora lei intreccia le dita alle mie e me lo porta alle labbra. Sento l'acqua che mi percorre il corpo, serena e fresca.

«Come ti senti, amico?» Mi concentro sull'uomo con l'uniforme della security, la barba lunga e gli occhi gentili. «Te la chiamo un'ambulanza?»

«No» dico, e la mia voce risuona alta e chiara. È un passo avanti. «No, davvero, non c'è bisogno. Non voglio perdere tempo in ospedale ora che sto già meglio. Mi spiace moltissimo.»

«Non preoccuparti, amico» mi rassicura Mo. «Non è nulla in confronto al dover buttare fuori qualcuno che si trastulla di fronte ai dipinti con le donne nude, te l'assicuro.»

«Possiamo fare qualcos'altro?» chiede Vita. È seduta accanto a me. Dietro di lei una serie di schermi trasmette immagini in bianco e nero delle sale del museo.

«Avete già fatto tantissimo» garantisco.

Poi si apre una porta, un raggio di luce penetra il buio e una donna elegantissima lo attraversa.

«È tutto a posto?» chiede a Vita, ansiosa.

«Sì, tutto risolto» risponde lei. «Ben deve solo riprendersi. Dice che è stato il caldo.»

La donna, che immagino sia la capa di Vita, si china su di me.

«È sicuro che non ha bisogno di assistenza medica?» mi chiede.

«Sicuro. Grazie mille» rispondo. «Mi sento un idiota. Un uomo adulto che dimentica di idratarsi.»

«Vita, resta con lui finché non si sente meglio» dice la donna. «Vi mando qualcuno dal bar con un po' d'acqua e qualcosa da mangiare.»

«Devo togliere il disturbo un attimo» dice Mo quando la porta si chiude, e restiamo soli.

«Grazie, Vita» sussurro. «Prima ti dico che potrei morire da un momento all'altro, e l'attimo dopo mi comporto come se stesse per succedere immediatamente. Di solito non sono così melodrammatico.»

«Non hai niente di cui scusarti. Sono felice di averti potuto aiutare.» Il suo viso a forma di cuore è serissimo, gli occhi scuri pieni di apprensione.

«Mi hai aiutato, tantissimo. Ma è meglio che vada.» Vorrei solo che potesse guardarmi uscire di qui come se fossi un qualunque tizio sui trent'anni. «Mi riprenderò.»

«Non posso lasciarti andare via in questo stato.» Vita scuote il capo, un lampo di ostinazione negli occhi.

«Sto bene, giuro.» Mi alzo. «Sono dello Yorkshire. Ci vuole ben altro che un mal di testa per fermarmi.»

«Ma...» Esita, abbassa gli occhi e una piccola ruga orizzontale le si forma tra le sopracciglia.

«Adesso vado» ripeto. «Sto bene, davvero. Addio, Vita. È stato un vero piacere conoscerti.»

«Addio, Ben.»

Ci abbracciamo, mi stringe e per un momento sento il battito del suo cuore sotto il dolce calore del suo corpo. Quando la lascio andare, ogni cosa intorno a me è vivida e intensa, e tutti i miei sentimenti iniziano a crollarmi addosso, rapidi come uno tsunami.

Me ne vado più in fretta possibile.

16

«COME stai, Vita? Sei ancora preoccupata per quel povero ragazzo?» mi chiede Anna. Parla da qualche minuto, ma non ho sentito una parola.

A dire il vero sono scossa da quanto il breve incontro con Ben mi abbia scossa. Ci siamo abbracciati per un attimo; ho sentito il calore del suo corpo, le pulsazioni nel suo collo, il ritmo del suo cuore. Sembrava impossibile, come sempre, che in un attimo tutto potesse finire e quell'uomo potesse sparire per sempre... Sembra ancora impossibile, anche se dovrei sapere meglio di chiunque altro che non lo è.

«Scusami, sì, un pochino.» Mi costringo a prestarle attenzione e le rivolgo un sorriso forzato. «Ti ascolto. Davvero.»

«Hai lavorato così tanto, soprattutto nelle ultime settimane. Puoi prenderti qualche giorno di ferie se ne hai bisogno» dice, gentile. «So che non te la senti di andare in vacanza durante la mostra, ma qualche giretto pomeridiano non ti farebbe male.» Indica la lavagna interattiva e la riproduzione del *Cartone di Sant'Anna*, su cui devo tenere una conferenza alla National Gallery. «Dopo la conferenza ci sarà un po' di tregua. Dovresti sfruttarla al meglio.»

«Grazie, Anna.» Le faccio un sorriso stanco.

«Una pausa ogni tanto fa bene a tutti» dice lei, e mi dà una piccola pacca sulla mano, poi si alza. «Con me puoi parlare, se ne hai bisogno, Vita.»

«Lo so» annuisco. «Te ne sono grata.» Anna mi scocca un ultimo lungo sguardo, e poi mi ritrovo sola. Per poco non scoppio a piangere, con la testa nel quadrato di sole che illumina il tavolo.

Ben ha agitato le acque placide e calme della mia vita e mi ha ricordato tutte le persone che ho perduto. Sentire e ricordare è pericoloso: gratta via le difese che ho accumulato uno strato dopo l'altro finché non posso fare altro che soffrire. Ma da quando ho detto addio a Ben un'ora fa, è tutto ciò che riesco a fare; ho scoperto che voglio farlo. Il dolore mi ricorda di essere *viva* e all'improvviso sono grata per questo dono, che ho detestato così a lungo. Grata, perché tutto ciò che lui desidera è più vita, e non può averla.

È un sollievo essere sola in questa stanza dalle pareti bianche e rivestite di pannelli, silenziosa a parte il rumore del traffico fuori dalla lunga finestra, con l'unica compagnia dell'immagine di una madre e suo figlio. È Da Vinci al suo meglio, spontaneo, tenero e senza tempo. È un disegno da maestro, uno schizzo preparatorio della Madonna con il Bambino in grembo seduta accanto alla madre Anna, mentre il bambino gioca con suo cugino Giovanni. Figure in gesso e carboncino su pezzi di tela cuciti insieme. Tre semplici materiali hanno dato vita a questo ritratto che ha sì un significato religioso ma, come tutte le opere di Da Vinci, è molto di più. È un ritratto della maternità: Anna che guarda la figlia, consapevole che dovrà sopportare terribili perdite, e il tenero sorriso di Maria, pieno di dolce tristezza, presaga del futuro, della scomparsa di questi bambini per volontà di Dio e dell'uomo. Ha l'espressione di una madre che sa che suo figlio non sarà con lei a lungo.

Io conosco la perdita. Molto tempo fa, in un'altra vita, prima che mi riprendessi la libertà, sono stata anch'io come questa donna che si aggrappa con tutte le sue forze a qualcuno che è destinata a perdere.

Spengo bruscamente lo schermo e gli volto le spalle. Sono sopravvissuta a quella parte della mia vita evitando di pensarci, e ho fatto del mio meglio per dimenticare ciò che mi avevano fatto Dio e l'uomo, perché non avevo altra scelta se non quella di andare avanti, continuare a respirare.

Molto prima di Dominic, ho messo al mondo un bambino. Mio figlio, che mi è stato portato via quando non aveva neppure un giorno.

Qualcosa nell'espressione di Maria fa riaffiorare i ricordi dalle più oscure profondità degli abissi. Ed ecco che in un attimo riesco a ricordare il volto di mio figlio in ogni dettaglio: la tinta ramata della sua pelle, la lanugine scura sul suo capo. Le sue manine strette in pugni delicati; i suoi occhi ostinatamente chiusi all'alba della vita.

Era nato nella luce azzurrata del primo mattino, mentre lunghe ombre grigie si riversavano nella mia stanza e la campagna bruna si estendeva fuori dalla finestra. Ero così giovane. Tenevo mio figlio tra le braccia, così piccolo e così perfetto, una molla carica di potenzialità. Ricordo il suo peso contro il mio petto, la curva di Fibonacci del suo orecchio. Il diluvio d'amore che provavo per lui lavava via ognuna delle azioni dolorose, disperate e crudeli che avevano originato la sua creazione. Il mio bambino, che adoravo da molto prima di conoscerlo. A cui mi ero preparata a dire addio ancora prima di conoscerlo.

Le ombre si fecero più fitte e invasero la stanza, il sole nascente accendeva d'oro il pulviscolo e ci irrorò brevemente del suo tepore. Nel cielo scorsero rivoli di rame fuso e il giorno lasciò il passo alla sera.

Avevo i crampi alle gambe, la vescica in rivolta, la schiena che urlava di dolore, e un'emorragia inarrestabile tra le gambe. Eppure mi rifiutavo di muovermi, di posarlo anche solo per un secondo, perché sapevo che ben presto non mi sarebbe più stato concesso di essere sua madre.

La luna era già alta quando lei venne a portarmelo via.

«Dove lo porterai?» le chiesi, e lo allontanai dalle sue braccia tese.

«In un bel posto» disse «dove gli vorranno bene e sarà al sicuro.»

Le sue parole non mi erano di alcun conforto. Era arrivato l'ultimo dei miei ultimi minuti di maternità, e io non ero pronta.

«Non può restare con me?» la implorai. «Prometto che farò tutto nel modo giusto. Per favore, lascialo con me.»

«Non si può» disse soltanto. «È ora.»

Premetti le labbra sul suo viso più volte e gli sussurrai mille promesse.

«Non ti dimenticherò mai» gli promisi. «Sarò con te per tutta la tua vita, anche se non puoi vedermi o riconoscermi, sarò al tuo fianco, te lo giuro. Non passerà giorno senza che pensi a te e a quanto ti voglio bene.»

Poi se ne andò, e tra le mie braccia vuote rimase solo il freddo della notte.

Quello che non ho mai confidato a nessuno, almeno non da quando ho perso Dominic, è che il mio bambino è stato portato via in una serena notte primaverile in un convento appena fuori Milano, nel 1498. Più di cinque secoli fa. Che il segreto che Da Vinci ha nascosto nel ritratto di quella ragazza triste e smarrita mi sta così a cuore perché quella ragazza *sono io*. Non so cosa mi sia accaduto quella notte, né come, né perché.

So solo che ho passato centinaia di anni in cerca del modo di disfare quello che mi era stato fatto senza il mio consenso. Centinaia di anni in cui ho guardato il mondo che ripartiva daccapo, una volta dopo l'altra. Secoli di amore, perdita, fine della speranza. So solo che non sopporto più questo mondo ma lui, anche se ho tentato mille volte di fuggire nella morte, sembra non avere alcuna intenzione di lasciarmi andare. So che, in qualche modo misterioso, il mio fragile cuore è stato reso invincibile contro la mia volontà.

Leonardo ha nascosto tantissimi segreti nelle sue opere. L'ultima speranza che mi rimane è che abbia nascosto la chiave della mia prigione in quella che ritrae me, la donna immortale che, mentre cercava un modo per morire, ha incontrato un uomo morente che vuole soltanto vivere.

II

Ma il potere libero può sconfiggere il tempo,
Come la roccia resiste i marosi e il vento.

The Deserted Village
Oliver Goldsmith

17

«Cos'è successo?» chiede immediatamente Kitty quando entro nella mia stanza. Ne ho presa una anche per lei ieri sera, ma è ovvio che mi stava aspettando. Appena entro butta il telefono sul letto e si raddrizza. «Hai un aspetto orribile.»

«Sei stata qui tutta la mattina?» le chiedo. «C'è una città enorme là fuori e tu sei rimasta qui a guardare il telefono?»

«Ben, sono una madre single, ho preso un po' di ferie e tu mi stai pagando un hotel a cinque stelle. Non fare un bel niente per me è il lusso più sfrenato. E poi Londra l'ho già vista, ed è come qualunque altro posto, solo più grande e più costosa. Sono qui per stare con te, non per vedere monumenti. E comunque, smettila di cambiare argomento. Cos'è successo?»

«Niente, come al solito. Non è successo niente» mento. Se le raccontassi dei miei «problemi di salute», mi costringerebbe a sedermi e metterebbe mia madre sul primo treno. «Sono andato alla Collezione Bianchi, a vedere un dipinto di Leonardo.»

«La *Gioconda*?»

«No, uno degli altri. Era bellissimo.»

Vado alla finestra e scosto le veneziane per guardare la strada. Questo pomeriggio qualcosa mi ha messo in moto il cuore, e tutto quello che prima sembrava così irreale ora è tremendamente vicino.

Kitty viene a mettersi accanto a me.

«Mi stai nascondendo qualcosa.» Mi prende per mano e mi esamina il viso. «Ben, cos'è successo? Sembra che tu abbia visto un fantasma.»

«C'era qualcosa in lei, nella ragazza del ritratto. Sembrava così triste, così persa. L'espressione sul suo viso mi faceva venire voglia di parlarle, di dirle che sarebbe andato tutto bene. Ma naturalmente non posso farlo. Il suo ritratto non è che il fantasma di una giovane donna triste e ormai non si sa più nemmeno chi fosse. Non voglio che succeda anche a me. Non voglio morire e sbiadire pian piano finché nessuno si ricorderà più di me.»

«Ben...» Kitty mi mette una mano sul braccio.

«No.» Mi allontano, scuotendo la testa. «Devo mantenere la calma. Non voglio passare i miei ultimi giorni a piangere tutte le mie lacrime. Non posso sprecare un minuto di più.»

«Allora raccontami cosa pensi, cosa provi. Dimmelo.» Kitty segue ogni mio gesto con lo sguardo. Ma io riesco a pensare a una sola cosa. A una sola persona.

Per un attimo sono tentato di raccontarle il mio incontro con Vita, ciò che mi ha detto dei dipinti, il fatto che uno in particolare potrebbe celare il segreto della vita eterna. Vorrei spiegarle che, a una persona come me, in un momento come questo, una conversazione così strana è apparsa quasi frutto di un intervento divino. Ma come faccio a dirle che mi è sembrato che *dovesse* voler dire qualcosa anche se non è così, anche se di fatto non significa nulla? Che siamo davvero soli nell'universo, sempre alla disperata ricerca di qualcosa? Che alla fine dei conti, è chiaro che il copione dell'universo non ha un lieto fine?

«È tutto così arbitrario, Kits, così stupido» dico. «Cercavo delle risposte, dei perché. Ma non ce ne sono. Ho finalmente capito che sono nella merda, Kits. Sono finito. E ho paura.» Mi trema un po' la voce.

Kits mi mette le braccia intorno al collo. «Ti prego, non avere paura. Sono qui per te. Ti starò accanto fino alla fine, se lo vuoi.»

Mi tiro un po' indietro per guardarla, i suoi occhi fissi nei miei.

«Non sprecare tempo a cercare un senso» dice, prendendomi il viso tra le mani. «Sei *ancora* vivo, qui, *ora*. È *questo* il senso. Lo so che è facile per me dire una cosa simile. Ma sono con te, Ben, qui con te. Cerca di non perdere la testa, tienila qui con me in questo momento. Sai, ho due strategie per gestire lo stress: la prima è bere, la seconda fare finta che vada tutto bene.»

«Negazione?» chiedo.

«Assolutamente no» sogghigna Kitty. «Finché va tutto bene, va tutto bene. Allora, diamoci una mossa. Faccio una doccia e poi usciamo a spendere tutti i tuoi soldi in stupide attrazioni turistiche sovraprezzate, okay?»

«È un'idea» rispondo, e mi costringo a sorridere per farla contenta.

18

QUANDO arrivo nella piazza, Mariah è seduta davanti alla porta di casa, a godersi il breve sprazzo di sole che bacia la facciata delle nostre case a quest'ora nelle sere d'estate. Ha le calze contenitive calate fino alle caviglie, la gonna alzata fino alle ginocchia e il viso teso verso i raggi di sole. Una lunga sigaretta le si consuma tra le dita. È il ritratto della serenità, una persona che in qualche modo sa come vivere ogni momento della propria lunga vita, anche mentre perde parti di sé. La invidio.

«'Sera» dico con un sorriso. «Com'è andata oggi?»

«Alla grande. Mi hai portato le caramelle?» Apre gli occhi. La sigaretta le cade a terra e ha di nuovo dieci anni, mentre batte le mani, a occhi sgranati. «La mamma mi ha detto di uscire così non le stavo tra i piedi, allora sono andata al fiume a saltare da una chiatta all'altra per tutto il giorno. Sono arrivata fino a Greenwich!»

«Sono riuscita a trovarne qualcuna» dico, e le lascio cadere una manciata di caramelle dure nelle mani a coppa. Le guarda, colorate come gemme, come se fossero altrettanto preziose, e le mette nella borsetta. «Le terrò da parte per un'occasione speciale.»

«Non hai avuto paura?» le chiedo mentre mi siedo sulla mia parte degli scalini. «Ad andare così lontano tutta sola, a chiedere passaggi a degli sconosciuti?»

«No, perché mai?» mi domanda Mariah, mentre guarda la borsetta per recuperare una caramella che si mette subito in bocca. «Hai avuto paura quando sei scappata di casa e hai attraversato il mare fino a Londra?»

«Ero terrorizzata» rispondo, al ricordo di quel primo pericoloso viaggio per mare fino a un luogo così diverso da quelli che conoscevo. Il legno della nave scricchiolava e gemeva come un moribondo. E l'odore di vomito e sudore era così intenso nell'aria pungente che mi pareva di sentirne il sapore. Occhi avidi seguivano ogni mia mossa, al punto che osavo appena dormire. Una preda così facile, una giovane donna sola. Più d'uno non riuscì a resistere e cercò di farmi sua. Non sapevano che avevo più di ottant'anni quando ero salita su quella barca. Che in quegli otto strani decenni avevo imparato a difendermi in ogni situazione, in modo che nessun uomo potesse sfiorarmi mai più con un dito se non lo volevo. Ignoravano che avevo un pugnale tra le sottane, e sapevo come usarlo. Quando se ne accorsero, mi lasciarono stare.

Avevo capito che era ora di partire quando avevo sentito dire che mio figlio stava morendo. Finché era vivo, mi ero nascosta nei chiostri di un convento il più vicino possibile a lui. L'avevo guardato diventare uomo da lontano, avevo assistito con dolore e orgoglio alle fuggevoli gioie e vittorie che avevano segnato la sua esistenza, alle tragedie e ai lutti che avevano testimoniato il suo coraggio. Ero rimasta a guardare mentre si chinava sotto il peso degli anni, e nei suoi ultimi momenti ero riuscita a stargli vicina.

Il mio bambino, mio figlio. L'avevo abbracciato alla fine, come all'inizio. Mi riconobbe, all'ultimo, mentre gli sussurravo una ninnananna e cadeva la pioggia. Non so come, ma ha riconosciuto le mie carezze. Ne sono sicura. Riuscii a donargli nella morte il conforto materno che mi era stato impedito di dargli finché era vivo. Solo quando se ne andò e rimasi davvero sola trovai il coraggio di andarmene. Il mondo che conoscevo e l'esistenza che credevo sarebbe stata l'unica a mia disposizione erano diventati polvere sotto i miei piedi, e non avevo altra scelta che vivere.

«Be', se tu sei riuscita ad attraversare la Manica su una nave tutta da sola, allora non credo che farsi scarrozzare da qualche chiatta sia chissà che cosa» dice Mariah, e mi riporta a sé oltre l'abisso del tempo.

«Eri così piccola allora, e il mondo era così pericoloso. Non so perché non mi preoccupavo di più.»

Persino allora, con le bombe che cadevano dal cielo, il mondo mi sembrava un posto più sicuro.

«Altri tempi» dice Mariah. Il suo viso si placa mentre succhia la caramella, e torna alla sua vera età. «Credo di essere stata fortunata. Forse tutti erano troppo spaventati ed esausti per preoccuparsi di una cosina come me. Ho avuto una vita fortunata, ho avuto mamma e papà, e poi Len e te. Ho avuto i miei dolori e i miei lutti, certo, ma nessuno mi ha mai fatto del male, non come a te. Gli anni difficili che hai passato, tutta la gente che hai visto morire... Non so come fai ad andare avanti, Evie.»

Non ho alcun segreto per Mariah. Non ho mai sentito il bisogno di nasconderle alcunché. Da piccola adorava le mie favole, come aveva fatto sua madre a quell'età. E ora che è vecchia, tutte le storie e i ricordi che ho condiviso con lei esistono solo nel suo presente. Per Mariah non c'è passato e non c'è futuro. Vive solo nel presente, il luogo in cui tutto è possibile.

«Anche grazie a te» dico, e le carezzo una guancia. «Mia bella bambina, so che avevi la tua mamma, ma mi piace pensare che ero la tua zia preferita e la tua migliore amica. Sei come una figlia per me.»

«E tu per me» dice Mariah con una risatina. «Non è buffo? Mi sei mancata da morire quando non c'eri. Ma ero felice che avessi trovato qualcuno, come io avevo trovato il mio Len. Ero davvero felice, Evie.»

«Vuoi che ti porti qualcosa?» le chiedo.

«Raccontami una storia» risponde, e mi appoggia la testa sulle ginocchia. «Quella su quel tizio, Isaac Newton.»

Sul suo viso c'è ancora qualche traccia della bambina che

conoscevo; gli occhi che brillano, le fossette intorno alla bocca. Spesso, quando aveva paura dei bombardieri e la sua mamma era di turno, veniva a trovarmi, e mi metteva la testa sulle ginocchia nello stesso modo. Le facevo e le disfacevo le trecce, le accarezzavo i capelli e le raccontavo delle storie finché il pericolo era passato.

«Oh, Isaac era un uomo affascinante» racconto. «Ma quando lo conobbi, per poco non diventò completamente matto. Non è che è diventato matto *perché* mi aveva conosciuto... almeno credo.»

«Come mai?» chiede Mariah, sognante.

«Voleva scoprire da solo tutti i segreti dell'universo. Credeva davvero che ciò che gli alchimisti avevano studiato secoli prima fosse possibile.» Caro Isaac, sempre corrucciato, arrabbiato, sempre sull'orlo di qualcosa di miracoloso o di terribile, e non sapevo mai quale delle due circostanze fosse. Per un certo periodo, fu un amico davvero geniale. «Andai a trovarlo a Cambridge perché avevo saputo che stava cercando l'impossibile, e credevo che potesse essere interessato a conoscere la prova dei misteri del cosmo. Che sarebbe riuscito ad aiutarmi a capire cosa mi era accaduto.»

«E ce l'ha fatta?» chiede Mariah.

«No, ma è stato un esperimento davvero interessante» dico con un certo rimpianto. «Non ho mai conosciuto un uomo più ossessivo. Studiava l'alchimia a tutte le ore. Pagine su pagine di appunti, esperimenti e invenzioni che credeva l'avrebbero reso padrone del tempo e dello spazio. Credo che ci sia anche andato vicino. Ma la sua ossessione, o il fatto che lavorava con il mercurio, o entrambe le cose, lo fecero ammalare gravemente. Scrissi alla sua famiglia, che lui odiava, e lo costrinsero a tornare a casa. Era molto arrabbiato con me, non riuscì mai a perdonarmi, ma non volevo che morisse a causa mia. Naturalmente guarì, e il resto è storia. Ma non ammise mai, per tutta la vita, di aver studiato l'alchimia. E non volle mai più rivedermi. Non mi perdonò per averlo mandato a casa.»

«Be', sarà stato intelligente come dici tu, però era un idiota» dice Mariah, e scoppiamo a ridere.

«Vuoi che ti metta a letto?» le chiedo.

«Oh, no, grazie. Sono felice» risponde Mariah. «Felice come una Pasqua. Tra poco il mio Len torna a casa e mi porta a ballare. E tu, Evie? Dov'è il tuo tipo, stasera?»

Sono tentata di buttarmi nel suo mondo di ricordi e facili viaggi nel tempo, di tornare ai tempi dell'audace, elegante Evelyn, pronta a ballare per tutta la notte in caso non ci fosse un domani. Ma non sono più quella che ero quando mi chiamavo così. Ora, porto i segni dei miei dolori.

«Non lo vedo da tanto tempo» dico triste. «È via.»

«In guerra, vero?» dice Mariah, e guarda il cielo privo di nuvole. «Ci sarà un bombardamento stanotte?»

«No» la rassicuro. «Hanno detto alla radio che stasera non ci sarà nessun bombardamento.»

Si apre la porta e appare Viv con un sacchetto della spazzatura che butta nel bidone.

«Io allora ho finito, Mariah!» dice. «Marta arriva tra poco. Ci vediamo domani. Fai la brava, mi raccomando.»

«Vado a ballare» le risponde allegramente Mariah. «Evie dice che non ci sono bombardamenti stanotte.»

Guardo la porta stretta di casa mia. Resto ancora un attimo con Mariah a godermi il gradino assolato dove il tempo non esiste, tutto avviene contemporaneamente e nulla fa male, perché nulla è perduto.

«Mariah, come fai a essere sempre felice?» le chiedo.

«È perché non sono come te» dice con nonchalance. «Tu devi portarti dietro tutto, Evie. Io non sono altro che un battito di ciglia di Dio.»

Seduta sul letto, apro il laptop e cerco il nome di Ben. Non so cosa sto cercando di preciso, né perché, ma non impiego molto a trovare il suo sito, in cui lui afferma che il suo lavoro è: «Creare soluzioni di design ottico per piccole imprese».

C'è una sua foto. È seduto su un gradino con una mano che affonda nel pelo di un cane dalle orecchie ritte, steso ai suoi piedi, e la bocca colta nell'attimo prima del sorriso.

Vedere questa versione di lui, quella prima che sapesse come stava male, è come uno schiaffo in pieno viso. Dovrei gioire della mia fortuna, delle decine di vite che mi hanno permesso di guarire la ragazza terrorizzata e distrutta che ero e di trasformarla nella donna che sono oggi. La mia esperienza, il mio dolore dovrebbero darmi una ragione per andare avanti, non per arrendermi. Ho sopportato guerre, carestie e pestilenze, e ho eluso anche i tentativi più ostinati di farmi fuori. Ho sempre sospettato di non essere in grado di uccidermi, ma solo dopo la morte di Dominic ho capito fino a che punto non volessi vivere in questo mondo senza di lui. Una sera ho preparato un bagno caldo, ho preso due dozzine di tranquillanti con una bottiglia di buon rosso e mi sono tagliata i polsi con il pugnale che portavo da quando avevo lasciato Milano. Nella vasca, mentre guardavo con interesse distaccato le volute del mio sangue nell'acqua, mi sono sentita felice che fosse finalmente finita, ho percepito la promessa di un riposo per il mio corpo stanco. Almeno fino a che non mi sono svegliata il mattino seguente immersa in acqua fredda e rosata, e senza neppure una cicatrice.

Allora ho capito di non avere speranze.

Ho cercato di capire quello che mi era successo perché volevo morire. Ma se avessi potuto aiutare qualcuno che voleva vivere?

Ma se – *se* – lo contattassi, per chi lo farei? Per il suo bene o il mio?

Chiudo il laptop e prendo un cofanetto di mogano grande come una scatola da scarpe da sotto il letto; l'ultimo ricordo della mia amicizia con Isaac. Lo apro, guardo dentro e mi ritrovo a chiedermi: e se ci fosse una piccola probabilità che io sia l'unica persona al mondo in grado di salvargli la vita?

19

«E ADESSO?» chiede Kitty quando scendiamo dall'autobus e ci guardiamo intorno. «Sai almeno dove siamo?»

Strizzo gli occhi per guardare la mappa sul telefono. «Penso che siamo a... Wapping. Mi sa che abbiamo preso il bus giusto, ma nella direzione sbagliata.»

«Wapping.» Kitty mi fissa con gli occhi socchiusi.

«Ascolta, tu eri d'accordo quando ci siamo messi a correre per prendere l'autobus. Non ti ho sentita dire che era quello sbagliato! E comunque non sono mai stato a Wapping. Perché non cavalchiamo l'onda e vediamo dove ci porta quest'avventura?»

«A Wapping» ripete Kitty. «Okay, non era *proprio* quel che avevo in mente per stasera, ma se trovi un pub e paghi da bere ci sto.»

«Oh, guarda, questo è perfetto» esclamo mostrandole il telefono. «The Prospect of Whitby è a cinque minuti da qui. Andiamoci. A quanto pare è il pub più antico di Londra. Un sacco di storia. Pirati, contrabbandieri, tagliagole, eccetera.»

«Eccellente» replica Kitty, in tono poco convinto. Ma mi prende sottobraccio e seguiamo la mappa verso il fiume, fino a trovare un edificio georgiano dall'aria piuttosto decrepita, fatto di mattoni scuri e bovindi dipinti di nero.

«Dice che qui c'è stato un pub fin dal 1520» leggo ad alta voce a Kitty mentre ci avviciniamo all'ingresso. «In alcuni punti c'è ancora il lastricato originario!»

«Basta che vendano ancora alcol» commenta lei. Sta per entrare quando un volantino attrae la mia attenzione e le afferro un braccio.

«Guarda qua!» esclamo, indicando un foglio A4 appeso tra annunci di serate quiz, fogli per iscriversi a tornei di calcetto e partite di freccette. «È di sopra, è iniziato da cinque minuti. Ci diamo un'occhiata?»

Kitty torna indietro per leggere il volantino, poi distoglie lo sguardo dall'immagine a bassa risoluzione sulla fotocopia di bassa qualità per scoccarmi un'occhiata incredula.

«Sei pazzo?» dice. «Abbiamo tutta Londra e tutti i tuoi soldi a disposizione e tu vuoi passare la serata con degli sfigati che si fanno chiamare Il Club dell'Ultima Cena? Ma come stai?»

«C'è scritto che è un gruppo di appassionati del Rinascimento e di Da Vinci. Sembra che abbia un ruolo importante in questo viaggio. Che sia un segno? Kitty piantala di alzare gli occhi al cielo.»

«Scusa, deformazione professionale da sorella minore» risponde. «Continua pure, ti ascol... Oh guarda, c'è l'happy hour.»

«No, ho un presentimento» dico, e la costringo a incrociare il mio sguardo.

«Un presentimento» ripete. Non c'è traccia del suo rassicurante sarcasmo.

«Sì» confermo, facendo spallucce.

«Ben, abbiamo già parlato di ciò che senti. Adesso dobbiamo bere.» Kitty mi guarda da sotto in su. «Credi che troverai delle riposte per questa situazione impossibile, ingiusta e assolutamente tragica in un pub a Wapping. Ma non le troverai. Quindi per favore smettila di fare così.»

«Così come?» le chiedo, anche se so già la risposta.

«Come se dovessi compiere un'impresa. Finirai solo per farti del male.»

«Impresa?» chiedo.

«Una roba in cui tu sei Don Chisciotte e io sono il tizio ciccione sull'asino.»

«Sono un poeta morto o Don Chisciotte? Deciditi.»

«Sei tutti gli eroi tragici» dice con dolcezza. «Non posso salvarti dal tuo cervello, ma posso provare a evitare che sprechi tempo a cercare miracoli dove non ce ne sono. Come ad esempio la squallida sala al piano di sopra di un pub.»

«Non volevo...» mento.

«Non farti seguire come quando da ragazzini dovevo venirti dietro tutti i sabati fino a quella libreria e fare il palo per vedere se passavano quei tuoi compagni che volevano picchiarti, mentre tu stavi seduto a leggere per terra. Non è il weekend ideale per una dodicenne, sai? Avrei dovuto essere da Boots a rubare lucidalabbra con le amiche. La vita è troppo breve per inseguire le ombre, Ben.»

«Volevo solo vedere com'era questo club da nerd, visto che sono nerd anch'io» ribatto. «E comunque, pensavo che anche a te piacesse guardare i libri» aggiungo.

«Alla gente interessante non piace guardare i libri, Ben» dice lei. «Facevo finta, per tirarti su. A parte Jilly Cooper, ho imparato un sacco da Jilly Cooper, devo ammetterlo.»

«Kits.» Le metto una mano su una spalla. «Non voglio andarci per combattere contro i mulini a vento, ma perché sono un nerd e ho la forte impressione che lo siano anche quelli del Club dell'Ultima Cena. Ed è la mia idea di divertimento. E me lo lascerai fare, perché sei gentile e leale. E poi immagina quanto te la spasserai a prenderci tutti per il culo dopo.»

«Questo sarà divertente in effetti» dice Kitty, seria. «Ma non andarci come un povero piccolo poeta morto perduto su un asino.»

«Semmai è il contrario» dico. «Mi sembra... mi sembra quasi di essere stato trovato.»

Kitty mi stringe in un abbraccio.

«Ti rendi conto che non smetterò mai di prenderti per il culo per aver detto una cosa del genere ad alta voce, vero?»

* * *

Una dozzina di uomini ammutoliscono quando apro la porta della sala dove si tiene l'incontro.

«Non è troppo tardi per tirarsi indietro» sussurra forte Kitty dietro di me, anche se lo è.

«Salve. Ciao!» dice il primo che ci ha notato. «Scusate, ma come potete vedere non ci aspettavamo che vi uniste a noi. Mettiamo i volantini, ma nessuno viene mai al Club dell'Ultima Cena. Mai.»

«In pratica la prima regola del Club dell'Ultima Cena è che non lo frequenta nessuno a parte noi» dice un altro ragazzo con un risolino.

«Possiamo?» chiedo. «Non volevamo disturbarvi.»

«Assolutamente» aggiunge Kitty con enfasi.

«No, oddio, non ve ne andate» interviene un altro. «Seriamente, abbiamo bisogno di sangue giovane.»

«Non che facciamo sacrifici rituali o cose del genere. Piacere, sono Dev» dice un altro, e rivolge un sorriso smagliante a mia sorella.

«In effetti siamo al completo però» aggiunge il primo. «Quindi, tecnicamente...»

«Al completo?» chiede Dev.

«Tredici. Siamo tredici in tutto, il numero dei discepoli all'Ul...»

«Be', il nostro tredicesimo membro non si vede da una vita e comunque nessuno ha mai detto che era una regola» dice Dev. «Se lo è, perché ci pubblicizziamo? Non siamo affiliati a nessuna religione!»

«Non è una regola» concorda il membro più anziano del gruppo, un uomo sui quaranta con la barba brizzolata e i capelli corti. «Siamo un gruppo di menti curiose e non bisogna porre limiti alla curiosità. Sono certo che sarai d'accordo, Ian.» Ian si siede facendo spallucce. «Benvenuti al Club dell'Ultima Cena.»

«Sono Ben, e lei è Kitty» dico, e mi siedo accanto a mia sorella.

«Sono un ingegnere ottico specializzato nell'innovazione degli obiettivi. Sono interessato a Leonardo Da Vinci.»

«E chi non lo è» borbotta Ian, come se avessi parlato degli S Club a un raduno thrash metal.

«E io sono solo la sua sventurata accompagnatrice» interviene Kitty.

«Siamo molto felici di conoscervi» dice il più anziano. «Sono Negasi. Mi interesso di astrofisica e astronomia antica. Dev è un ingegnere meccanico e Ian un chimico industriale.» Poi elenca i nomi degli altri, che dimentico immediatamente. «Durante i nostri incontri condividiamo sempre del vino rosso, del pane azzimo e dei formaggi. Posso offrirvi qualcosa?»

«Un bicchiere di vino, grazie» dico.

«Bello pieno.» Kitty sorride a Dev, e all'improvviso sembra molto più contenta di essere qui.

«E come avete saputo di noi?» chiede Negasi mentre ci versa due bicchieri.

«È stato un caso» dico. «Abbiamo preso il bus sbagliato, siamo capitati qui e abbiamo visto il volantino di sotto. Insomma, al posto giusto nel momento giusto.»

«Nessuno dice mai niente del genere sul Club dell'Ultima Cena» scherza Negasi.

Prima che possa rispondere, la porta si apre ed entra una donna con una grossa scatola di legno in mano. Indossa un abito di velluto rosa cupo così lungo che l'orlo di perline verde lime spazza quasi il pavimento.

Dal gruppo partono acclamazioni, saluti militari, e affettuose esclamazioni: «Chi non muore si rivede!»

«Lo so, lo so, non vengo da secoli, ma mi perdonerete quando vedrete cosa vi ho...» Vita spalanca gli occhi quando mi vede, la O rotonda della sua bocca sorpresa si allarga in breve nel più bello dei sorrisi.

«Ben» dice.

20

Con le guance quasi dello stesso colore del mio abito Biba anni Sessanta, mi siedo accanto a Negasi; i miei amici mi accolgono con allegri rimproveri perché non ho partecipato agli ultimi incontri e mostrano uno spiccato interesse per la mia misteriosa scatola.

«Non direi nulla, ma sei la fondatrice del club» dice Dev con un sorriso ironico.

«Lo so, lo so» rispondo. «Da Vinci mi ha dato un po' da fare.»

«Però ne è proprio valsa la pena» dice Ben. «La mostra di Vita è splendida.»

«Vi conoscete?» chiede Ian.

«Non proprio. Ci siamo incontrati ieri» risponde Ben. «Kitty, questa è Vita, una curatrice della Collezione Bianchi.»

«Grande» dice la ragazza con un sorriso. «Sono la sorella di Ben.»

«Avete lo stesso sorriso» commento.

«Cos'hai lì, Vita?» chiede Ian mentre getto un'occhiata a Ben. Non mi ero ancora accorta dell'ampiezza delle sue spalle, né della grazia delle sue mani. Il calore mi risale il petto e il collo quando i suoi occhi incontrano i miei.

«Be', il mio prossimo progetto guarda all'intersezione tra scoperta scientifica e alchimia. Quei primi scienziati avevano anticipato così tante scoperte scientifiche di oggi… Cos'altro potremmo imparare dal passato?»

«Pane per i nostri denti, insomma» interviene Dev. Si frega le mani, impaziente. «Hai intenzione di aprirlo?»

Poso sul tavolo il cofanetto che ho recuperato dal laboratorio di Isaac prima che fosse smantellato, e lo spingo verso il centro. Tutti si sporgono a esaminarlo.

«Ho trovato questo *strumento* qualche anno fa» spiego. «A Cambridge. Il cofanetto è di buona qualità, ed è stato creato su misura per il *congegno*, e risale alla fine del Seicento. È stato ovviamente progettato per fare qualcosa, ma non riesco a capire cosa. Questo rompicapo mi fa diventare matta da quando ne sono venuta in possesso. Ma se potesse essere la chiave di qualche innovazione moderna? Una possibilità remota, lo so, ma nulla è impossibile.»

«A parte il viaggio nel tempo» sussurra Ian.

«In che senso l'hai *trovato*?» chiede Dev. «È caduto da un camion?»

«Mi crederesti se ti dicessi che l'ho trovato a un mercatino dell'usato?» chiedo.

«Se ci tieni…» Dev fa un sorriso smagliante a Kitty.

Apro con cautela il cofanetto e ne rimuovo il contenuto quasi in un unico pezzo. L'oggetto di ottone è sapientemente equipaggiato con lenti di vetro levigato di varie dimensioni e spessori, incastrate nel meccanismo. «All'inizio credevo fosse un modello scartato per un microscopio.» Estraggo l'ultima parte dell'oggetto dalla scatola e la tiro fuori dalla sua custodia di velluto. Poi infilo attentamente il prisma molato a mano nell'incavo alla sommità del meccanismo. «O qualche genere di esperimento ottico. Ma non riesco a capire a cosa serva. Idee?»

«Accidenti» dice Mike mentre lo osserva da sopra le lenti, e un mormorio elettrizzato fa il giro del tavolo.

«Un vero rompicapo» commenta Tom. Tende una mano per toccarlo, poi esita: «Possiamo?»

«Il periodo è troppo tardo» dice Ian. «Per il nostro interesse specifico, intendo. Dovremmo occuparci del primo Rinascimento.»

«Oh, Ian, sta' zitto» dice Dev. «È affascinante.»

«Sì, ma mi ricorda tantissimo gli oggetti e le invenzioni nei Codici di Da Vinci» dico a Ian. «Non riesco a trovarne uno di preciso che gli somigli, ma credo che la persona che l'ha creato conoscesse le opere di Da Vinci, e forse le sue idee sull'alchimia.»

Di solito a questo punto la gente sorride o addirittura ridacchia, ma nessuno nella stanza lo fa, ed è uno dei motivi per cui ho fondato questo club. Volevo un modo per radunare persone che la pensavano come me e che, tutte insieme, forse avrebbero potuto risolvere il più difficile degli enigmi, anche senza saperlo.

«Mi sento di concordare con questa valutazione» dice Negasi, mentre gli altri mormorano le loro idee.

Il gruppo si avvicina al tavolo per osservare meglio lo strumento. Ben si tiene un po' in disparte, ma vedo che lo ispeziona con gli occhi, esaminando ogni dettaglio con profondo interesse.

Sono venuta qui pensando a lui, e me lo sono trovato di fronte. Non so cosa voglia dire, ma mi spinge alla cautela. Le coincidenze improbabili e le ragioni per sperare precedono sempre le peggiori perdite: solo chi ha vissuto quanto me potrebbe saperlo così bene.

«Vado a prendere altro vino mentre lo esaminate» dico.

«Non preoccuparti, ne porteranno su dell'altro tra un po'» risponde qualcuno, ma faccio finta di non aver sentito nella speranza che Ben trovi un motivo per seguirmi, così potremo stupirci insieme di questo strano incontro.

Quando ho fondato il Club dell'Ultima Cena ho scelto il Prospect of Whitby perché è uno dei pochi posti che conosco fin dal mio arrivo a Londra, secoli fa. Di tanto in tanto è stato più di un punto di riferimento: è stato anche un rifugio. Ho persino vissuto e lavorato qui a un certo punto, al riparo di questa piccola roccia secolare che si erge solida e imperturbabile in questa città in continuo mutamento.

Il bancone principale è cambiato molto da quando ci lavoravo, ma riconosco ancora alcune linee della stanza; so di aver toccato le robuste travi che sostengono il soffitto più di una volta, e di aver già camminato sui pavimenti in pietra. Una sola cosa non è cambiata di recente: il mio ex capo dietro al bancone, che chiacchiera con gli habitué, una mano su una spina.

«Ehilà, Hew» dico con un piccolo sorriso. «Scusa se non mi sono fatta vedere, il lavoro è un inferno.»

«Piacere di vederti, tesoro» sorride Hew. Tira giù un bicchiere e mi versa un gin, a cui poi aggiunge un paio di cubetti di ghiaccio. Proprio come piace a me.

«Ho pensato che potevi aver bisogno di una mano» dice Ben, apparso accanto a me. Mi volto verso di lui e dimentico ciò che stavo dicendo.

«Oh, il tuo nuovo ragazzo?»

«Oh, no» arrossisco. «È Ben. Ci siamo conosciuti ieri.»

«Bene» dice con le sopracciglia alzate mentre dispone altre quattro bottiglie di vino su un vassoio, insieme a dei bicchieri puliti. «Pensavo che forse… Be', hai capito. È un po' che Dominic se n'è andato.»

Segue un silenzio imbarazzato.

«Facciamo così» dice Hew dopo un po' «voi tornate su e ve le porto io. E passa a salutarmi prima di andartene, d'accordo?»

«Promesso» rispondo, lanciando un'occhiata a Ben, che mi segue nel vicolo tranquillo sul retro.

Appena siamo soli cala un silenzio carico di aspettative.

Alla fine, è lui a parlare: «Be', è proprio una sorpresa».

«Sì» concordo. «Veramente.»

«Però mi fa piacere» dice.

«Anche a me» rispondo, e tamburello leggermente i polpastrelli di una mano su quelli dell'altra. «Ho trovato il tuo sito e ho pensato di contattarti, ma non sapevo se fosse una buona idea.»

«Hai pensato di contattarmi?» ride Ben. «Immagino che molti non vorrebbero rivedermi mai più dopo avermi visto in quello stato. E non gli darei neppure torto.»

«Non ho paura della morte» dico. «Ero con mio marito quando è morto.»

E con così tanti altri.

«Oddio» dice Ben, con aria affranta, «mi dispiace.»

«Grazie. Si chiamava Dominic» dico. «È stato... è passato del tempo.»

«Vita, questa forse non è una...»

«Ben, stavo pensando...»

«Oh, eccovi» dice Kitty scendendo le scale. «Stavo cercando il bagno delle donne.» Le sarà sfuggito il cartello gigante proprio fuori dalla porta della sala dove si riunisce il club.

«Scusa, sorellina» dice Ben con un sorriso. «Ti ho lasciata sola con i nerd?»

«Proprio così. Per fortuna quello che si chiama Dev è anche piuttosto carino. Che succede qui?»

«Niente, stiamo solo chiacchierando. Ho conosciuto Vita alla mostra l'altro giorno. È stato assurdo ritrovarla qui!»

«Assurdo» ripete Kitty. Riesco a vedere il dolore sotto la sua maschera allegra.

«Be', torniamo su?» chiedo. «Il bagno delle donne è lì.»

Kitty sale per prima. Ben e io ci scambiamo uno sguardo, e sento qualcosa cambiare, come se gli ingranaggi del tempo avessero ripreso a girare.

21

Non ha alcun senso, ma ero sicuro che Vita sarebbe arrivata diversi secondi prima che entrasse nella sala. Come se averla conosciuta in un momento così particolare e in un modo così straordinario avesse creato una sorta di attrito universale che si rifiuta di lasciare questa storia a metà, anche se non è ancora stata scritta. Appena l'ho vista ho capito che persino alla fine può esserci un inizio. Non so ancora di cosa, solo che è già iniziato.

Ora che abbiamo bevuto altro vino e i tredici membri del Club dell'Ultima Cena discutono con entusiasmo un po' esagerato del marchingegno di Vita, contro ogni previsione mi sento così vicino alla felicità da poterla quasi toccare. Qualche minuto fa Kitty ha chiesto a Dev cosa pensava che fosse lo strano oggetto, e ora parlano, spalla a spalla, e si guardano; vedo la curva della sua guancia, rotonda come una mela, ed è così solo quando sorride davvero.

«Uno sbuccia banane?» tira a indovinare Kitty, mentre Dev si accarezza la barba.

«Ipotesi interessante» risponde. «Pensavo più a un primo modello di cellulare.»

«Ci sono!» Kitty alza la mano come se fosse a scuola. Non che fosse mai così entusiasta a scuola. «È una macchina del tempo.»

«Impossibile» dice Ian.

«Sarebbe fantastico» risponde Dev, pensieroso.

«Oh, non ci vuole molto a viaggiare nel tempo» dice Kitty con noncuranza. «Ho notato spesso che un bacio davvero bello ti fa sentire come se avessi di nuovo vent'anni.»

Dev si volta verso di lei.

«Puoi articolare meglio la tua tesi?» dice.

Nella speranza di parlare di nuovo con Vita, tiro a me lo strano oggetto, lo sollevo e lo rigiro tra le mani. Ha un peso gradevole, e la fattura lo è ancora di più. Il modo in cui ogni sua parte, perfettamente realizzata a mano, si unisce e interagisce con le altre riempie di profonda soddisfazione il mio cuore di ingegnere. Le lenti devono essere state molate a mano; sono precise e rifinite come piccoli capolavori.

«E tu, hai idea di cosa sia?» mi chiede Vita, dall'altra parte del tavolo, come se potessi davvero darle una risposta.

«No, non proprio.» Lo osservo ancora per un momento. «Però, in base alle mie limitate conoscenze, un prisma e una lente sono due cose diverse, giusto? Il primo serve a separare la luce e la seconda a ingrandire. Quindi forse serviva per vedere più da vicino... una serie di onde di luce? Non funzionerebbe mai con questa combinazione, né con nessun'altra. Però potrebbe essere un primo tentativo, riuscito solo in parte, di creare qualcosa di simile alla macchina da presa dei Lumière, un modo per vedere sotto gli strati di vernice quasi come...» Un fremito elettrizzato mi percorre la schiena quando capisco che cos'ho in mano. «Un prototipo della stessa tecnologia che sto sviluppando.»

Vita socchiude le labbra e spalanca gli occhi.

«Interessante» dice, e si avvicina. Intorno a noi si accende una discussione sulle fotocamere multispettrali, il metodo *layer-to-amplitude* e il rapporto segnale/rumore e sul perché io, umile ingegnere, di sicuro mi sbaglio. Ma in mezzo a tutto questo, sono sempre consapevole della vicinanza fisica di Vita.

La mano di Kitty sulla mia spalla mi fa sussultare.

«Torno all'hotel» dice. «Vieni?»

«Non ancora» rispondo lanciando un'occhiata a Dev, che alle sue spalle fa finta di non accorgersi che tutti i suoi amici lo stanno fissando. «Ma tu vai pure. Divertiti.»

«Grazie della bella serata, ragazzi» dice Kitty, e mi manda un bacio mentre infila la porta.

«Be', non ho ancora capito nulla, ma è stato un piacere. Anch'io devo andare» dice Vita qualche minuto dopo. Un coro di lamenti e suppliche si leva dalla tavolata quando inizia a riporre lo strano artefatto nel suo meraviglioso cofanetto.

«Devo andare. Domani mi alzo presto. Ma la prossima volta ci sarò di sicuro.» Tutti esultano. A quanto pare anche il Club dell'Ultima Cena è molto preso da lei.

«Posso scortarti?» mi offro precipitosamente. Scortarti? Ma chi mi credo di essere, Lancillotto?

Dopo un attimo di esitazione, Vita annuisce.

«Grazie» dice. «Il cofanetto è un po' pesante.»

Esageratamente soddisfatto di me, le apro tutte le porte mentre usciamo dal pub, verso le strade rinfrescate dalla notte.

«Hai promesso di salutare il gestore» le ricordo.

«Oh, Hew? Sì, lo so, ma mi sembra di aver chiacchierato abbastanza per stasera. Lo vedrò la prossima volta.» Si sposta la scatola da uno splendido fianco arrotondato all'altro. «Non c'è bisogno che mi accompagni a casa se non ti va.»

«Mi va parecchio.» Stupido idiota. Ma il sorriso che ottengo in risposta da Vita mi convince che ne valeva la pena.

«Non hai idea di dove abito.»

«Tanto da Wapping è tutto lontano. Comunque, dove abiti?»

«Soho.» Sorride.

«Perfetto. Devo prendere la stessa linea. Se preferisci posso sedermi in un'altra carrozza.»

Vita fa una risatina.

«Mi piaci» dice. «Non capita spesso che mi piaccia qualcuno.»

«È un complimento?» le chiedo.

«Sì» risponde. «Non sai quanto.» Guarda il cofanetto che tiene tra le sue braccia: «Allora, questo lo porti tu? Pesa un sacco». Poi si rende conto di quello che ha detto. «Oh, a meno che...»

«Sono in grado di trasportare scatole» spiego. «Non saranno quelle ad accelerare la mia dipartita. E spero proprio di non crepare sulla metro. Immagina quanto si incazzerebbero i londinesi. Anche se in effetti quello sarebbe il lato positivo.»

Stavolta scoppia a ridere, e la luce dei lampioni le fa brillare gli occhi mentre entriamo nella stazione.

«A proposito, mi dispiace per tuo marito» continuo. «Doveva essere giovane. Ma non dobbiamo parlarne se non vuoi.»

«No, va bene. Credo che a volte sia più semplice parlare di cose davvero serie con gli estranei» dice Vita mentre arriva la DLR. «Ma preferirei non farlo stasera. Stasera voglio sedermi ai posti davanti e far finta di guidare il treno.»

«Davvero?» È il mio turno di ridere. «Non sembri il tipo che gioca con i trenini.» Mi siedo accanto a lei, poso il cofanetto in grembo e aggiungo: «E poi, non ti sento come un'estranea».

Mi risponde con un lento sorriso, uno di quelli che sembra si siano appena svegliati da un lungo sonno.

«Non sono tanto i treni a piacermi, è più l'elettricità» mi spiega. «Ce l'abbiamo da così tanto che secondo me ci dimentichiamo che è praticamente magia.»

«Magia?» rido. «Sei davvero nel tuo elemento con i tizi dell'Ultima Cena, eh?»

«Cinquecento anni fa tutto questo sarebbe sembrato stregoneria» dice Vita, indicando con un gesto le luci della città. «E nello schema generale delle cose, cinquecento anni sono un batter d'occhio.»

«E trentadue? Cosa sono, nello schema generale delle cose?» le chiedo.

«Ah, be', è questa la bellezza del tempo» risponde. Segue con gli occhi i grattacieli illuminati a giorno che ci sfilano accanto, soldati del progresso. «La mortalità significa che puoi rallentarlo fino quasi a fermarlo, se vuoi.» All'improvviso si volta a guardarmi. «Se ti eserciti abbastanza puoi fare in modo che un momento duri per sempre.»

«Come?» le chiedo.

«Basta tenerlo stretto.» I suoi occhi scuri scrutano i miei. «Quando sei felice, quando le cose vanno bene o sei pieno di speranze, assapora a fondo quel momento e tienitelo stretto finché puoi. Cerca di ricordare ogni particolare: il caldo, il profumo dell'aria, la sensazione del treno che si muove sotto di te. Memorizza tutto, così a distanza di ore, di giorni, quando vuoi, potrai dirti *Ero lì, ero così felice, era tutto vero.*» Fa un breve respiro. «La cosa buffa è che incontrarti mi ha ricordato come si fa.»

«Davvero? Perché?» Negli ultimi due giorni mi sono fatto le stesse domande mille volte, ma stavolta hanno un significato diverso. Sono piene di speranza.

«Sei stato tu a ricordarmelo» dice. «Mi ero dimenticata come si faceva. Grazie.»

Non diciamo nient'altro finché il treno arriva alla fermata in cui dobbiamo cambiare. Quel momento perfettamente miracoloso ormai fa parte del passato, ma è ancora mio. L'aria calda e una Londra di vetro luccicante che si allunga verso un cielo violetto e delicato. Il suono della voce di Vita, dolce e limpida, il modo in cui inclina il capo, in cui le ondeggiano i capelli, in cui le brillano gli occhi. Lo ripongo nel taschino, e d'ora in poi sarà sempre con me.

Per il resto del tragitto restiamo seduti uno accanto all'altra in silenzio. Posso scorgere la sua figura riflessa nel finestrino, i capelli lunghi, il pallido ovale del suo viso, e il punto di contatto tra la sua spalla e la mia. Non posso sapere se a farci incontrare sia stato il destino o il caso. Ma per ora non ha importanza. Per ora mi basta il modo in cui Vita si appoggia a me mentre sediamo in silenzio sulla metro.

22

Mio padre era severo e devoto, ma non per amore o per fede. La sua devozione veniva dalla paura. Temeva così tanto di andare all'inferno che passò gran parte della vita a comprarsi un posto in paradiso, a donare soldi in cambio della vita eterna; a donare sua figlia quattordicenne a un personaggio influente per pagare un debito. Per qualche motivo gli sembrava giusto così; ormai è così lontano da me che è impossibile comprendere come funzionasse il suo cervello.

La persona che sono, la consapevolezza di ciò che sono disposta ad accettare dai miei simili, è cresciuta e si è estesa in un arco di tempo che sembra tanto infinito quanto istantaneo. In alcuni, esaltanti momenti degli ultimi cinquecento anni ho sperato e creduto che l'umanità avesse raggiunto il punto in cui il progresso era irreversibile. E poi, ogni volta, tutta la bellezza per cui una mano aveva faticato veniva rasa al suolo dall'altra.

Se vivessi altri cinquecento anni, di quali nuovi orrori sarei testimone? Di quali nuovi miracoli?

Quando mio padre era vivo lo conoscevo appena. Se me l'avessero chiesto quand'ero bambina, avrei risposto che amavo soltanto lui e Dio, anche quando mi costrinse a diventare la concubina di un vecchio.

Per quanto riguarda mio padre, nessuna somma di denaro e nessuna preghiera ha potuto impedirgli di ridursi in polvere. E quanto a Dio, ammesso che esista, deve sentirsi in obbligo di odiarmi, perché sono un affronto alla natura. Sono il mostro che infesta sogni e incubi. Sono una Morta Vivente.

Seduta accanto a Ben sulla metro, mi domando: e se mi conoscesse davvero? Se trovasse, se riuscisse a trovare la voglia e il coraggio di conoscermi come Dominic?

Rallentiamo fino a fermarci nel punto in cui le nostre strade si dividono, all'angolo tra Lower John Street e Brewer Street. È una sera tiepida, rosata, e le vie sono ancora affollate. I passanti ci scorrono intorno e proseguono, ma qualcosa li unisce gli uni agli altri. Il calore del giorno indugia ancora sull'asfalto.

Mentre Ben mi porge il cofanetto, il suo avambraccio mi sfiora l'interno del polso. In questo breve attimo di contatto il mio corpo, solitario da anni, si abbandona al desiderio.

Nessuno dei due accenna ad andarsene.

«Posso farti una domanda personale prima che te ne vai?» mi chiede a occhi bassi, le mani in tasca. Annuisco. «Tuo marito sapeva di stare per morire?»

Ci metto un po' per decidere cosa rispondere.

«Era sempre stato pronto a morire» dico alla fine. «Rischiava continuamente la vita quando era forte e in salute. Mi preoccupavo da matti. Lui non aveva mai paura, anche nei frangenti in cui qualunque persona sana di mente ne avrebbe avuta. Penso di aver sempre saputo che non sarebbe rimasto con me per molto.» Una fitta dolorosa mi costringe a chiudere gli occhi per un momento. «Quando si ammalò, rimase amaramente deluso all'idea che non sarebbe morto in battaglia, ma a casa, con me al suo fianco, che lo tenevo per mano.»

«Posso capirlo» dice Ben.

«Era così ferocemente vivo.» Sorrido al pensiero di Dominic, gli occhi neri che brillavano di allegria. «Ed era gentile e spiritoso e romantico.»

Restiamo in silenzio per un momento.

«E poi come hai fatto?» chiede Ben all'improvviso, prima di riuscire a trattenersi. «Dimmi pure se sto passando il segno. È solo... è solo che parlare con te è così facile.» Infila le mani in tasca e si guarda i piedi. «È come se nulla potesse scuoterti. Lo so, non mi sto spiegando molto bene.» Alza lo sguardo verso il cielo che si sta facendo scuro. «È che sono preoccupato per mamma e per Kitty. Non so come faranno.»

«Passeranno dei brutti momenti» gli spiego. «Perché ti vogliono bene. E poi troveranno un modo di andare avanti, e alla fine riusciranno di nuovo a essere felici... perché ti vogliono bene.»

«Non so se voglio che siano *completamente* felici» dice con un sorriso malinconico. «Sembra un po' maleducato. Pensavo che un bel pianto almeno una volta al mese potrebbe essere un livello adeguato di lutto.»

All'improvviso veniamo travolti da un gruppo di ragazze brille intente a cantare canzoni di Adele. Per un momento una pioggia di glitter invade la via, e poi se ne vanno. Le loro voci risuonano in Golden Square.

«E tu?» chiede Ben, mentre mi toglie un pezzo di stella filante dai capelli. «Sei di nuovo felice?»

«Sono serena» dico. «Ed è per questo che...»

«Che?» chiede Ben esitante, mentre decido cosa fare.

«Che non ti ho detto tutto» ammetto, anche se non sono sicura di fare la cosa giusta. Ci guardiamo negli occhi. «Non voglio darti false speranze. Ti ho detto di essere quasi sicura che non ci fosse altro da scoprire su *La Belle*, ma non è proprio vero. Penso ancora che sia la chiave per la vita eterna, per la panacea di tutti i mali. Io... io credo davvero che contenga il segreto dell'immortalità. E lo sto cercando.»

«Davvero?» chiede, senza incredulità né scherno, ma solo con speranza e meraviglia. L'espressione sul suo viso, il desiderio di credermi e la paura di sbagliarsi mi provocano una stretta al cuore. Se continuiamo su questa strada, diventerò la fonte di ogni sua speranza. E nonostante tutto, mi spaventa di più l'idea di non provarci nemmeno.

«Se vuoi, possiamo cercarla insieme.»

«Sul serio?»

«Forse non è impossibile» dico, cauta. «Forse si tratta di una conoscenza perduta o nascosta; una scoperta mai davvero compresa. È la stessa cosa che dicevo a proposito dell'elettricità: tantissime invenzioni che ai nostri antenati sarebbero sembrate stregonerie belle e buone ormai fanno parte della nostra vita di tutti i giorni. E tantissime cose che oggi ci sembrano fantascienza in futuro saranno banali. E a quel che ne so, nessuno ha previsto il possibile quanto Leonardo Da Vinci.» Smetto di parlare e riprendo fiato. «Voglio dire che, se accetti da subito che molto probabilmente sarà un buco nell'acqua, potresti imbarcarti in quest'avventura con me. E forse» riassesto il cofanetto «forse, molto forse, potrei fare in modo di mettere il tuo obiettivo davanti alla *Belle*.»

Trattiene il respiro e si stringe le braccia al petto per sopprimere un brivido involontario.

«Allora, ci vediamo domani?»

«Sì.» Trema.

«Tutto okay?» gli chiedo.

«Sì, meglio che okay» risponde. «È solo che non mi ero mai accorto di quanto potesse essere terrificante la speranza.»

23

Londra mi vortica intorno, braccia illuminate al neon di una galassia con me al centro, e soltanto il presente ha importanza. Non tutti gli anni di tentativi che hanno portato a questo momento, né quelli che potrebbero non venire mai. C'è solo il presente. Se posso lasciare qualcosa alle persone che amo, spero che sia quest'illuminazione.

Quando sono salito sul treno per Londra cercavo di sfuggire all'inevitabile. Quando è partito, le versioni passate di me stesso sono rimaste a guardarmi dalla banchina.

L'uomo ostinatamente solitario, che le donne con cui usciva descrivevano come distante e distratto. L'uomo che non si fidava delle relazioni perché era cresciuto tra le macerie di una relazione. L'uomo che pianificava e si impegnava per il futuro con uno zelo incrollabile senza dubitare mai che un giorno il suo obiettivo si sarebbe realizzato, anche se era sempre a un anno, un mese, una settimana di distanza da lui. L'uomo che aveva reciso gran parte delle reti e dei legami della vita, e si era rinchiuso di sua volontà in camere bianche e vasti cieli vuoti. Non so cosa stessi aspettando per iniziare a vivere, ma l'improvvisa comparsa della morte all'orizzonte ha decisamente funzionato. Quello, e conoscere Vita.

Devo stare molto attento a non trasformare questa storia in una favola. A non farmi fregare dalla fantasia dopo una vita di prosaico senso pratico. Non posso permettermi di unire i puntini tra il mio impulso di venire a Londra e il poster che mi ha portato dritto a Vita, forse l'unica persona al mondo che crede ci sia davvero una cura per la morte, fino a formare un'immagine in cui riesco a salvarmi.

Anche se desidero disperatamente che sia tutto vero, per quanto sia pronto a buttarmi in una tana di coniglio e a diventare un cittadino stipendiato del Paese delle Meraviglie, devo allontanarmi dall'abisso e ricordare a me stesso che, per quanto l'idea di Vita sia convincente e coinvolgente, non può esserci nulla di vero. Non c'è nessun salvataggio miracoloso all'ultimo minuto che mi aspetta, ed è okay, perché non è questa la ragione per cui sono così pronto a seguire Vita.

Questa è ciò che Kitty ha chiamato un'ultima impresa, e per quanto mi riguarda è un modo più che adeguato di passare quelli che potrebbero essere gli ultimi giorni della mia vita. Una ricerca esoterica in un mondo sconosciuto, che so che non rimpiangerò, a prescindere dal risultato. Perché, a essere onesti, se Vita mi avesse invitato a volare con lei sulla luna in un razzo artigianale fatto con tubi di carta igienica e flaconi di detersivo vuoti, probabilmente avrei detto di sì.

Non so se avrebbe avuto lo stesso impatto su di me se l'avessi incontrata un anno fa. So che l'avrei trovata bella, e forse mi sarei chiesto se invitarla a bere qualcosa, ma con ogni probabilità avrei comunque evitato di stringere un legame prima di conoscerla troppo bene, come faccio sempre.

Non ho mai conosciuto una donna altrettanto impavida, e il suo coraggio sembra contagioso.

È come se il disagio che la gente tende a provare verso chi è disperato o ferito le scivolasse addosso. Mi ha guardato negli occhi e mi ha ascoltato, con un'empatia palese ma senza traccia di debolezza o invadenza. Non si è lasciata spaventare da ciò che le ho rivelato, e questo mi ha dato lucidità. Con tutte le sue bizzarre affermazioni sul segreto dell'immortalità, mi ha aiutato a capire che la morte, persino la mia, non è nulla. Niente più che una parte essenziale della vita.

Quindi sì, la seguirò con gioia. Ovunque voglia condurmi.

III

Il tempo si prende tutto, tranne i ricordi.

Motto tradizionale per meridiane

24

QUANDO Jack arriva per accompagnarmi al lavoro, sembra fatto della stessa sostanza del mattino dorato che mi aspetta fuori dalla porta. Camicia bianca, jeans sbiaditi che gli calzano a pennello. È una di quelle persone che potrebbero adattarsi perfettamente a qualunque epoca storica, ma al tempo stesso distinguersi per la propria incredibile bellezza.

Bighelloniamo per le stradine di Soho, con una breve sosta per prendere del caffè e delle brioche.

«Ti sei portato a casa quel barista?» gli chiedo.

«No, ho perso un po' lo slancio dopo che te ne sei andata» dice Jack. «È quasi come se volessi qualcosa di più serio.»

«Ti senti bene?» rido.

«Sono un po' malaticcio» risponde guardandomi con la coda dell'occhio. «Sembri allegra. Cos'è successo?»

«Una cosa assurda. Sono andata al Club dell'Ultima Cena.»

«Hai scoperto il senso della vita a Wapping?»

«C'era Ben, il tizio di cui ti ho parlato, quello dell'obiettivo. È stato assurdo ma allo stesso tempo anche *normale*.»

«Oh» dice Jack. «Ma pensa. Ti stava stalkerando?»

«No, non aveva idea che avessi qualcosa a che fare con quel

club. Siamo solo arrivati lì nello stesso momento, ed è stato strano, perché l'avevo visto poche ore prima e mi aveva detto...»

Resto in silenzio per un momento, mentre cerco di tradurre in parole quello che provo per la rivelazione di Ben.

«Cosa?» mi sprona Jack.

«Che sta morendo» dico. «Cioè, non sta proprio morendo. Morirà tra poco a causa di un problema al cervello. Potrebbe accadere molto presto, ma non si sa quando.»

«Capisco» dice Jack. «Poveretto.»

«Il giorno dopo quello in cui l'ha scoperto, a Leeds, ci siamo incontrati qui a Londra, a causa della *Belle*. A causa dell'oggetto che prova che è possibile sconfiggere la morte. Ti rendi conto?»

«Me ne rendo conto» risponde Jack, cauto. «Mi rendo conto che ti stai facendo sedurre dall'idea di destino.»

«E tu no?» gli chiedo. Jack scuote la testa.

«Sono in grado di vedere il pathos e l'ironia di questa situazione senza doverla attribuire a qualche disegno della provvidenza» dice. «Ti ricordi quando ci siamo conosciuti?»

«E come dimenticarlo? Per poco non ti ammazzavo.»

Ride.

«Eri così combattiva, geniale, ancora più di quanto avessi sperato» dice. «I nostri primi anni insieme hanno incendiato il mondo.»

La notte in cui conobbi Jack avevo già conosciuto, amato e lasciato Londra una mezza dozzina di volte o forse più.

In ogni vita che costruivo, in ogni campo in cui eccellevo, arrivava sempre un momento in cui attiravo le sgradevoli attenzioni degli uomini che avevo sempre attorno. E appena si accorgevano di me, non mi perdevano di vista finché ero costretta a ritirarmi, riorganizzarmi e tornare con un nuovo nome e una nuova storia. A quel punto avevo avuto duecento anni a disposizione per scoprire chi fossi veramente e di cosa fossi capace; alla figlia del mercante di Milano non sarebbero mai bastati il tempo né le forze per farlo. Sapevo di essere forte, di essere coraggiosa e, soprattutto, di essere intelligente.

La Londra in cui continuavo a fare ritorno apparteneva ancora agli uomini, ma col passare degli anni ci eravamo allacciate come amanti, e divise solo per ritrovarci più appassionate di prima. Eravamo magnifiche insieme: creavamo commerci che si estendevano in tutto al mondo, compravamo e costruivamo intere strade, riempivamo i forzieri d'oro e soprattutto di potere, che aumentava a poco a poco, finché gli uomini che rifiutavo di sposare o di portarmi a letto decidevano di farmela pagare per avergli detto di no.

La notte in cui conobbi Jack ero rientrata da poco a Londra dopo qualche anno passato in Francia a flirtare con Parigi e tutti i pericoli e le opportunità che offriva. Ero di nuovo a casa in un'altra veste, con un altro nome, ma stavolta ero decisa a mettere radici durature, a cui avrei sempre potuto tornare in un modo o nell'altro. Ero una ricca vedova italiana, giovane ed esuberante, con una grande passione per la vita di società e un gusto impeccabile. Mi facevo chiamare Madame Bianchi.

Era una notte tiepida e piena di stelle. Le fiaccole di Vauxhall tracciavano una strada lucente che seguivo avvolta nella seta mentre esploravo il buio vellutato. Ero in cerca di avventure, e magari di un compagno che riempisse le ore prima dell'alba. Perché, finalmente, avevo trovato Londra in un'epoca in cui una donna come me, che sapeva ciò che voleva e aveva il coraggio di prenderselo, forse poteva essere reputata scandalosa ma sarebbe stata accettata, a patto che fosse abbastanza alla moda e interessante. Questa città civettuola, innamorata e deliziosamente vanitosa era la versione di lei che preferivo. Mi invitava a seguirla con i suoi occhi lucenti, e mi sfidava a osare un po' di più.

Qualche momento prima avevo avvertito una presenza che camminava leggera alle mie spalle, quindi quando fece per afferrarmi e tirarmi a sé avevo già il pugnale in mano. L'uomo rimase immobile mentre la lama, che scintillava nelle luci guizzanti, gli lambiva la gola. Abbassò lentamente le braccia lungo i fianchi, i palmi rivolti verso di me, per dimostrarmi come poteva che non voleva farmi del male. Lo studiai, notai i suoi boccoli biondo scuro, le rughe del sorriso intorno agli occhi, la piena bellezza della bocca. Ricordo di aver pensato che se avesse lasciato che fossi io a cercarlo, forse me lo sarei portato a letto. Poi mi parlò in italiano. Non solo in italiano, ma in italiano antico; una lingua che non avevo più udito da quando mi ero lasciata alle spalle i luoghi che conoscevo, e la lingua con cui ero cresciuta si era trasformata in qualcosa di diverso e nuovo, sempre nuovo, in continuo mutamento. Mi parlava dal mio passato. Abbassai il pugnale.

«Finalmente ti ho trovata, Agnese» disse. Mi aveva chiamata con il mio vero nome. «Ti ho cercata per secoli. Sarebbe davvero un peccato se tentassi di uccidermi dopo tutta questa fatica. E poi, dubito che il tuo tentativo sarebbe coronato dal successo. Credo che tu te ne sia già accorta.»

«Chi sei?» chiesi, anche se avevo già capito più o meno chi fosse. Era mio, e io ero sua, in un modo o nell'altro.

«Un amico, o meglio l'amico di un amico» disse. «Il mio amante mi ha ritratto con lo stesso metodo misterioso che ha usato per ritrarre te, poco prima di lasciarmi. Prima, mi ha lasciato per un altro uomo, e poi per la morte. Non si è mai voltato a guardare quello che mi aveva fatto. Sono come te, Agnese. Nessuno di noi due può morire, e il caro Leonardo se n'è andato molto tempo fa, e si è lasciato alle spalle tutti i suoi guai. Ma i nostri, come i nostri ritratti, non svaniranno mai.»

«Sei il Salaì.» Sussurrai il nome dell'amante e ispiratore di Leonardo. Conoscevo il suo volto. L'avevo visto mille volte nelle sue opere.

«Proprio così» disse Jack con un sorriso triste. «Ma per favore, chiamami Giacometti, o ancora meglio, Jack. Dopo la sua morte, ho trovato gli appunti segreti in cui parlava di te. Quasi non riuscivo a credere che esistesse davvero un'altra persona come me. Avevo quasi rinunciato a cercarti. Non sei facile da trovare.»

«Dovevo fare attenzione» gli spiegai. «A parecchia gente veniva voglia di bruciare o impiccare le donne libere, di successo e senza età. Però adesso i tempi sono un po' più illuminati.»

«E tu ti sei sistemata per bene, Madame Bianchi» disse, assaporando il mio nuovo nome con evidente piacere. «Per caso i tuoi soldi e i tuoi contatti ti hanno aiutata a scoprire cosa ci ha fatto il mio caro Leonardo? Per tutti questi anni, mentre ti cercavo, ho sperato di comprenderne di più. Ho visitato maghi e sapienti, studiato antichi testi e analizzato mille volte ciò che mi ha lasciato. E ho trovato solo indizi che portano ad altri indizi ancora.»

«Anche tu hai cercato per tutto questo tempo, e ci incontriamo solo stasera?» Scossi la testa. «Ho scoperto molto, ma non quel segreto. Sono determinata a continuare nella mia ricerca. Forse se mettiamo insieme i pezzi in nostro possesso riusciremo a ottenere il quadro completo.»

«E in caso contrario, mi lascerai continuare la ricerca al tuo fianco?» chiese Jack, e la speranza nella sua voce mi fece tremare il cuore nel petto. «Insieme, non conosceremo mai più la solitudine.»

Solo quando pronunciò quelle parole sentii il fardello degli anni solitari che mi portavo sulle spalle, pesante come il mondo. Solo allora capii quanto avrei voluto liberarmene.

«Penso che mi piacerebbe» risposi, e lo abbracciai.

«Allora è deciso» disse.

«Sembra impossibile che tu e io non ci saremmo mai trovati senza Leonardo» dico ora a Jack mentre svoltiamo l'ultimo angolo verso l'ampio viale alberato che porta alla Collezione. «Senza il ritratto. Ci ha uniti prima ancora che lo sapessimo. Puoi negare che fosse destino?»

«Non posso negare che lo sembra.» Jack si ferma, si volta

verso di me e mi fissa. «Non posso negare che senza di te avrei perso da tempo la mia umanità.»

«Ed è per questo» dico esitante «che quando ho capito cos'aveva da perdere Ben, e quali competenze avesse, gli ho chiesto di aiutarmi a svelare i segreti del dipinto.»

«Vita» dice Jack. «Perché l'hai fatto? Ti sei messa... *ci hai messi* in pericolo.»

«Non gli ho detto chi o cosa siamo» spiego. «Solo che sto cercando quel segreto e che sono convinta che esista davvero, e che, se lo desidera, può aiutarmi a cercarlo. Non avevi detto che avrei dovuto vedere il nostro incontro come un'opportunità? Ed è proprio quello che sto facendo. Sono stata attenta, te lo giuro. Ma c'è qualcosa in lui che mi fa pensare...»

«Cosa?» mi sprona Jack.

«Che forse potrebbe aiutarci a svelare i segreti del ritratto, finalmente. Così riusciremo a salvargli la vita e tutto questo... sarebbe servito a qualcosa.»

«Vita, cosa intendi dire?»

«Che da quando Dominic è morto l'ho cercato solo per morire anch'io. E aver incontrato Ben mi ha fatto pensare che forse voglio di nuovo vivere.»

«Una persona che conosci da massimo due giorni ti ha fatto rivalutare completamente la tua idea della vita?» mi chiede Jack. Sembra ferito; ne capisco troppo tardi il motivo.

«No, non lui, ma la sua voglia di vivere. Mi ha ricordato quanto sia preziosa la vita.»

Jack si volta nella direzione opposta a quella in cui stiamo andando.

«Sei sicura che vuoi rifarlo?» chiede.

«Ma cosa?» ribatto.

«Innamorarti di qualcuno che è destinato a morire. E nemmeno tra cinquant'anni, ma presto. Troppo presto.»

«Non sono innamorata di lui!» rido, incredula. «Lo conosco da cinque minuti.»

«E gli hai subito rivelato il tuo segreto più prezioso – il *nostro* segreto – senza neppure chiedermelo.»

«Solo in parte, solo ciò che cerco, non ciò che *siamo*. E gliel'ho detto ancora prima di sapere che fosse in pericolo di vita.»

«Non so se è meglio o peggio» dice Jack.

«Ti piacerebbe» insisto. «È simpatico.»

Jack si volta e mi guarda intensamente in viso.

«Soffrirai, Vita. Se vai avanti così il dolore sarà così profondo da lasciare cicatrici. Fino a farti del male, ma non fino a ucciderti.» Ha un sorriso gentile, disperatamente dolce e triste. «Non so se riuscirei a sopportare di vederti soffrire così ancora una volta.»

«Vedi dei problemi che non ci sono» lo rassicuro.

«Dimentichi che ti conosco, forse meglio di quanto un uomo abbia mai conosciuto una donna, e ho visto quel tuo sguardo solo un'altra volta prima d'ora. Anche se non sai ancora quello che provi, io l'ho già capito.»

Guardo il fiume per un momento. Nessuno può sapere quanto sia freddo il Tamigi, né conoscere la forza terrificante della sua corrente, prima di aver tentato invano di annegarsi nei suoi fondali limacciosi. Prima di essersi riempito i polmoni di acqua sporca, ma senza smettere di respirare. Prima di ritrovarsi gelato fino al midollo e immerso nel fango nero delle sue rive, a fissare un cielo plumbeo, consapevole che non c'è via d'uscita da quest'esistenza. Che la morte è una scelta che ti è stata negata.

Davvero Jack ha visto qualcosa in me che devo ancora percepire, perché troppo lontano?

«Se non posso sfuggire a questa vita» dico «perché non viverla appieno? Con tutto il mio cuore, come se il tempo non dovesse mai bastarmi?» Jack distoglie il viso, e mi rendo conto di averlo ferito. Gli metto una mano sul braccio, e lui si avvicina appena.

«Quest'esistenza ha quasi fatto perdere la testa a entrambi. Hai pensato come reagirebbe Ben se riuscissi a farlo diventare come noi? A cosa significa mettere al mondo qualcuno, farlo rinascere, ma in modo che questo mondo non possa mai lasciarlo? Le perdite che dovrà sopportare? Le responsabilità a cui non potrà voltare le spalle? Ci hai almeno pensato?»

«No» ammetto. «Mi sono più o meno detta di non fasciarmi la testa prima di essermela rotta.»

Jack sospira, esasperato.

«Com'è possibile che la mia cara Vita, così assillata dai dubbi, abbia buttato al vento ogni prudenza dopo aver tenuto la testa sulle spalle per ben trent'anni?»

«Non sei un po' contento che sia così?» chiedo. «Jack, tu e io siamo la prova che l'impossibile è possibile. Se sono il miracolo che desidera così tanto, e non cerco almeno di aiutarlo, posso ancora definirmi umana? O sono solo... un'aberrazione, che ha dimenticato cosa si prova a essere mortali? A cosa serve la nostra esistenza se non possiamo usarla?»

«Deve per forza importarci di qualcosa a parte l'uno dell'altra?» sospira Jack. «Hai pensato di essere un mostro per così tanto tempo. Fin dall'inizio. E dopo Dominic, sono rimasto a guardare mentre cercavi di farti a pezzi, Vita. È questo quello che mi fa paura. L'orrore e la follia provocati da un dolore a cui non si può sfuggire in nessun modo. Non puoi rivivere una cosa simile e francamente nemmeno io. Quando tu soffri, soffro anch'io.»

«Quindi mi stai dicendo che non potrò mai più amare davvero qualcuno» dico. «E in fin dei conti, non è l'unica cosa che conta?»

«Ama me» dice Jack. Esita, poi aggiunge: «Come hai sempre fatto. Tra l'altro, il concetto di amore romantico non è che una questione secondaria. Una distrazione dalla vera natura dell'umanità. Vuoi sentirti ancora un essere umano anche se sai meglio di chiunque altro che essere umani significa essere crudeli, distruttivi, egoisti e stupidi».

«E gentili» dico. «E generosi, e coraggiosi. Ingegnosi e creativi. Instancabili e speranzosi. L'amore non è secondario, è ciò che dà significato a tutto il resto, ed è ancora più bello perché può svanire in un batter d'occhio. Come Ben, se non riesco ad aiutarlo.»

«E tu rimarresti qui» dice Jack. «Con me.»

«Forse» dico.

«Altrimenti, vuol dire che non ci bastiamo più.»

Non è una domanda. Ma non so comunque come rispondergli.

Quando arrivo alla Collezione, trovo Ben seduto nel giardino, tra le rose. Appena mi vede scatta in piedi.

«Ciao» dico, felice di vederlo. «Non ci eravamo dati appuntamento, o sbaglio?»

«No.» Sorride malinconico. «Mi sono svegliato, c'era il sole, Kitty è ancora nascosta dietro a un cartello *Non disturbare*, e ho pensato che volevo ringraziarti per avermi invitato a partecipare... prima che andassi al lavoro.»

Do uno sguardo alla galleria alle sue spalle, e all'improvviso so cosa fare.

«Potrei prendermi un giorno libero» dico. «Ti piacerebbe passarlo con me? La nostra ricerca deve cominciare da qualche parte, dopotutto. Vediamo se riusciamo a dedicarle una giornata.»

25

Siamo fermi uno accanto all'altra nella penombra della sala dei manoscritti al Victoria and Albert Museum, di fronte a una teca in cui sono esposti due taccuini di Da Vinci. Non ho mai visitato questo museo prima d'ora. Vedere degli oggetti che Leonardo ha tenuto in mano mi commuove più di quanto mi aspettassi.

Tutte le foto del mondo non possono rendere giustizia a questo posto, a questa bellezza piena di archi e volute, eretta solo per ospitare altra bellezza. È una follia meravigliosa, l'apice di ciò che ci rende umani: migliaia di anni in cui ogni sorta di persone hanno creato le cose più magnifiche di cui erano capaci, solo per mostrarle all'universo e dire: «Hai visto cosa so fare?»

«Fin dall'inaugurazione di questo edificio, nel 1857» mi racconta Vita «questo è stato il primo museo del mondo a offrire dei rinfreschi e a rimanere aperto fino a tardi, per permettere anche agli operai di visitarlo dopo il lavoro.» Sorride, mentre pensa a un'altra epoca. «Immaginati questa stanza illuminata da lampade a gas. Camminare in questi saloni e vedere tutti questi tesori che brillano nel buio, quando normalmente oggetti così sontuosi erano nascosti alla vista di gran parte della gente. Magico.»

«Dev'essergli sembrata una visione del futuro.»

«Lo sembrava davvero.»

La sala si svuota poco dopo il nostro ingresso, ed è tutta per noi. Nei corridoi risuonano altre voci lontane, ma la nostra sala è silenziosa tranne che per il ticchettio del mio orologio e il battito del mio cuore. In questo momento mi sembra che questa sala sia stata creata solo per noi.

Sull'autobus Vita mi ha detto che mi stava portando a vedere dei taccuini di Leonardo, noti come *Codici Forster*, anche se ne vengono esposti solo uno o due alla volta.

«Quelli che abbiamo alla Collezione Bianchi parlano di arte e natura» ha spiegato. «Studi sull'acqua e sui venti. I *Codici Forster* sono un po' meno chiari. Naturalmente li ho letti, ma forse tu coglierai qualcosa che mi è sfuggito.»

«Non sono proprio un esperto» ho risposto.

«Non ce n'è bisogno» ha detto Vita. «Serve solo un nuovo punto di vista. E con il lavoro che fai, probabilmente riuscirai a vedere qualcosa che ci interessa. Dovremo fare richiesta alla biblioteca per esaminarli. Mi pare che il tempo di attesa sia di due settimane.»

«Che per me potrebbero essere troppe» ho detto. Lei mi ha sorriso dolcemente, mi ha preso per mano per un attimo e mi ha stretto le dita.

«Ma il bello di vivere a Londra» ha proseguito «è che alcuni dei tesori più rari del mondo sono in mostra, e si possono visitare in qualunque momento.»

Mentre attraversavamo la città al piano superiore di un autobus rosso, lei guardava fuori dal finestrino, persa nei suoi pensieri. Il panorama si rifletteva nei suoi occhi. Sono rimasto a guardare lei e Londra che si rivelavano lentamente mentre l'autobus seguiva il suo percorso. Ho sentito il peso del tempo sulla città, pezzi di storia che si incastrano gli uni negli altri in un puzzle caotico, anelli di una catena che arriva fino all'inizio. Ho pensato a quanto è strano trovarsi in un posto in cui non sei mai stato prima, e sentirlo così familiare.

È come calcare un palcoscenico che ha atteso la mia entrata in scena per innumerevoli anni vuoti. La vita finalmente può iniziare.

«Dal modo in cui parte del testo sparisce nella rilegatura si può capire che inizialmente si trattava di fogli sparsi.» Vita mi riporta al presente rompendo il silenzio, mentre fissiamo i taccuini. «E che qualcuno, forse Leonardo, forse altri, li ha raccolti e rilegati in seguito.» Sospira.

Fisso la scrittura di Da Vinci, meravigliato: sembra che abbia appena posato la penna e sia uscito dalla stanza solo per un momento, lasciando il taccuino aperto. Concetti miracolosi sembrano apparire sulla pagina alla velocità della luce, dalle idee alle illustrazioni buttate giù in un attimo, fino all'impronta d'inchiostro sull'orecchia nell'angolo della pagina. Eppure era solo un essere umano, che amava e soffriva.

«Credi che il segreto della *Belle* sia nascosto in questi taccuini?» sussurro.

«Non in questi» dice lei, gli occhi fissi sui quaderni, così piccoli che potrebbero stare nel palmo di una mano «né in quelli che abbiamo alla Collezione. In nessuno dei codici vinciani conosciuti, in tutto il mondo. Li ho esaminati tutti. Prendeva appunti al contrario perché fosse più difficile rubargli le idee.»

«Hai letto tutti i suoi taccuini?» Sono colpito. «Devi essere la più grande esperta mondiale su Leonardo.»

«Suppongo di sì. Li ho esaminati uno per uno personalmente, ma puoi comprarne una traduzione completa in qualunque libreria decente, se hai il tempo e la voglia di leggerli. Usava anche pittogrammi e puzzle, vedi?» Vita indica una pagina che sembra coperta di geroglifici. «Sappiamo che nascondeva informazioni dietro altre informazioni, in appunti che parlavano di tutt'altro. Era molto bravo a tenere segreti.»

Mi colpisce un pensiero. Mi giro a guardare il suo profilo, il naso dritto, le sopracciglia aggrottate, e vedo il suo volto cambiare quando si rende conto di cos'ha appena detto. Si morde il labbro. Ha rivelato più di quanto volesse.

«Cerchi il segreto della *Belle* da molto tempo, vero?» le chiedo. «Perché è così importante per te?»

La penombra nella sala getta netti contrasti sul suo viso, su cui è impressa un'espressione preoccupata, di qualcuno a metà tra la confessione e la dissimulazione.

«È difficile da spiegare.» Prima che riesca ad aggiungere altro, un gruppo di studenti d'arte entra, e riempie la stanza di rumore.

Vita si dirige verso la galleria, poi si volta brevemente per rivolgermi un cenno del capo indicando l'uscita. La seguo nei corridoi luminosi, giù per una scala curva, zigzagando tra reperti e visitatori, finché non ci ritroviamo nel cortile centrale scaldato dal sole, un'oasi segreta nascosta nel cuore dell'immenso edificio.

Al centro del giardino c'è una vasca d'acqua limpida e poco profonda, in cui scorrazzano bambini senza scarpe e calzini, le braccia rigide lungo i fianchi, elettrizzati dallo shock dell'acqua fredda.

Ci sediamo sui gradini intorno alla vasca. Vita si toglie le scarpe e fa scivolare la punta dei piedi nell'acqua. Con i palmi sulle ginocchia, offre il viso al sole, e fa un respiro profondo.

«C'è una versione lunga della mia storia con *La Belle*, e una breve» dice. Si volta verso di me e studia a lungo il mio viso, in cerca di qualcosa che ha bisogno di trovare prima di proseguire.

«Un giorno ti racconterò quella lunga. Quella breve è che ho scoperto che Leonardo aveva involontariamente scoperto il segreto della vita eterna quando ero ancora giovanissima, e lontana dalle persone che amavo e che credevo mi amassero. Qualcosa in quella storia mi ha dato uno scopo, un obiettivo suppongo, quando tutto ciò in cui avevo creduto mi aveva delusa. Non riuscivo a smettere di pensare a quella storia e a ciò che c'era dietro.» Si alza e fa qualche passo nell'acqua, che le si increspa intorno alle caviglie mentre solleva la gonna al di sopra delle ginocchia. «La mia vita è stata straordinaria sotto molti aspetti. Intorno a me sono cambiate tantissime cose, eppure sono sempre la stessa ragazza perduta. Un tempo è stata la curiosità a non farmi impazzire. La lettura e l'apprendimento sono diventati la mia casa, la mia guida, mi hanno rivelato il mio futuro un paragrafo dopo l'altro, hanno girato una per una le pagine della mia vita. Più leggevo, più capivo. Il mistero di Leonardo è l'unico che non sono mai riuscita a risolvere. Ma ora devo inseguirlo. Non ho altra scelta.»

Mi ci vuole un attimo per comprendere le implicazioni di ciò che sta dicendo. Avrei un milione di domande da porle sulla vita straordinaria a cui ha alluso, ma la piega tra le sue sopracciglia dice chiaramente che, come non voleva parlare di Dominic ieri sera, non sarebbe disposta a rispondermi, almeno per ora.

«Ma come hai scoperto l'esistenza del segreto?» le chiedo.

«Oh» mi guarda. «È stato tantissimo tempo fa. Non ricordo esattamente quando o come, so solo che appena l'ho scoperto, ho dovuto inseguirlo.»

«Aspetta, non ricordi come hai scoperto la leggenda che ti ha affascinata al punto da portare tutti i ritratti di Da Vinci *del mondo* a Londra?»

Nello stesso momento una bambina scalcia così forte nell'acqua da bagnarsi i pantaloncini, con sua grande gioia. Vita ride mentre sguazza intorno a lei tra gli spruzzi, e io resto immobile, tentando di comprendere le sue parole. Non può essere vero, anche se ci crede una persona geniale come Vita. Non può essere vero, ma che importa? Cosa può e non può essere vero? Che importanza ha per me, quando posso ancora sentire il battito del mio cuore e l'acqua fredda intorno alle caviglie. Quando mi sembra di vedere la speranza volteggiare su di me nel cielo azzurro.

«Fa davvero caldissimo, vero? Hai caldo?» dice Vita all'improvviso, con uno sguardo malandrino.

«Fa un po' caldo» rispondo, ammaliato. Rimango a guardare, incapace di muovermi, mentre con un lento sorriso dispettoso tira un calcio all'acqua e mi schizza.

«Ma cosa...?» rido.

«Dai, forza» dice, e mi tende la mano. «Vieni a rinfrescarti con me.»

Sento che gli altri visitatori ci stanno guardando, due adulti che si comportano come bambini, ma tutte le altre sensazioni svaniscono sovrastate dal suono degli spruzzi d'acqua fredda intorno alle caviglie e dal tocco della mano di Vita nella mia.

26

Dopo aver lasciato il cortile, passiamo da una sala all'altra fino a emergere nel pomeriggio assolato, stiracchiandoci e battendo le palpebre come se ci fossimo appena svegliati.

«Be'» dico in tono misurato «hai visto i taccuini di Leonardo. Suppongo che il prossimo passo sia mostrarti tutte le mie ricerche. Ne ho un ufficio pieno alla Collezione.»

«Mmm.» Ben guarda il cielo strizzando gli occhi, esitante.

«Forse ti ho fatto stancare» dico. «Posso chiamare un taxi.»

«No, non è questo il problema» ride lui. «È solo che non voglio che *questo* finisca. Possiamo continuare a girovagare per Londra?» chiede. «Mi sto divertendo un sacco.»

Difficile dire quanto ancora riuscirò a tenermi in equilibrio sul filo del rasoio. Oggi sono stata fortunata, è stata una fortuna che Ben si sia distratto e non abbia insistito con le domande. Sono sbadata con lui, mi viene spontaneo lasciarmi andare e far cadere frammenti di verità. Devo stare più attenta, con le sue speranze e con le mie.

«Cosa ti piacerebbe fare adesso?»

Per un momento ha l'espressione corrucciata di un bambino che deve scegliere una caramella.

«Oh, ecco dove voglio andare!» Ma prima che riesca a rivelarmi il luogo che lo ha entusiasmato così tanto, gli squilla il telefono in tasca.

«Ciao, Kits!» risponde, e si volta un poco. «In che senso che fine ho fatto? Che fine hai fatto *tu*!» Assume un'espressione schifata: «Okay, basta così, non sono necessari i dettagli». Scuote la testa e mi rivolge un'alzata di spalle. «Oh, capisco. Quindi ora che è andato al lavoro all'improvviso ti manco e sei preoccupata? Capito. Sì, sono in giro.» Si allontana un poco. «Sì, ho parlato con la mamma. Sì. Sì. Già. Okay. Be', cerca di ricordare che sei preoccupata per me la prossima volta che scompari per ore.» Mi guarda e alza gli occhi al cielo. «Comunque, Vita mi aspetta, e così... Sì, sì, davvero. Lo farò, promesso. A posto allora, a dopo.»

«Sorelle» dice con affetto quando mette giù.

«Allora, dove vuoi andare?» sorrido, cercando di tenere i nervi saldi.

Inspira e allarga le braccia.

«Okay, lo so che è davvero pacchiano e che è quello che farebbe qualunque turista, ma da quando siamo andati al Club dell'Ultima Cena, stavo pensando che mi piacerebbe vedere...»

Termino io la sua frase: «La Torre».

«Di Londra, sì» conferma. «Voglio vedere le incisioni nella Salt Tower, quelle che il tuo Club dell'Ultima Cena usa per i volantini.» Si accorge che il piano non mi fa fare i salti di gioia. «È davvero un'idea così pessima?»

Piccole ombre sembrano strisciare fuori da ogni anfratto della strada assolata. Sto tremando, nonostante il caldo.

«No, va benissimo. Non ci vado da anni. Mi piacerebbe tornarci!» Gli brillano gli occhi e io metto da parte i miei timori mentre scendiamo gli scalini verso il lungo sottopassaggio fresco.

«Da bambino» mi racconta mentre raggiungiamo la stazione della metropolitana «non volevo mai andare da nessuna parte. Mia mamma ci portava sempre in un sacco di posti, e noi ci comportavamo come dei cretini. Ogni weekend, o quando aveva tempo durante le feste, preparava il pranzo al sacco e cominciava: "Su, ragazzi, andiamo a visitare un castello". E noi: "Ma vogliamo guardare la tv con le tende tirate". Non l'ho mai davvero ringraziata per avermi mostrato quante cose interessanti c'erano nel mondo, anche contro la mia volontà. Non ho mai saputo apprezzarlo prima d'ora.»

«Dovresti dirglielo» rispondo. «Mia madre era tutto il contrario. Si prodigava così tanto a proteggermi dal mondo che mi sono ritrovata completamente impreparata.»

«Per cosa?» chiede.

«Per tutto» spiego. «Se avessi una figlia o un figlio, farei l'impossibile per incoraggiarli a scoprire tutto ciò che c'è da scoprire.»

«E a non rimandare come se potessero mettere in pausa il tempo. Insegnerei loro che non c'è nulla di cui aver paura.»

«Ci sono cose di cui aver paura» dico.

«Ci sono» ripete. Ci guardiamo negli occhi.

«Ma la paura è una delle cose che ci aiuta a restare in vita. Bisogna essere grati che esista.»

Un treno della linea Circle entra lentamente nella stazione, stridendo, e la calca di turisti estivi avanza verso le porte che si aprono. Ci mettiamo una accanto all'altro, le mani appese ai sostegni, che oscillano avanti e indietro.

«C'è stato un periodo in cui non avevo paura di niente» gli racconto. «Correvo rischi, commettevo sbagli. Per un po' ho fatto una vita caotica e pericolosa.»

«Una vita pericolosa?» chiede Ben, l'aria divertita.

«Molto.»

«Scusa se te lo dico» aggiunge «ma non sembri molto pericolosa con le tue gonne lunghe e le scarpe verde acido.»

«L'abito non fa il monaco» ribatto. «Mentre tu pensavi a inventare le tue lenti, io esploravo il mondo più che potevo. È così che ho conosciuto Dominic. Ed è stato allora che ho capito che c'era molto di cui avere paura; che quando ti importa di qualcosa o di qualcuno, quando ami con tutto il cuore e con tutta l'anima, hai *sempre* paura. È per questo che sai di essere viva.»

27

VITA mi guida oltre turisti, scolaresche e tour organizzati con una determinazione estremamente efficiente ma meno romantica di quanto sperassi. Robusti Beefeater baffuti svaniscono in una nebbia cremisi alle nostre spalle mentre lei cammina a passo svelto e sfreccia tra torri dei re, patiboli, armerie e sale del tesoro, fino a raggiungere i piedi di una scala esterna in metallo che porta alla sommità della Salt Tower. La seguo mentre saltella spedita fino in cima, e si ferma di botto fuori dalla porticina della torre, con tutta Londra alle spalle.

«Cosa c'è?» chiedo, quando per poco non vado a sbattere contro di lei. I suoi capelli profumati mi sfiorano per un attimo il viso.

«Volevo solo avere la sala tutta per noi.» Quando si volta a guardarmi, noto una tensione che prima non c'era.

«Stai bene?» le chiedo mentre gli ultimi scolari escono in fila, tra parolacce e spintoni.

«Sì, tutto bene» dice, ma non sembra del tutto convinta. «Be', eccoci qua.»

Entriamo nella piccola sala, deserta e tutta per noi per pochi, preziosi minuti. Mi fermo al centro dello spazio circolare, e giro lentamente su me stesso per osservarlo tutto. Gran parte delle pareti porta le tracce dei prigionieri passati: nomi arcaici, date remote, tutti incisi con grande cura e un pathos che persiste ancora. La parola "graffiti" non basta a descriverli: sono testamenti, le ultime volontà degli uomini morti in questa stanza o sulle forche che potevano vedere costruire dalla finestra. Quegli uomini sapevano che li attendeva la morte, in un modo o nell'altro, ed erano decisi a lasciare un'ultima esigua prova della loro esistenza. Un impulso che posso comprendere.

Mi chino e vedo per la prima volta dal vivo le incisioni mistiche lasciate da Hew Draper, in un punto basso del muro, a circa trenta centimetri dal pavimento.

«Vorrei che non fossero sotto questa plastica» dico, e appoggio le dita sulla superficie di plexiglas.

«Credo che troppa gente volesse fare la stessa cosa.» Vita accenna alle mie dita mentre si accovaccia accanto a me. «Tutte quelle ditate rischiavano di cancellarlo.»

«Chissà perché l'ha inciso così in basso» mi chiedo mentre esamino quest'opera straordinaria, la tabella precisa di simboli astrologici, la sfera tridimensionale che dimostra, a quanto mi ha raccontato Dev, come quell'uomo di umili origini avesse una conoscenza avanzatissima della scienza e della fisica della sua epoca.

«Questo non era solo un nome o una poesia» dice Vita. «Se Hew fosse stato scoperto a incidere queste cose l'avrebbero ucciso all'istante. Ha usato lo spazio dietro il suo letto perché non le scoprissero. È il genere di eresia per cui venne imprigionato.»

«Stregoneria» mormoro, affascinato dalla drammaticità di quella parola.

«No, *molto* peggio» risponde Vita. «Era un uomo povero, di umili natali, che aveva osato istruirsi, essere curioso. Voleva migliorare la propria vita e quella delle persone accanto a lui. Nonostante non fosse nessuno, fece abbastanza rumore da attirare l'attenzione. I potenti lo temevano perché era il tipo d'uomo a cui la gente presta orecchio, il tipo d'uomo che convince gli altri a soffermarsi a riflettere sul motivo per cui le cose stanno in un certo modo: perché erano poveri e affamati, perché vivevano nella sporcizia e nella paura. Il tipo d'uomo che poteva fomentare una rivolta, e per poco non lo fece.»

«Sei una storica incredibile» dico. «Sembra che tu sappia tutto su qualunque argomento.»

«Ci sono così tanti testi antichi nella Collezione che non sono ancora stati digitalizzati. Ho appena studiato Hew. Potrei passare un secolo là dentro e mi resterebbero ancora cose da scoprire. Era un uomo affascinante.»

«Parli di lui come se fosse un tuo amico» scherzo.

«Be', ma è proprio così, no?» dice, e si guarda intorno ancora una volta. Delle nubi coprono il sole, e all'improvviso la stanza diventa gelida e cupa. «Un tempo tutti questi nomi sono stati altrettanti cuori che battevano. Erano qui, come noi, a chiedersi cos'avesse in serbo il futuro. Suppongo che penso sempre a loro come se fossero ancora vivi da qualche parte nel tempo.» Rabbrividisce: «O peggio, intrappolati in attimi di tortura e tormento».

«Faccio fatica a credere che siano avvenuti realmente» dico, mentre guardo fuori dalla porta della torre, verso i prati curatissimi e il lieve brusio dei turisti, con i loro vestiti estivi colorati come coriandoli tra le antiche mura. «Tutti questi omicidi e torture.»

«Oh, sono avvenuti eccome» dice lei, il viso teso e inquieto. «Quando hanno portato qui Anne Askey nel 1546 l'hanno minacciata con il supplizio del cavalletto per convincerla a rinunciare alla sua fede protestante, e a denunciare le sue complici. Quando Anne rifiutò, la torturarono lentamente, più e più volte. Chiamarono a testimoniare la cameriera nella speranza che tradisse la sua padrona, la sua amica. Anne però era coraggiosa, decisa e determinata. Troppo intelligente per quegli uomini, che avevano paura di lasciarla in vita. Sopportò ogni tortura senza rivelare neanche un nome. L'arsero viva un mese dopo; aveva venticinque anni.»

Una lacrima le scende lentamente lungo la guancia.

«Sei sicura di star bene?» le chiedo, sconcertato.

«Sto bene» risponde, mentre asciuga la lacrima. «Forse mi colpisce così tanto perché ci penso più degli altri.»

«A cosa?» domando.

«Al poco tempo che è passato tra la morte di Anne, le sue urla che echeggiavano tra questi muri, e noi che siamo qui, adesso. La catena di vite che ci separa da quel momento è molto più breve di quanto tu creda. Anne è quasi a un passo da noi.»

Il vento cala improvvisamente, e per un attimo è come se fossimo soli in questa grande creatura di pietra, come se fossimo usciti dal tempo e il mondo si fosse fermato solo per noi. Un brivido mi corre lungo la schiena quando un lamento rompe il silenzio e un gabbiano volteggia sopra le nostre teste, in cerca degli avanzi dei corvi.

Ci guardiamo negli occhi, poi Vita scoppia a ridere e torniamo a essere circondati dal rumore e dal trambusto. Il momento è passato, ma posso ancora sentirlo, come se tutti coloro che ci hanno preceduto fossero accanto a me, a sorvegliare la mia prossima mossa. Presto sarò uno di loro.

«Mi hai appena aperto un mondo» le dico, e lei mi dà un piccolo pugno sul braccio.

«Andiamocene» dice «c'è troppa tristezza qua dentro. Si soffoca.»

Quando arriviamo sui bastioni, la brezza rende di nuovo ogni cosa fresca e luminosa. «Allora, possiamo dare un'occhiata in giro?» chiedo. «Il biglietto costava una fortuna, per un prezzo del genere dovrei poter vivere qui per un mese!»

«Scusa.» Ha l'aria malinconica. «Ti ho fatto correre, vero?»

«La tristezza ha a che fare con quello che hai detto là dentro? Sei una medium o roba del genere? Vedi la gente morta?»

«No» ride lei. «No, non vedo la gente morta. Mi guardo intorno e vedo tutta la gente viva che è passata da queste porte. O meglio, la ricordo. C'è un sacco di storia tra queste mura. Così tante persone da ricordare.»

Mi rendo conto, sorpreso, che soffre. Ricorda davvero tutte quelle persone, anzi, le piange. Apre il suo cuore a tutto ciò che è stato, e lo sente dentro di sé.

«Ricorderai anche me, un giorno?» le chiedo all'improvviso. Trovo il coraggio di prenderle una mano e portarmela al petto. Il suo sorriso svanisce; con l'altra mano mi accarezza dolcemente una guancia.

«Lo farò» dice.

28

Non posso fingere di non essere felice di essere uscita dalla torre, e di trovarmi di nuovo nel caos estivo della città, in cui le lunghe ombre di memorie che farei meglio a dimenticare non possono raggiungermi. Camminiamo lungo il fiume guardando il paesaggio di Londra che si estende in ogni direzione, punteggiato qua e là di gru che spiccano contro il cielo azzurro. Questa città sarà sempre un ciclo infinito di rovina e rinascita. Qualcosa crolla, qualcos'altro viene alla luce. E potrei essere costretta a stare a guardare questo processo per sempre.

«Credi che Hew conoscesse il segreto della vita eterna?» chiede Ben distrattamente.

Guardo il fiume, ampio e vigoroso. Il sole del primo pomeriggio fa scintillare i grattacieli, e i palazzi più antichi si scaldano nei suoi raggi dorati.

«Credo che l'avesse *quasi* scoperto» dico. «Credo che avesse *quasi* compreso l'intero universo, come se l'avesse intravisto, o rivelato per caso. In tutto il corso della storia ci sono stati uomini e donne dotati di questa capacità di concepire un intero molto, molto più grande della somma di ogni nostra parte, magari solo per un momento prima che gli sfuggisse. Oggi comprendiamo meglio che mai gli ingranaggi dell'universo, ma abbiamo molto meno intuito. Forse abbiamo perso la capacità di ascoltarlo. Immagina se l'uomo moderno fosse disposto ad accettare l'ignoto quanto lo erano i suoi antenati. Quali miracoli riusciremmo a scoprire?»

«Se avessi più tempo a disposizione» dice Ben «cercherei di scoprire tutto. Dopo che ci siamo salutati ieri sera non riuscivo a dormire, così ho letto qualcosa sugli alchimisti, su chi erano e quali metodi usavano. Erano davvero fuori di testa.»

«C'erano anche alchimiste» gli ricordo. «Si parla sempre solo degli uomini.»

«Maledetti uomini» dice Ben con un sorriso ironico.

«La storia dimentica Ipazia di Alessandria, Cristina di Svezia, Sophie Brahe, Isabella Cortese... Donna davvero interessante, la mia alchimista preferita.»

«Confesso che non ne ho mai sentito parlare» dice Ben.

«Era un'alchimista del XVI secolo. Viaggiò per tutto il mondo alla ricerca della pietra filosofale, e pensava che gran parte degli alchimisti uomini fossero idioti che sprecavano il suo tempo e il suo denaro. Scrisse *I secreti della signora Isabella Cortese*. Raccolse ogni sorta di artefatti e documenti durante la sua ricerca del segreto, ma nessuno sa che fine abbiano fatto.»

Non è proprio vero. *Io* lo so, che fine hanno fatto.

Un pensiero mi gira per la testa, ancora da formulare. Fisso il fiume per un momento, e aspetto che si assesti, come una farfalla che sceglie un fiore.

«Leonardo ha creato il ritratto, e se davvero l'ha usato per sperimentare alcune teorie alchemiche le ha nascoste nel dipinto, come faceva con *tutto* ciò che gli interessava, che trovava misterioso. Quindi dev'essere lì, la risposta *deve* essere lì dentro, da qualche parte. L'ho guardato mille volte con gli occhi di un'alchimista e di una storica dell'arte e non riesco a trovarla.»

L'idea è ancora sospesa, fuori dalla mia portata, e rifiuta ancora di prendere forma. «So tutto quello che c'è da sapere su Leonardo e sull'alchimia, *tutto*, ma c'è qualcosa che non riesco a vedere, deve esserci.»

«È possibile...» inizia Ben, incerto «che non ci sia nulla? Insomma, non è un ritratto di corte? Il suo pane quotidiano, non la roba più mistica.»

Mi mordo il labbro e mi chiedo se sia il momento giusto per spiegare a Ben che, se non fossi quella che sono, gli darei ragione. Ma la paura che mi attanaglia lo stomaco mi impone di non farlo.

«Se non fosse per la leggenda» dico «avresti ragione. Ma è ancora viva e si concentra su quell'unico ritratto di corte, in modo silenzioso e oscuro. Nessuno ha scritto un bestseller su quel dipinto, e senza dubbio gran parte degli storici dell'arte non la ritiene altro che una favola, ma è sopravvissuta, e un pettegolezzo senza ombra di verità non l'avrebbe fatto.»

«Forse è come quando lavoro a un progetto» interviene Ben. «Quando stavo sviluppando il mio obiettivo a volte incontravo degli ostacoli, riuscivo a vedere solo il problema, nessuna soluzione. Per me la risposta è sempre stata fermarmi e chiedere nuovi punti di vista. Prova a spiegarmi tutto, il simbolismo, le tecniche e tutto il resto, come se lo stessi raccontando per la prima volta. Magari riuscirò a vedere qualcosa che non avevi ancora notato.»

Annuisco, pensierosa.

«Il motivo per cui gran parte degli accademici di buon senso considera questa leggenda priva di fondamento è il fatto che quando Da Vinci *vuole* il mistero, lo infonde nelle sue opere» dico. «Pensa all'Ultima Cena, alla *Gioconda* o al *Salvator Mundi*, con i tre punti di luce nel globo di cristallo retto dal Cristo che riprendono la forma della costellazione di Orione. Sta dicendo: "Ecco un indovinello da risolvere", o "Ecco un enigma su cui riflettere. Medita sull'esistenza e sul tuo posto in essa". Ma non c'è nulla del genere nella *Belle*, solo la solita simbologia degli abiti e dei gioielli; così poco, in effetti, che nessuno sa neppure chi fosse.» Un anonimato di cui sono sempre stata grata; magari anche questo è voluto. «Forse hai ragione. Mi serve il tuo punto di vista. Se torniamo agli altri alchimisti e ai primi scienziati, alle loro opere e alle loro invenzioni, potremmo trovare almeno un po' di ispirazione.»

«E Newton?» suggerisce Ben. «Ieri sera ho letto che anche lui aveva studiato l'alchimia per un po'.»

«Non per vantarmi, ma sono sicura che nessuno al giorno d'oggi conosca Newton meglio di me» ammetto con onestà. «Ma mi viene in mente un altro alchimista famoso che è sempre stato piuttosto difficile da etichettare. Se prendiamo un taxi, potremmo arrivare in un attimo al British Museum per vedere uno dei suoi artefatti più magici.»

«Fantastico» sorride Ben. «A che ti riferisci?»

«Allo specchio divinatorio di ossidiana del Dottor John Dee» rispondo. «Se ci sbrighiamo avremo un'ora a disposizione prima della chiusura.»

«Splendido» dice lui, allegro.

Mi avvicino al bordo del marciapiede e fermo un taxi.

«Ho letto di un'alchimista donna ieri sera» dice mentre saliamo. «Mary Herbert. Anche lei era alla corte di Elisabetta I.»

«Ottima mossa, Ben Church» esclamo. «Complimenti.»

«Lo specchio» dico di fronte alla teca che contiene l'attrezzatura da divinazione del Dottor John Dee.

«Era usato per vedere oltre il mondo sensibile» legge Ben dalla descrizione sulla targhetta.

Restiamo fianco a fianco a guardare lo specchietto di ossidiana largo circa quindici centimetri che riposa mansueto dietro al vetro insieme ai sigilli di cera che Dee usava per proteggere il tavolo da divinazione su cui metteva lo specchio per cercare di vedere il futuro, a un amuleto d'oro e a una piccola sfera di cristallo. Lo specchio scintilla, oscuro, e sembra stranamente fuori posto tra gli oggetti che lo circondano.

«Sperava davvero di scoprire di cosa fosse fatto l'universo con questo specchio e i suoi cristalli» dico. «Sono stati gli Aztechi i primi a usarlo. Ti chiederai come mai Dee pensasse che gli avrebbe mostrato gli angeli, quando loro lo usavano come un portale per contattare i morti. Credeva davvero che la scienza avrebbe reso possibile parlare con gli angeli.» Alzo lo sguardo verso Ben. «Aveva bisogno di crederlo. La speranza è una specie di pazzia, credo. Conduce alla scoperta.»

Ben si china in avanti, la fronte quasi contro il vetro, e fissa l'oggetto con la stessa espressione che ho già visto su un migliaio di volti familiari. Quella di chi spera l'impossibile e teme la verità.

«Per prevalere su questo universo inconoscibile in cui esistiamo contro ogni probabilità, abbiamo bisogno di un po' di follia anche solo per riuscire a sopravvivere. Per andare al di là delle nostre vite e le nostre morti e spingerci verso l'ignoto dobbiamo essere pieni di speranza. È questo ciò che Dee cercava di fare, e anche Leonardo, con esiti diversi. Per Dee non c'era alcuna differenza tra lo studio della matematica e quello del mondo spirituale. Erano entrambi scienze da perfezionare.»

«Be', all'inizio di questo viaggio mi sono ripromesso di andare in cerca di avventure. Quindi perché non chiediamo allo specchio, come avrebbe fatto Dee? Sai come si pratica la divinazione? Potresti guardare nello specchio e chiedere qualche consiglio a un angelo?»

«No, ci ho provato, ma non sono per niente portata» rispondo, sbirciandolo con la coda dell'occhio. D'altro canto Ben ha bisogno di credere. «Perché non ci provi tu? Guarda nello specchio e vedi cosa ti mostra.»

Sembra pensarci su un momento, poi mi spinge delicatamente da parte, si mette di fronte allo specchio e fissa intensamente la superficie nera. Lo osservo di nascosto: la concentrazione che gli fa aggrottare le sopracciglia, la leggera piega delle labbra, le lunghe dita posate contro il vetro come se si preparasse alla scoperta. Passano diversi secondi, poi la sua espressione cambia. Spalanca gli occhi e avvicina il viso al vetro, attonito, le labbra strette. Sul suo viso si disegna un'espressione di gioia o di dolore, ma così vicina all'una e all'altro che non riesco a capire quale delle due emozioni sia. Un attimo dopo si tira su di scatto, si passa il dorso della mano sugli occhi e fa un passo indietro, poi si volta verso di me.

«Niente» dice, indietreggiando. «Non ho visto nulla.»

«A un certo punto sembravi un po' strano» dico. «Stai bene?»

«Davvero?» Deglutisce. «Forse ho avuto una piccola crisi di assenza. Lo chiamano il piccolo male.» Si batte un dito sulla fronte. «Vuol dire che il mio amico quassù si sta spostando.»

«Oddio, Ben.» Non riesco a impedirmi di prenderlo per mano. «Cosa dobbiamo fare? Dobbiamo andare all'ospedale?»

«No, va tutto bene» mi rassicura. «È successo altre volte negli ultimi due mesi, e sono ancora qui. Non c'è nulla da temere. E poi, mi ha regalato una specie di illuminazione mistica.»

«Racconta tutto» lo incoraggio. Ho qualche difficoltà a ignorare lo spavento della crisi epilettica, ma faccio del mio meglio per unirmi al suo ottimismo. «E poi, da dove può venire l'ispirazione se non dagli dèi?»

«Alla Torre hai detto che hai guardato mille volte il ritratto senza vedere nulla.»

«E...?» gli chiedo.

«Be', forse è una stupidaggine, ma lo sfondo dietro alla *Belle* è pieno di abissi inconoscibili che si spostano e cambiano a seconda della luce e della prospettiva. Si potrebbe dire che somiglia un po' all'ossidiana. Forse la risposta non è in quello che raffigura il dipinto, ma in quello che *non* raffigura.»

Lo guardo per diversi, lunghi secondi.

«Credo che potresti essere sulla pista giusta» dico. «Mi hai dato un'idea.»

29

«Cosa facciamo adesso?» mi chiede quando usciamo su Great Russell Street. L'aria sembra carica di elettricità e il mondo pieno di splendore, ma una parte di me è rimasta nel museo, di fronte a quell'oggetto scuro e opaco in cui ho visto tutto ciò che ho sempre desiderato.

All'inizio c'erano solo il lieve ronzio delle lampade del museo e il brivido elettrizzante della presenza di Vita. Ho guardato oltre il vetro della teca finché mi è sembrato che ci fossimo solo io e lo specchio divinatorio. Poi le ombre hanno iniziato a cambiare e la sala, Vita, e il tempo sono come scomparsi. Il mio viso, non quello che ho ora ma quello che potrei avere tra diversi anni, ha ricambiato il mio sguardo. Capelli grigi e radi; rughe profonde intorno agli occhi e alla bocca. I miei occhi azzurri mi fissavano da quella versione di me stesso temprata dalla vita, sereni. Ho visto amore, pace e un mondo in cui ero diventato vecchio con il ritmo giusto e avevo scoperto da solo che la bellezza della vita è la vita stessa.

Tornare all'improvviso al presente mi ha tolto il respiro. Ho inventato la scusa del piccolo male e poi me ne sono pentito vedendo l'apprensione sul viso di Vita.

Da allora non posso fare a meno di continuare a chiedermi se nello specchio di John Dee abbia visto il futuro. Una versione del tempo in cui sopravvivo. Nessuna forza di volontà è sufficiente a esorcizzare l'improvvisa certezza che in qualche modo andrà tutto bene.

«Mi sa che non hai mangiato per tutto il giorno» dice Vita, interrompendo i miei sogni a occhi aperti. «Vieni a cena con me.»

«Mi piacerebbe molto» rispondo.

Nel giro di pochi minuti siamo seduti a un tavolo d'angolo in un ristorante che sembra uscito dagli anni Settanta. Spessi stucchi ricoprono pareti in cui sono incastonate false travi e dal soffitto pende una vasta gamma di piante di plastica ingrigite dalla polvere, che scendono fino a pochi centimetri sopra le nostre teste. Ma il cibo è delizioso, semplice e fresco, e il vino che lei ha ordinato è morbido e delicato.

«Grazie per oggi» dice, mentre mi guarda da dietro una candela rossa vecchio stile infilata in una bottiglia ricoperta dalle spesse scie di cera lasciate dalle candele precedenti. «Per esser stato a sentire tutti quegli sproloqui sulle mie passioni da nerd.» Nei suoi occhi saltellano e guizzano due copie in miniatura della fiamma, e ci sono anch'io, riflesso nei laghi notturni delle sue iridi. «Era un bel po' che non mi divertivo così tanto» aggiunge.

«Mi sono goduto ogni momento» rispondo. «Non mi divertivo così da secoli.»

«Smettila» ride lei, così forte che gli altri avventori si girano a guardarla. «Ci devono per forza essere state occasioni in cui ti sei divertito più che a girare per Londra con me che ti parlo di storia.»

«Così su due piedi non me ne viene in mente neanche una» dico con un'alzata di spalle. «Per gran parte della mia vita da adulto mi sono concentrato sul lavoro. Ho sempre voluto avere una mia attività, e volevo creare e inventare cose. Ed è davvero possibile farlo divertendosi un sacco, anche se mi rendo conto che questo mi fa sembrare davvero sfigato. La cosa più sfigata però è che mi piace davvero quello che faccio. Mi sarei comportato diversamente se avessi saputo di avere una scadenza? Sì, forse mi sarebbe piaciuto viaggiare di più, fare tardi nei weekend, sperimentare con un certo numero di sostanze illegali, cose del genere.»

«E riguardo a… insomma, storie con ragazze, ragazzi, e tutto il resto?» chiede lei, mentre rimesta un bicchiere di acqua e ghiaccio con la cannuccia.

«Ce n'è stata qualcuna» dico, imbarazzato. «Letteralmente qualcuna. Non sono un uomo divertente da frequentare. Non capisco il romanticismo, o i gesti romantici. Non mi importa se usciamo o stiamo in casa, e non c'è mai stato nessuno di cui…» La guardo e le parole mi si bloccano nella gola, improvvisamente secca. «…mi sono innamorato.»

«E il tuo primo bacio?» mi chiede con un sorriso malizioso.

«No.» Rabbrividisco dall'imbarazzo. «Oddio, è stato assolutamente terribile. Cerco di non pensarci mai.»

«Qualche successo sul lavoro?» insiste.

«Be', sto brevettando il mio sistema ottico. Mi piacerebbe guadagnarci qualcosa, se non per me almeno per Kitty e per la mamma. È bello che mi piaccia davvero il mio lavoro, e i miei clienti lo apprezzano, ma fare l'ingegnere ottico non è proprio una carriera emozionante. Non vado in giro a svelare misteri sepolti da secoli, per dire.»

«Ci dev'essere un giorno in cui sei stato davvero felice» insiste Vita.

«Non un giorno in particolare» rispondo dopo una pausa «ma una serie di giorni con Kitty e mia madre. Mio padre se n'è andato quando eravamo piccoli. Penso sia stata dura per mia madre, ma ci ha protetti quanto ha potuto. Sono stati anni felici, ora lo so, anche se all'epoca non mi sembrava sempre così. Eravamo molto uniti, potevamo essere sempre quello che volevamo, qualunque cosa fosse quella settimana. Se cerco di ricordare un singolo giorno, me ne viene in mente una serie: serate buie passate a dipingere intorno al tavolo della cucina, lunghi picnic in estate, o giornate in spiaggia. Se qualcuno guardasse la mia vita dallo spazio con un potente telescopio, quelli sarebbero i giorni più luminosi.»

Vita non dice nulla, mi guarda soltanto, da dietro la fiammella guizzante.

«Ho rovinato l'atmosfera?» le chiedo.

«Per niente» dice in tono gentile. «Mi sarebbe davvero piaciuta una vita familiare così.»

«So che è difficile immaginarla, visto che hai perso Dominic» dico, cauto «ma sei ancora così giovane. Potresti innamorarti di nuovo un giorno, avere una famiglia.»

Si tira indietro di scatto, il viso nascosto nell'ombra. «Non posso avere figli» dice dopo una pausa.

«Oh, Vita.» Abbasso la testa, mortificato. «Scusami, non volevo essere così insensibile.»

«Non c'è problema. Ormai me ne sono fatta una ragione» risponde lei. «Ci sono dei momenti in cui desidero provare ancora quell'emozione, il peso di un figlio mio posato al sicuro sul mio cuore. Ma non era destino.»

«Ancora?» le chiedo.

«Ho perso un bambino» dice, a occhi bassi. «Mi manca molto.»

Faccio scivolare lentamente il palmo dall'altra parte del tavolo, verso di lei. La sua mano avanza finché le nostre dita si sfiorano. Ci guardiamo negli occhi. Ci scambiamo uno sguardo pieno di compassione e solidarietà.

«Ora sono io che ho rovinato l'atmosfera» dice lei dopo un po', e mi fissa con un'espressione che è come un pugno in pieno petto.

«Sai cosa?» le dico con un'attenta alzata di spalle. «È bello non essere la figura più tragica nella stanza.»

Un sorriso le fa sussultare le labbra.

Alzo il bicchiere e lei mi imita. Ci guardiamo da sopra la candela. Potrei passare un'eternità negli abissi stellati dei suoi occhi.

«Mi hai consigliato di tenermi stretti i momenti perfetti» dico. «Stare seduto qui a guardarti è uno di quei momenti.»

Abbassa gli occhi, un rossore le si diffonde intorno al naso e un attimo dopo è tutta presa a cercare la carta di credito nella borsa.

«Non volevo metterti a disagio» dico precipitosamente.

«Non mi metti a disagio» risponde, il viso nascosto dalla cascata di capelli e dalle ciglia abbassate. «È che non sono abituata a sentirmi in questo modo.»

Dopo che abbiamo pagato – Vita ha insistito per dividere il conto precisamente a metà – andiamo in Bleeding Heart Yard, dirigendoci a passo lento verso Great Russell Street. È una serata calda, e da una finestra aperta su in alto arriva della musica. L'aria odora di alberi e traffico.

«Sai che c'è una storia incredibile dietro Bleeding Heart Yard? La mia vicina anziana, Mariah, adora che gliela racconti quando non riesce a dormire» dice Vita mentre ci fermiamo sull'angolo.

«Racconti favole della buonanotte alla tua vicina?» chiede Ben.

«La conosco da tanto tempo» spiego. «Mi prendo cura di lei, e lei si prende cura di me. Mariah è la mia famiglia.»

«È un bel gesto» dico. «Racconta!»

«Be'...» Sorride, pregustando il piacere di raccontare una bella storia: «Dice la leggenda che durante un gran ballo a Hatton House, la giovane, bellissima Lady Hatton suscitò a tal punto l'interesse dei gentiluomini presenti che questi si misero in fila per avere l'onore di danzare con lei».

«Ci sono passato» dico. «Le donne mi perseguitano ovunque vada.»

«Ma poi si fece avanti un giovane di diabolica bellezza, tutto vestito di nero. Saltò la fila, prese per mano Lady Hatton e ballò con lei per il resto della serata, e ballando ballando finirono nel giardino. Be', i pettegoli si diedero alla pazza gioia quella sera. Che cos'aveva combinato? Dov'era finita? La sua reputazione sarebbe stata distrutta, il suo buon nome rovinato!»

«E fu davvero così?» chiedo, incantato dal modo in cui le brillano gli occhi mentre racconta una storia come se l'avesse vissuta di persona.

«No, in un certo senso anzi la sua reputazione si creò quel giorno» dice Vita «perché il mattino dopo Lady Hatton fu ritrovata dietro le scuderie con il torso squarciato, gli arti strappati dal corpo, ma il cuore che ancora pompava sangue. Dissero che aveva ballato con il diavolo in persona.»

«Pazzesco» commento, con un brivido lungo la schiena. «È vero? Cioè, fu davvero assassinata?»

«Be', i libri di storia ti diranno che non è vero, e che morì anni dopo per cause naturali nel suo letto» risponde Vita. «Ma non ti sembra un po' strano che il nome di una via di Londra sia saltato fuori da qualcosa che *non* è successo?»

«Sì» dico. «Poi proveranno anche a farci credere che gli agnelli non passavano per Lamb's Conduit Street.»

Mi sembra che le nostre risate durino fino al momento in cui dobbiamo salutarci ancora una volta.

«Allora, domani farei meglio ad andare davvero al lavoro» dice Vita. «Ma se vuoi puoi venirmi a trovare all'ora di pranzo. Pensavo che potremmo parlare con il nostro restauratore, sa tutto della chimica dell'arte rinascimentale. Il tuo commento sullo sfondo della *Belle* che sembra uno specchio di ossidiana mi ha dato quest'idea. Magari il segreto non è nel ritratto, ma in ciò di cui è fatto.»

«Bella idea» esclamo, felice dell'appuntamento. «Allora ci vediamo domani verso mezzogiorno, okay?»

«D'accordo» dice. «Verso mezzogiorno è perfetto.»

L'ora in cui la rivedrò ha un nome.

«Sono io» dico a Kitty al telefono mentre torno a piedi verso l'hotel. «Sto arrivando. Come stai?»

«Mi sento una pessima sorella. Dovrei starti dietro ma sei riuscito a sfuggirmi. Tu come stai?»

«Non c'è male. E non sei una pessima sorella, sei una sorella eccellente. Ti va di vedere un film?»

«Sì, eccome, e poi voglio prendere il servizio in camera e stare sveglia fino a tardi a scervellarmi sul messaggio che mi ha mandato Dev. Non so se vuol dire che gli piaccio o che mi odia.»

«Cosa dice?»

«Faccina sorridente, faccina sorridente» dice Kitty.

«Credo che voglia dire che gli piaci» affermo convinto.

«Okay. Se passi a prendere qualcosa, compra anche del cioccolato e del gin. Vieni a bussarmi quando torni. E devi raccontarmi tutto quello che hai fatto oggi, anche le parti noiose.»

«Okay, ci vediamo tra dieci minuti» le dico.

La sera è calda, i palazzi brillano alla luce dei lampioni, la luna è alta sui tetti e quest'emozione per cui mi sembra di camminare senza alcuno sforzo è ottimismo. Non so quanto futuro ho a disposizione, ma sento che sarà comunque bellissimo.

30

«Leonardo differiva da molte delle sue controparti perché si concentrava sull'effetto anziché sul colore» ci spiega Fabrizio. Siamo seduti attorno al suo banco da lavoro nella sala restauri. La luce e la temperatura della stanza sono attentamente monitorate, ma in qualche modo Fabrizio ci fa sentire come se fossimo nel suo salotto assolato. Piante rigogliose pendono da ogni superficie libera, un vecchio tappeto logoro copre il pavimento di marmo, e in un angolo troneggia una poltrona troppo imbottita con i braccioli carichi di libri. A un lato della porta c'è un attaccapanni in legno scuro, di epoca edoardiana, a cui sono appesi un cilindro malconcio e un berretto di velluto verde. E il resto delle superfici è ricoperto da fotografie di sua moglie e dei suoi figli.

«Naturalmente seguiva alcune regole: il blu oltremare più duraturo veniva ricavato dai lapislazzuli importati a caro prezzo dall'Afghanistan, e dunque era molto raro. Per questo motivo era riservato alla Vergine. Il rosso si preparava con il carapace di alcuni insetti, un procedimento molto faticoso e costoso. Il blu simboleggiava pace e serenità, il rosso vitalità e potere; si trova spesso nei ritratti di reali e aristocratici.»

«E i nastri d'oro che le chiudono la veste?» chiede Ben, mentre mi rilasso sullo sgabello con il caffè in mano. Ha il volto acceso dall'interesse, gli occhi che gli brillano di entusiasmo. «Cosa significa l'oro?»

«Le chiese erano piene di foglia d'oro o d'argento, perché erano ambienti sacri in cui si usavano solo i materiali più pregiati. Osservare un'opera d'arte inginocchiati in una chiesa, con la luce delle candele che guizzava sul metallo, era un'esperienza intensa e profonda, l'arte che faceva risorgere il Cristo, se vogliamo. Ma in questo ritratto Da Vinci ha creato *l'illusione* dell'oro, perché non c'è oro vero nel dipinto. Criticava l'opera degli alchimisti, eppure era un maestro nel trasformare materie comuni in oro, non è vero?»

«Aspetta, *La Belle* è vestita di rosso» dice Ben. «Cosa significa? Potrebbe significare che è lei stessa un simbolo di vitalità, o immortalità?»

A questo punto molti storici deriderebbero o ignorerebbero la domanda, ma non Fabrizio.

«Molto probabilmente significa che apparteneva a un uomo molto ricco e potente» dice, chiaramente entusiasta dell'interesse di Ben. «Una bella amante era uno *status symbol*, come una Porsche o una Ferrari al giorno d'oggi. Una grande quantità di pigmenti costosi in un dipinto dimostrava che un uomo era ricco, come il Duca di Milano quando si pensa che sia stato dipinto questo ritratto.»

Fabrizio riflette per un momento mentre osserva la riproduzione del ritratto. «Detto questo, non sarebbe insolito per Leonardo attribuire un altro significato ai pigmenti che usava. Aveva bisogno di stabilire un legame con tutto ciò che creava, e c'è qualcosa di molto irregolare nei pigmenti che ha scelto per questo dipinto.»

«Davvero?» gli chiedo, domandandomi cosa mai potrei ancora ignorare di quest'opera.

«Probabilmente non è nulla» dice Fabrizio. «Vita, come sai negli anni Trenta un'altra versione della *Belle* è riapparsa a New York. I suoi proprietari, gli Hahn, avevano cercato di venderla come un vero Da Vinci, e addirittura sostenevano che la versione del Louvre fosse un falso. La faccenda si concluse con un processo lungo un mese volto a stabilire l'autenticità di ciascun dipinto.»

«Vuoi dire che questo ritratto non è un Da Vinci autentico?» domanda Ben, a occhi sgranati.

«Oh no, senza dubbio lo è, e forse lo sono entrambi. Ma dal processo emersero alcune informazioni interessanti, scoperte molto avanzate per l'epoca. Principalmente il fatto che la versione Hahn è stata dipinta con i pigmenti più costosi, quelli che ci si aspetterebbe di trovare in un Da Vinci commissionato dal Duca di Milano. Quella del Louvre no. Ci sono pigmenti e terre molto più economici e facili da trovare, e il rosso in particolare è... *misterioso*. Non so come mai *La Belle* non contenga i pigmenti che dovrebbe contenere. Ma forse ha qualcosa a che vedere con il tuo mito, forse Leonardo ha usato gli stessi materiali degli alchimisti. Non saprei dirlo con certezza.»

«Ma è possibile» dice Ben, scattando in piedi.

«Tutto è possibile» dice Fabrizio. «Solo chi era nello studio con lui può sapere la verità.»

«E adesso?» chiede Ben mentre lo accompagno al foyer.

«Devo rileggere tutte le ricerche sui pigmenti» dico. «Non avevo tenuto conto delle scoperte del processo Hahn, perché quel primo esame è stato aggiornato con tecnologie migliori, ma a volte i nostri antenati notano cose che a noi potrebbero sfuggire. Merita un'occhiata.»

«Sai che se potessi portare il mio obiettivo davanti al dipinto troveresti una risposta a tutte le tue domande» dice Ben. «Pensi che sarebbe possibile?»

«Sto cercando di capire come fare» rispondo. «Non ci sono ancora arrivata.»

Kitty aspetta Ben nel foyer, dondolando i piedi sul pavimento, le mani in tasca.

«Non ti è venuta voglia di dare un'occhiata in giro mentre mi aspettavi?» le chiede Ben.

«No» risponde. «Un sacco di cianfrusaglie di gente morta. Non fa per me.»

«Scusami. Mia sorella è una zoticona» commenta Ben.

«Probabilmente è molto più saggio vivere nel presente che nel passato.» Sorrido a Kitty, che risponde con un'alzata di spalle.

«Comunque» dice a Ben «Dev mi ha chiesto di andare a una festa con lui stasera. A quanto pare suo cugino è ricco sfondato e si è appena fidanzato. Da una parte mi viene da dire: "Tesoro, ti conosco da venti minuti. È un po' presto per incontrare i tuoi". Ma d'altra parte, una festa a tema Anni Venti nientemeno che al Ritz? Sì grazie! Naturalmente gli ho detto che non potevo perché sono qui con mio fratello e non mi va di abbandonarlo, e ha detto: "Perché non inviti anche lui?" Così ho pensato che anche se storicamente non ti piacciono le feste, potremmo andare per una volta? Per dieci minuti?»

«Vai, divertiti» dice Ben. «Non so quanta voglia ho di reggere il moccolo a te e Dev.» Mi guarda per un attimo: «A meno che non voglia venire anche tu, Vita?»

«Non mi divertirei senza di te» dice Kitty, e gli mette un braccio intorno alle spalle. «È solo che ho pensato, magari un party in grande stile è un po' all'ordine del giorno? Insomma, quand'è l'ultima volta che sei andato a una festa *davvero* elegante? Non sei neppure andato al ballo di fine anno.»

«Ma non sono il protagonista di un film adolescenziale americano, e non me ne importa nulla» ribatte Ben. «Verrò se viene anche Vita» dice, e mi guarda. Mi sento ribollire al solo pensiero.

«Non saprei» dico. «Le feste non sono proprio nelle mie corde ultimamente.» Non riesco a impedirmi di alzare lo sguardo verso il ritratto in cima alle scale, ripensando a Madame Bianchi, la vita più libertina che abbia mai vissuto. *Lei* sì che non avrebbe mai rifiutato un invito. Ormai ricordo a malapena come mi sentivo a essere lei. «Ma ho interi guardaroba pieni di abiti vintage. Se ti va, Kitty, posso portartene qualcuno all'hotel dopo il lavoro.»

«Seriamente?» dice Kitty, sgranando gli occhi. «Sarebbe fantastico. Grazie, Vita.»

«Non posso fare granché per i vestiti da uomo» spiego a Ben «ma credo che sarebbe piuttosto semplice trovare un classico smoking.»

«Per piacere, vieni anche tu, Vita» dice Kitty. «Solo il tempo di entrare e decidere se ho fatto un errore madornale. Ben ha davvero bisogno di qualcuno con cui non sia necessario chiacchierare del più e del meno e mi sembra che voi due non abbiate quel problema.» A queste parole Ben arrossisce leggermente. «E che tu ci creda o no, quando ci si mette sa fare bella figura.»

Avrei mille motivi per dire di no. Tra cui una sala piena di sconosciuti e confusione. Ma i motivi per cui dovrei dire di no sono gli stessi per cui vorrei dire di sì. L'idea di vestirmi elegante e passare del tempo con Ben senza parlare di dipinti o miracoli, e magari persino a ballare, mi attira un po' troppo. Forse, ancora adesso, mi porto dentro un po' di Madame Bianchi.

Ma più tempo passo con Ben senza dirgli chi sono, più rischi corriamo.

«Non dovrei...» inizio a dire.

«Su, dai. Goditi un po' la vita» insiste Ben con un sorriso gentile, e le mie fragili obiezioni si dissolvono.

«È un bel po' che non metto delle piume tra i capelli» dico.

«Evviva!» Kitty saltella e batte le mani. «Che vestiti hai? È che sono stranamente presa bene con questo nerd che ho appena conosciuto e ho paura di sembrare fuori luogo.»

«Non temere» la tranquillizzo. «Negli Anni Venti non era possibile essere fuori luogo.»

31

Vita arriva nella mia camera all'hotel con le braccia cariche di vestiti, che lascia cadere sul letto in una cascata di colore e stoffa fluente e luccicante. La sua presenza nella mia stanza mi comunica uno strano senso di intimità. E so che tutto questo non dovrebbe avere alcun nesso con un elemento d'arredo funzionale come un letto, ma mi sento nervoso come un ragazzino.

«Wow» dice Kitty quando esce dal bagno e scorge l'arcobaleno di stoffa. «Perché hai tutti questi capi vintage?»

«È una lunga storia, ma in un certo senso li ho ereditati. Erano nella casa in cui mi sono trasferita» spiega Vita. «Tutti gli averi della mia prozia erano ancora lì dentro e mi sembrava brutto disfarmene.» Vita sfiora l'orlo di un leggero vestito verde foglia. «Credo che alcuni di questi abiti dovrebbero stare in un museo.»

«Sono fantastici!» esclama Kitty, entusiasta. «Ma quale mi metto?»

«Questo ti starebbe benissimo, non credi?» Tira su un abito azzurro cielo pieno di perline che si abbina perfettamente al colore degli occhi di mia sorella. Kitty accoglie la proposta con un applauso elettrizzato e una risatina, il suo lato femminile di solito ben nascosto emerge con palese delizia. All'improvviso sono felice di aver accettato l'invito.

«Lo adoro!» dice Kitty. Prende il vestito e se lo drappeggia addosso.

«Ci sono anche queste.» Vita svuota una borsa della spesa piena di scarpe sul pavimento. «Sono tutte numero trentotto.»

«Io porto il trentotto!» esclama felice Kitty, mentre prende un paio di scarpine argentate. «Sembra Natale. Vado di là a prepararmi. Bussate quando avete finito di fare quello che dovete fare.»

«Oh» dico mentre Kitty vola fuori dalla stanza, facendomi un occhiolino esagerato. Vita è davanti a me nei suoi pantaloni marroni a scacchi e top color crema, l'onda dei capelli che le ricade su una spalla. «Forse credevo che ti avrebbe portata con lei a cambiarsi e a truccarsi, visto che siete entrambe, insomma, *donne*.»

«Credo sia un modo non troppo velato per spingermi tra le tue braccia» spiega Vita con un sorriso.

Non ho idea di cosa dire o dove guardare. Il mio concetto di me stesso come uomo eloquente e dotato di autocontrollo svanisce nel nulla.

«Mi piace questo lato di Kitty» dice Vita nel silenzio. «Ti vuole molto bene.»

«E io a lei» ammetto, la voce strozzata dalla forza di questo sentimento, quando penso al giorno in cui non saremo più Kitty e io. E neppure Vita e io... e neppure io. È un buon motivo per mostrarle ciò che provo, o un buon motivo per non farlo?

Vita abbassa lo sguardo sui vestiti, pensierosa. «Forse non dovrei mettermi tra voi due. Posso ancora andare a casa e lasciarti con lei.»

«No ti prego» dico subito. Faccio un passo verso di lei, poi mi controllo. «Mi piacerebbe molto andare a una festa insieme a te vestita così.»

«Ma non mi sono ancora messa l'abito!» esclama.

«Non ti serve nessun abito per illuminare una stanza» dico. «E lo so che è la cosa più sdolcinata che un uomo abbia mai detto a una donna, ma non mi viene in mente altro. Per favore, Vita, vieni. Dopotutto non sono neppure andato al ballo di fine anno.»

«Mi pareva che non te ne importasse...» sorride Vita.

«Sto solo tentando di convincerti a rimanere con un ricatto emotivo» ammetto. «Non mi sta riuscendo molto bene.»

«Rimango.» Mi sfiora una guancia con le dita. Una carezza brevissima, che dura meno di un secondo, ma è come se una scossa elettrica mi attraversasse, lasciandomi senza fiato.

«Facciamo così» dico, pensando che una porta chiusa e un po' di spazio tra di noi non sarebbero male in questo momento. «Tu vai in bagno. È uno di quei bagni enormi con le luci sullo specchio e roba del genere. Io devo solo infilarmi lo smoking e il farfallino. Guarderò un po' di tv mentre ti vesti.»

«Quale mi metto?» chiede, indicando i vestiti. È un'ottima scusa per guardarla, per pensare al modo in cui i capelli scuri le incorniciano il viso pallido, ai suoi occhi che sembrano contenere l'intero universo, alle sue curve che corrono come l'ansa di un fiume dal seno ai fianchi. Guardo il guazzabuglio di colori e penso alla *Belle*.

«Non capisco niente di moda» dico «ma che ne dici di questo?» Prendo un capo arancione scuro dalla pila, velluto schiacciato con frange fatte di innumerevoli perline rosso rubino.

«Mi sa che hai ragione» dice lei. Prende l'abito luccicante e se lo posa sul corpo. «Prendo qualche accessorio e lo metto. Grazie, Ben.»

«Grazie *a te*» dico, e aspetto che abbia chiuso la porta per tirare fuori due lattine di gin tonic dal minibar e scolarle una dietro l'altra.

Avrò detto al massimo tre parole da quando siamo usciti dall'hotel, ma non è un problema, perché Kitty chiacchiera per quattro. Mia sorella sta benissimo, con una grossa piuma tra i capelli, truccata come le attrici dei film muti. Dev era palesemente incantato quando siamo usciti dall'ascensore. Appena l'ha vista hanno iniziato a brillargli gli occhi, e devo dire che anche lui non è male in smoking. Ha salutato Vita con un abbraccio, e poi ha preso Kitty per mano come se stessero insieme da sempre.

Il party si tiene in una splendida sala da ballo art-déco, rivestita di bianco, nero e oro da cima a fondo, con palloncini e stelle filanti. Alte palme separano i tavoli dalla pista da ballo, illuminata da un lampadario di cristallo. Sul palco un gruppo jazz suona arrangiamenti retrò di pezzi pop, e i camerieri in frac servono cocktail e stuzzichini deliziosi su vassoi d'argento.

Fino a stasera me la sono cavata piuttosto bene nel fingere che Vita non fosse assolutamente irresistibile, ma ora ho perso ogni speranza. Insomma, ho sempre pensato che fosse bellissima, non è che non mi sono accorto di quanto stesse bene con un vestitino o i pantaloni larghi e una matita tra i capelli. Ma il vestito che porta stasera rivela la curva perfetta della sua schiena fino in fondo, e mi sento un mortale ammesso alla presenza di una dea.

Mentre Kitty e Dev ballano le cover jazz di hit moderne, noi due restiamo ai lati di una palma in vaso a fare tappezzeria. Ma gli uomini continuano a guardarla, e sono sicuro che prima o poi uno di loro la inviterà a ballare. Vorrei farlo io, ma anche adesso che non ho nulla da perdere, non trovo le parole per farlo.

«Non ce la caviamo molto bene, vero?» Vita sposta una fronda della palma per avvicinarsi a me e parlarmi all'orecchio. «A partecipare alla festa, intendo.»

«Tu sì» dico, cercando di dissimulare la mia emozione quando la guardo negli occhi. «Stai benissimo, Vita. Il mondo intero potrebbe cadere ai tuoi piedi. Dovresti socializzare un po'.»

«Onestamente preferirei dei chiodi arrugginiti negli occhi» replica con un sorriso. «E grazie, Ben. Anche tu stai molto bene.»

Mi volto e la guardo negli occhi per capire se mi prende in giro. Mi pare di no. Non so se è un segnale positivo o negativo per il mio piano di non innamorarmi di lei, ma sospetto che sia entrambe le cose contemporaneamente.

«Non sono niente di speciale» dico, impacciato. «Sembro strano.»

«Non dici sul serio, vero?» Mi scruta il viso. «Quando ti guardo, mi fai pensare a un ballerino: il tuo modo di muoverti, di parlare, così espressivo, pieno di sentimento. Sei…» Si volta per un attimo, offrendomi una visuale perfetta sulle spalle e sul collo. «Sei…» si schiarisce la voce, imbarazzata «molto attraente.»

«Be', grazie» arrossisco. Mi sono appena accorto che le nostre teste sono vicinissime. «Anche tu non sei male.»

«Grazie» sorride lei.

«Quando dico "non sei male" intendo che ti trovo bellissima dentro e fuori» aggiungo. Alza lo sguardo e incontra il mio. Le prendo una mano e la poso delicatamente sul punto in cui il mio cuore batte all'impazzata. Socchiude le labbra e all'improvviso sono certo che stiamo per baciarci.

Almeno finché mia sorella non decide che è il momento di intervenire.

Ci salta addosso: «Che fate voi due? Venite a ballare!»

«Proviamo a farci coraggio?» chiede Vita, tendendomi la mano.

«Si vive una volta sola!» Prendo la sua mano e mi lascio guidare fino alla pista.

Qualche Martini dopo, mi pare che il mio modo di agitare le braccia come un mulino impazzito non abbia alcuna importanza. Vedo solo l'allegria sul viso di mia sorella e la gioia su quello di Vita mentre cerca di insegnare a me e Dev i passi del charleston. Siamo negati tutti e due, ma giriamo e scalciamo ridendo, e in qualche modo troviamo un ritmo. Le luci danzano negli occhi di Vita, la sua pelle diventa rosea e calda, il suo corpo segue perfettamente la musica. Per una volta mi sento parte di tutto: di questo gruppo, di questa festa, di questo mondo. Per una volta mi sento esattamente al mio posto.

Poi la musica rallenta e le luci si abbassano. I corpi si avvicinano, a coppie. Kitty getta le braccia al collo di Dev, e si perdono l'uno tra le tonsille dell'altra prima che possa distogliere lo sguardo. Incrocio quello di Vita con un'alzata di spalle. Lei annuisce e si avvicina. Mi prende una mano, se la posa su un fianco, poi mi mette un braccio intorno al collo e prende l'altra mano nella sua. In men che non si dica stiamo ballando un lento d'altri tempi.

«Cos'è, un walzer?» chiedo mentre cerco di ignorare la sensazione del suo corpo vicinissimo al mio.

«Tecnicamente sarebbe più uno *sway*, un dondolio» risponde lei, piano, le ciglia abbassate. «Però lo balli molto bene.»

«Dondolare è la mia specialità» dico. Durante il crescendo, si appoggia a me. Stringo più forte le braccia intorno alla sua vita, e lei mi infila la testa sotto il mento. Chiudo gli occhi e indugio in questo momento splendido, la sera in cui io, Ben Church, ho tenuto tra le braccia Vita Ambrose e ballato con lei. O almeno dondolato.

La canzone finisce e ne inizia un'altra più veloce. Kitty e Dev non se ne sono accorti.

«Ben» inizia Vita, improvvisamente serissima. «Sono un po' brilla. Ma non è per questo che sono così...»

«Vuoi prendere un po' d'aria?» le chiedo, prima che aggiunga altro.

«Magari» annuisce. Elettrizzato, la prendo sottobraccio e usciamo in strada, dove Piccadilly ci avvolge in uno scialle di seta paillettata con la sua luccicante eleganza.

«Voglio che tu sappia» dice Vita dopo un momento «che ti ho trovato meraviglioso dalla prima volta che ti ho visto. E anche molto attraente.»

«Grazie» dico. L'aria fresca mi fa sentire di nuovo tutto il peso della realtà, e ricordo.

«Non sono stata con nessuno, non mi sono neppure avvicinata a qualcuno dopo Dominic» dice lei. «E... è abbastanza stressante. Mi sento un'idiota. Probabilmente tu non provi nulla del genere.»

«Provo un sacco di cose del genere» ribatto. «All'incirca otto milioni di volte al secondo. Ma è complicato. Non sopporto l'idea di farti del male.»

Credevo che l'altruismo sarebbe stato più gradevole. Ho appena guardato in faccia la più incantevole delle ultime chance e l'ho respinta. Fa male, come staccarsi lentamente un pezzo di pelle.

Vita riprende a parlare prima di me.

«Sarebbe davvero insensato» concorda, con un sospiro. «Sarebbe davvero insensato se lasciassimo nascere qualcosa di non platonico. Per tutti e due.»

«Giusto» dico. Mi allontano un poco da lei, con un respiro profondo. «Bene. Allora siamo d'accordo. Proviamo qualcosa l'uno per l'altra, ma non andremo oltre.»

Vita cancella la distanza che ho messo tra noi, mi prende una mano e se la porta alle labbra.

«Proprio così» annuisce, gli occhi persi nei miei. La città sembra sfolgorare. Intere galassie le splendono negli occhi mentre abbatte tutti i nostri buoni propositi in un colpo solo.

«Oppure potresti accompagnarmi a casa.»

32

«OPPURE potresti accompagnarmi a casa» propongo.

Fino al secondo in cui gli prendo la mano, ho solo intenzione di chiedergli un favore, di chiedere a una persona fidata di scortarmi a tarda notte. Ma nel momento stesso in cui prendo questa decisione, la getto via e mi appoggio a lui per togliermi i tacchi e camminare con i piedi coperti solo dai collant.

«E se cammini su dei vetri rotti?» mi chiede Ben, preoccupato. «O un ago?»

«Andrà tutto bene» lo rassicuro. Mentre risaliamo Golden Square mi rendo conto che ho voglia di invitarlo in casa mia. Non faccio entrare mai nessuno, ma voglio che Ben la veda, che mi conosca un pezzetto alla volta fino ad avere il quadro completo.

Lo prendo sottobraccio e gli appoggio la testa su una spalla mentre camminiamo fianco a fianco a passo deliziosamente lento. L'aria è delicata e tiepida, le strade luminose e animate; mi sento *felice*.

Ci metto un attimo a comprenderlo appieno, a crederci.

Per tanto tempo mi sono sentita come se ogni singolo respiro fosse appesantito da una malinconia simile al piombo. Questa vaporosa sensazione di gioia mi dà alla testa, mi inebria. In questo momento è *vero*, è *reale*.

«Sono felice» confesso a Ben. Mi volto verso di lui: «Sono davvero felice qui, adesso, con te, mentre torniamo a casa per le strade di Londra. Averti conosciuto mi ha resa felice, Ben».

«Anch'io sono felice» dice. «Anche tu mi fai sentire così.»

Mi sembra che la città sia contenta per noi. Tutti quelli che ci passano accanto stanno sorridendo. Le autoradio ci cantano serenate dai finestrini aperti, le bandiere svolazzano e la brezza tiepida fa vorticare come coriandoli le foglie degli alberi.

Quando imbocchiamo finalmente le vie affollatissime di Soho, piene di pantaloncini corti, magliette senza maniche e occhiali scuri, sento un brivido di piacere all'idea di portare Ben nella mia oasi privata in mezzo a tutta questa intimità pulsante. Scrosci di risate rimbombano vivaci dai bar e dalle finestre aperte. Un odore di birra e profumi riempie l'aria, mescolato a quello del sudore e del sesso. La notte si scalda a mano a mano che il giorno si raffredda, e sembra che le strade di Londra siano lastricate di passione.

Una coppia si bacia appassionatamente contro un muro, i corpi fusi in uno solo. Altri due amanti giacciono intrecciati sull'erba di Soho Square, così presi l'uno dall'altro che la gente attorno sembra non esistere. Hanno creato un universo tutto per loro con un solo abbraccio. Altri due innamorati sono avvinghiati sul tavolino all'aperto, mani e dita tra i capelli, ginocchia tra le ginocchia, nel bisogno urgente di incastrarsi l'uno nell'altro.

Stanotte sembra che tutta la città sia travolta dall'amore, o perlomeno dalla lussuria. Il desiderio è palpabile nell'aria e anche nello spazio negativo che si crea tra i nostri due corpi, e cresce elettrico tra di noi. Ogni volta che la mia anca gli sfiora la coscia, che la sua mano passa sull'incavo della mia schiena, la carica aumenta.

Finalmente ci inoltriamo nel vicolo stretto e buio, per emergere nella mia piccola piazzetta senza luce a parte quella di un unico lampione in stile vittoriano.

«Eccoci qua.» Indico con un cenno del capo la mia villetta a schiera, che ci scruta con aria benevola.

«È come Narnia» dice Ben, guardandosi intorno. Nota la meridiana: «Wow. Casa tua è del 1770? E perché c'è una meridiana qui?»

«Immagino che facessero furore quando queste case sono state costruite» dico.

«*Vai a caccia di ombre finché vuoi, ma qui il tempo si ferma.*» Legge il motto scolpito alla base della meridiana, appena visibile nella luce del lampione. «Cosa significa?»

«Non ne ho idea» rispondo.

«Non avrei mai immaginato di trovare due case nascoste qui dietro.» A quanto pare è determinato a perdersi in chiacchiere. «A che piano stai?»

«Tutti» dico. «Casa mia è a sinistra, e la mia amica Mariah vive alla porta accanto.»

«Vita, sei segretamente ricca?» ride Ben, un po' sorpreso.

«Suppongo di sì, un po'» dico come per scusarmi. «Più per eredità che altro. Questa casa appartiene alla mia famiglia da quando l'hanno costruita.»

«Ricca *e* bellissima» dice lui. «Dovrei sposarti immediatamente.»

Ci guardiamo. I suoi occhi sono del colore del cielo notturno, e pieni di stelle. La mia pelle freme dal desiderio di essere toccata.

Sono innamorata, e ormai non c'è più niente da fare.

«Vuoi entrare, Ben?» gli chiedo.

«Sì, molto» dice. «Ma c'è un problema.»

«E cioè?» domando.

«Il problema è che impazzisco dalla voglia di toccarti.» Parla pianissimo, quasi in un sussurro. Abbassa la fronte e la posa lievemente sulla mia. «Di stringerti, baciarti. E potrebbe essere un po' imbarazzante, visto che mezz'ora fa abbiamo deciso di non farlo.»

«Lo sarebbe solo se non lo volessi anch'io» rispondo senza prendere fiato.

«E qual è la tua opinione a riguardo?» chiede, la voce tesa.

Le mie mani trovano il suo volto. Sento un filo di barba pungermi i palmi mentre lo attiro a me e premo le labbra sulle sue.

«Molto favorevole» dico, sfiorandogli la guancia con la mia.

«Che state combinando?» Mariah apre la porta di casa e ci osserva. «Chi è quel bel fusto, Evie?»

Ben indietreggia e si sistema i capelli come un ragazzino sorpreso a baciare qualcuno dietro la rimessa delle biciclette.

«È il mio amico Ben» le spiego. Lo prendo per mano. «Dormirà qui.»

«Ti capisco, ragazza mia» dice Mariah. «Se il mio Len non fosse così geloso ci proverei anche io!»

«Su, Mariah.» Marta appare alle sue spalle. «Lasciamo in pace i due piccioncini.»

Mariah chiude la porta con una risatina. Mi copro la bocca con il palmo per nascondere un sorriso e alzo lo sguardo verso Ben.

«Quella era Mariah» dico. «Non si sa mai in che decade si trovi, ma credo che parlasse proprio di te.»

«Ha chiaramente degli ottimi gusti» commenta Ben.

«Andiamo. Ti preparo qualcosa da bere» dico, e lo guido su per gli scalini.

All'improvviso si ferma.

«Voglio entrare» dice. «Ma Vita, questa per me non è una storiella qualunque. Ci conosciamo solo da qualche giorno ma... credo che potrei innamorarmi di te. Mi sembra giusto che tu lo sappia.»

Esito un momento. Dovrei dirgli subito chi sono veramente. Ma se la verità soffocasse tutta la gioia? Se non avessimo più momenti come questo?

«Allora prendi il mio cuore in cambio del tuo» dico, e lo tiro verso di me. Passo la mano dal suo petto al mio, e gli poso delicatamente le labbra su una guancia. «La mia pelle canta il tuo nome.»

Lo prendo per mano e lo faccio entrare in casa mia.

IV

Presto cala la notte.

Motto tradizionale per meridiane

33

Quando Vita chiude la porta ci ritroviamo immersi in un'ombra che mi rinfresca le guance accaldate. Lei si volta verso di me e mi spinge contro la porta chiusa, gli occhi fissi nei miei.

«Posso baciarti, per favore?» chiede. Io annuisco, senza parole.

Appoggia le mani alla porta, ai lati della mia testa, e si mette in punta di piedi per arrivare alla mia bocca. Le sue labbra sono morbide e calde; le sue ciglia mi sfiorano la guancia, poi il suo torace morbido si scioglie contro il mio. Il cuore mi batte all'impazzata mentre le passo una mano intorno alla vita e la stringo a me più forte che posso. E poi ci siamo solo noi, una contro l'altro, bocca sulla bocca, come una preghiera esaudita.

Vita si tira un po' indietro e un ciuffo di capelli aggrovigliati le ricade sulla fronte.

Le sue dita mi percorrono il petto fino al primo bottone della camicia. Li slaccia uno dopo l'altro mentre mi accarezza il petto fino all'ombelico. Fa un passo indietro, abbassa la cerniera del vestito, sfila le spalline e lo lascia cadere fino alle caviglie. Mi sembra di guardare una dea: curve generose e vellutate, pelle morbida dalle spalle ai fianchi rotondi e allo stupendo rigonfiamento candido delle cosce. Vorrei cadere ai suoi piedi e adorarla un centimetro alla volta, un bacio alla volta.

«Andiamo.» Mi prende per mano e vedo confusamente una scalinata stretta e ripida, pareti piene di dipinti e vecchie foto, un sentore di polvere e libri antichi. Passiamo sotto lampadari che sfarfallano e arriviamo in un'ampia camera. Un letto a baldacchino dall'aria antichissima occupa il centro della stanza, illuminato dai neon di Soho.

«Vita» sussurro «mi lasci senza fiato.»

Voltandomi le spalle, si ferma sul bordo del letto, i capelli scuri che le fluttuano intorno come un'ombra inquieta, e mi tende la mano.

La prendo tra le braccia e ricadiamo sul materasso tra baci e carezze.

«Non riesco a credere di averti trovata» sussurro tra i suoi capelli.

«Non riesco a credere che mi hai trovata.» Sospira.

E dopo, solo estasi.

Vita giace in un groviglio di lenzuola, i capelli sul viso, immersa in un sonno profondo. Le luci di Soho che illuminano la stanza dalle tende aperte la tingono d'oro, bianco e rosa.

Vorrei poter dormire come lei, di un sonno così pesante e totale. Ma ho la testa sveglia e lucida. Non voglio che questo giorno finisca.

Mi alzo a prendere un bicchier d'acqua.

Le luci di casa sua sono fioche. Sospetto che l'impianto non sia mai stato rifatto dall'invenzione dell'elettricità, ma la penombra con qualche punto più luminoso che lascia il campo libero alle ombre si addice a questa casa. E a lei, credo. Vita è come una sfera luminosa in questo buio antico.

Un lampadario con le frange sfarfalla stoicamente alla sommità della ripida scalinata stretta che ricordo di aver salito poco fa in quello che ora sembra un sogno impossibile. Scendo lentamente, mentre osservo le opere d'arte e le vecchie fotografie appese alla parete. Lo schizzo in sanguinella e gesso di una ragazza seria dagli occhi scuri, nello stile di Leonardo; una grossa fotografia dei primi del Novecento che ritrae una ventina di donne con enormi cappelli a tesa larga e fasce sul petto, che reggono uno striscione con la scritta *Votes for Women*. Studio ognuno dei loro volti sfocati alla ricerca di una traccia di Vita, chiedendomi se una di loro era sua parente, o la sua prozia, ma il tempo ha cancellato troppi dettagli dai loro visi coraggiosi.

A ogni scalino trovo una nuova persona da osservare. Quando sono ormai a metà strada, mi rendo conto che ognuna delle immagini è un ritratto di qualche genere: antichi dipinti a olio crepati di volti pallidi con colletti di pizzo; un paio di miniature di una coppia con parrucche incipriate e abiti di seta; ritratti che potrebbero risalire a un momento qualunque degli ultimi cinquecento anni, comprese delle fotografie scattate con i primi dagherrotipi.

L'immagine di una giovane donna dall'aria severa mi costringe a fermarmi. È seduta composta, le mani incrociate in grembo, e uno sguardo sorprendentemente luminoso che sembra studiarmi dall'oscurità. La osservo a lungo: dev'essere per forza una parente stretta di Vita. Ha i capelli divisi da una scriminatura centrale e raccolti in una stretta, austera crocchia, le sopracciglia aggrottate e una smorfia sulle labbra, ma se sorridesse e si scrollasse via l'acconciatura sarebbe la copia esatta della donna che dorme al piano di sopra.

Mi chiedo se nelle scatole della roba di famiglia della mamma ci sia la foto di qualcuno identico a me. Spero che un giorno, negli anni a venire, un nuovo volto replicherà il mio; un lontano cugino o un pronipote, la prova che sono vissuto scritta nel dna.

Dive dei primi del Novecento, in pelliccia e cloche, alzano un tacco a favore della macchina fotografica. Un gentiluomo incredibilmente affascinante posa contro una colonna di pietra con un fedora e un abito gessato. Per ultima, la Polaroid di un uomo scuro con degli occhiali spessi, che ride e alza un calice di vino verso la persona che sta scattando la foto. L'immagine è sfocata, ma a giudicare dal colletto direi che risale agli anni Settanta. Allora chi è *lui*?

Alla fine della scalinata ci metto un po' a trovare la cucina dalla forma strana sul retro della casa, coperta di sdolcinate piastrelle rosa e arredata da credenze che mi sembra possano risalire agli anni Trenta, solo perché somigliano un po' a quella di mia nonna. Il frigorifero e i fornelli almeno sembrano appartenere a questo secolo, ma il primo è vuoto. Apro l'anta scorrevole di vetro smerigliato di un pensile, e sorrido nel vedere ordinate file di bicchieri da whisky e da champagne colorati. Ci sono bicchierini da liquore bordati d'oro e calici da vino di cristallo rosso. Scelgo un bicchiere da whisky blu e lo porto fino al rubinetto, che tossicchia per un momento prima di sputare un fiotto d'acqua.

Sotto di me, Soho è avvolta nel massimo della quiete di cui può godere, le strade quasi vuote a parte qualche sagoma che barcolla pigramente verso casa.

La calma della notte sembra penetrarmi nelle ossa. Me la sento scorrere nelle vene dolcemente esauste, ma che ancora frizzano di emozioni. Per una volta tutte le parti del mio corpo e della mia mente formano un tutto unico. Ogni terminazione nervosa registra attentamente ogni sensazione e sono vivo. Allora è così che ci si sente quando ci si innamora.

Prendo il mio bicchier d'acqua e seguo il corridoio fino al salotto affacciato sulla piazzetta buia. Il riflesso ricambia il mio sguardo dalla finestra. È come se ci fossimo staccati dalla Terra, come se questa casa fosse un'astronave nello spazio, tra le stelle.

Il salotto di Vita è esattamente ciò che mi aspettavo da questa casa strapiena di storia. Premo un interruttore e un lampadario torna in vita a fatica, per rivelare una stanza che una volta sarebbe stata elegante, ma in qualche modo è stata abbellita dalla decadenza. Un ampio sofà vittoriano di velluto blu giace in regale abbandono nella nicchia del bovindo, la fodera un tempo sontuosa sbiadita qua e là da riquadri di sole. Ai due lati della caminiera che arriva fino al soffitto troneggiano due ampie credenze. Ciascuna è intagliata come una fitta foresta, resa magistralmente con intarsi in legno e madreperla e chiusa con una chiave da cui pende una nappa di seta blu. Un quadro enorme con un mare in tempesta occupa gran parte della parete di fronte al sofà, e sembra fare la guardia a due poltrone dall'aria esausta. Al centro della stanza c'è un enorme baule su cui è posato il cofanetto che Vita ha portato al Club dell'Ultima Cena. Sto per prenderlo in mano quando noto la foto in bianco e nero appesa alla caminiera, in una pesante cornice d'argento. È una foto di nozze; la sposa ride, il velo svolazza in balia di una folata di vento, e lo sposo le tiene la mano come se stessero per darsela a gambe.

Anche se mi si spezza il cuore in mille modi diversi, non riesco a smettere di fissarla. Vita è una sposa radiosa, i capelli raccolti che mostrano il collo lungo, gli occhi che brillano di gioia. Il suo abito semplice arriva appena sotto il ginocchio. Dominic, in un abito casual e senza cravatta, con un ricciolo di capelli scuri sulla fronte, sorride trionfante. Bianchi spruzzi di coriandoli gli piovono addosso. È un momento di felicità perfetta. Guardando la foto sento una fitta di rimorso e gelosia, ma sono soprattutto triste che Vita abbia perso quell'amore, e che, se ci metteremo insieme, perderà anche me tra non molto.

Allora mi siedo su questo enorme sofà blu e polveroso, a dare un'altra occhiata al misterioso congegno di Vita.

E decido di vivere ogni attimo, da questo all'ultimo, come se fosse una vita intera.

34

QUANDO apro gli occhi, la stanza è immersa in una luce blu e Ben non c'è.

Il panico mi stringe lo stomaco. Mi metto a sedere, mi scrollo i capelli dagli occhi e cerco qualche traccia di lui. Mi sento travolgere dal sollievo quando vedo la sua maglietta sul pavimento, dov'era ieri notte. La porta della stanza è socchiusa e al piano di sotto la luce è accesa. Le lancette fosforescenti del vecchio orologio di Evelyn mi dicono che sono passate da poco le tre di notte.

Prendo la vestaglia appesa dietro la porta, e scendo le scale per andarlo a cercare. Chissà cosa pensa di questo mio strano museo, tutte queste facce di persone perse tanto tempo fa e stanze piene di oggetti di cui nessun vivo si cura più?

Non c'è un modo originale di dire che il mio cuore si riempie di felicità appena lo vedo. Succede e basta. È inginocchiato sul pavimento del salotto con quella grazia spigolosa tutta sua, il petto che brilla di fronte a un fuoco che sta decisamente per spegnersi. È seduto di fronte al mio misterioso apparecchio ottico, e lo fissa così intensamente che non si accorge di me che fisso lui.

«Ciao» dico dopo un momento, ferma sulla porta. Alza gli occhi verso di me con un lieve sussulto. Ci scambiamo un sorriso.

«Per un attimo ho creduto che fossi tornato all'hotel» dico, e vado a sedermi sul sofà alle sue spalle. «Sono felice che tu sia ancora qui.»

«Volevo lasciarti dormire un po'» dice, e si gira in ginocchio di fronte a me.

«Grazie» rispondo. Vorrei dire molto di più. Vorrei prendergli il viso tra le mani e baciarlo fino a farlo cadere sul pavimento, fino a perderci di nuovo l'uno nell'altra, ma all'improvviso mi sento timida.

«Vita» dice «ieri notte...»

«Non è ancora l'alba» lo interrompo, guardando il buio fuori dalla finestra.

«Stanotte allora, è stato... tu sei...» Esita.

«Finisci la frase, per favore. Il mio cuore non può sopportare tutta questa suspense.»

«Sono innamorato di te in un modo assurdo» dice Ben, prendendomi le mani. «Completamente, profondamente, veramente, follemente innamorato di te. Quel progetto "Solo buoni amici" è irrecuperabile. Lo so che è troppo presto per dire cose del genere. Non devi fare o dire niente, ma avevo bisogno di confessarti la verità. Lo so che è complicato.»

«Non è complicato» dico. «Anzi, il contrario; anch'io ti amo.»

«Davvero?» chiede esitante. «Anche se potrei andarmene da un momento all'altro?»

«Non dobbiamo pensarci.» Spingo quell'ombra fuori, nella notte. «Quello che succederà dopo non importa. Questo momento, qui con te, è tutto ciò che voglio.»

«Dio, Vita» sussurra con voce rotta, e mi abbraccia, in ginocchio tra le mie gambe. Ci stringiamo in un lungo abbraccio, con tutte le nostre forze. Le nostre anime si incastonano l'una nell'altra.

Quando si tira indietro, mi bacia per un attimo, poi si volta verso il macchinario sul baule. Gli passo le mani sulle spalle, su per la nuca e tra i capelli.

«Faresti meglio a non distrarmi» dice. «Mentre russavi, credo di aver capito cosa fa questo coso.»

«Prima di tutto io non russo» puntualizzo. «E poi, sul serio?»

«Sì. Per caso hai delle candele?» Mi scocca un'occhiata per farmi capire che si rende conto che potrebbe essere una domanda stupida.

«Solo un migliaio. Torno subito.» Corro in cucina e ne prendo tre o quattro di varie lunghezze insieme alla scatola di fiammiferi che tengo accanto al fornello, poi afferro anche il vecchio candeliere di peltro sul davanzale e torno a consegnargli il mio bottino.

«Fantastico.» Alza gli occhi verso la marina che orna la stanza da sempre. «Possiamo tirarla giù per un minuto?»

«Non ne sono sicura» dico, mentre vado a togliere il dipinto. «Credo che non sia stato spostato per circa duecento anni. Temo che tenga in piedi la casa.» Ma lo prendo comunque. Quando lo inclino e lo appoggio contro uno degli armadi Chinoiserie, lascia cadere una soffice nevicata di polvere.

«Okay.» Ben accende una candela e la mette nel portacandele. «È tutto molto vittoriano, tra l'altro.»

«In questa casa è sempre utile avere sottomano un po' di vecchia tecnologia» gli spiego. «L'impianto elettrico è praticamente un morto vivente.»

«Allora» dice Ben «mentre dormivi, ho tirato fuori la mia pratica cassetta degli attrezzi tascabile.» Mi mostra un grosso coltellino svizzero, orgoglioso come un boy scout. «E l'ho smontato.»

«L'hai smontato? Ha trecento anni!» Mi siedo sul pavimento accanto a lui. «Non è che l'hai rotto?»

«Credo di non averlo rotto» risponde. «Ma continuare a fissarlo non ci ha portati da nessuna parte, e così l'ho smontato, e menomale che l'ho fatto, perché ho scoperto come mai non funzionava.»

«E...?» Seduta accanto a lui, osservo il contorno delle sue spalle, la postura del capo. Ha il viso illuminato dal brivido della scoperta. Lo prendo sottobraccio mentre lavora, i muscoli che si muovono sotto i miei palmi, e gli appoggio la testa su una spalla. È da così tanto che non riuscivo a stare così vicina a qualcuno, che la mia pelle fa quasi male quando tocca la sua.

«Qualcuno, probabilmente molto tempo fa a giudicare dallo sporco nelle filettature» dice continuando a lavorare senza spostarmi «l'aveva già smontato e rimontato.» Mi guarda con la coda dell'occhio. «Nel modo sbagliato.»

«Sbagliato?» Lascio andare il suo braccio e mi chino a fissare il congegno. «Come?»

«Questo pezzo era capovolto.» Mi mostra una piccola componente che somiglia a un supporto d'ottone o alla base di un cavalluccio a dondolo che regge un rettangolo di metallo grande quanto un francobollo. «L'hanno messo al contrario. Vuoi sapere come faccio a saperlo?»

«Non sto nella pelle» dico francamente.

«Perché se lo volti rivela questo.» Lo sposta da una mano all'altra per mostrarmi il suo segreto.

«È un piccolo specchio» esclamo, spostandomi i capelli dal viso per guardarlo meglio. «Allora questo coso non doveva essere una specie di microscopio.»

«No, anzi è una specie di telescopio» dice Ben, rimettendo il pezzo nel congegno. «Le lenti sono progettate per catturare e amplificare la luce. Lo specchio la dirige verso il prisma, che poi la separa… in teoria, almeno.»

«Huh» intervengo. «Ma usare un prisma per separare lo spettro luminoso era già stato fatto a quei tempi, anche se in modo meno elegante. E allora a cosa serve?»

«Non sono fissato con la storia, non so se una cosa del genere era rara» dice Ben «ma questo non è solo un prisma, è un doppio prisma molto ben fatto. Vedi? Due pezzi di vetro sono stati fusi insieme in questo punto.»

Tiene il cristallo tra le dita eleganti, lo fa girare per mostrarmelo.

Poi accende la candela, e calibra l'apparecchio. All'improvviso, un arcobaleno colora la parete spoglia.

«Funziona!» esclama felice. «Che invenzione geniale. Chiunque l'abbia costruita era davvero intelligente e meticoloso. Mi piace. Comunque, chiunque fosse, stava tentando di fare un'analisi ad ampio spettro di *qualcosa*, solo che non sappiamo cosa o perché. Naturalmente nel frattempo il problema è stato risolto mille volte con maggiore potenza analitica, quindi è un po' obsoleto. Figo, ma obsoleto.»

«Allora non nasconde chissà che segreto scientifico» dico, guardando il congegno.

«Be', dipende» dice Ben, e si volta verso di me. «Se l'hai trovato in un negozio dell'usato, come hai detto, è una geniale curiosità, ma niente di più.» Ho capito dove sta andando a parare. «Tuttavia, *se*, per dire, tu fossi stata affascinata da un certo dipinto per tutta la vita e le tue ricerche a quanto pare molto approfondite ti avessero in qualche modo condotta a questo bizzarro marchingegno, *allora* potrebbe dirci qualcosa di importante.»

Mi siedo sui talloni.

«Dai, Vita» insiste. «Dimmi la verità.»

«Non sono sicura di poterlo fare» dico. «Non ancora.»

«L'hai rubato?» mi chiede con un sorriso ironico. Esito, e poi mi decido a dirgli una mezza verità, una bugia bianca.

«Apparteneva a un uomo davvero geniale che ho conosciuto a Cambridge.»

«Stavate insieme?» chiede lui.

«No, eravamo solo amici. Ma era un genio; credo che sia la persona più intelligente che abbia mai conosciuto. Per un po' ha condiviso il mio interesse per i segreti della *Belle*. Era nel suo laboratorio, e lui pensava che, come hai detto anche tu al Club dell'Ultima Cena, servisse a vedere l'invisibile. Inoltre c'era la possibilità piuttosto concreta che un tempo fosse appartenuto a un alchimista che aveva indagato la leggenda del dipinto.»

«Chi era?» chiede Ben, incuriosito. «Magari ho letto anche di lui.»

Potrei dirgli che il mio vecchio amico di Cambridge era Isaac Newton, e che è stato sia il creatore dello strumento sia l'alchimista ossessivo che avevo convinto ad aiutarmi. Ma siamo felici, questo momento è perfetto. Voglio che resti così.

«Oh, su due piedi non mi viene in mente. Isaac... il mio amico... aveva rispolverato ogni sorta di storie sconosciute. Dovrei consultare gli appunti che ho in ufficio.»

«Mi stai dicendo che c'è una parte dell'oscura storia della *Belle* che non conosci a memoria?»

«Dev'essere colpa tua.» Sorrido. «Mi hai messa un po' sottosopra.»

«Be' allora abbiamo lo stesso problema» dice Ben.

Mi bacia, e per un attimo rischiamo di perdere la concentrazione. Ma alla fine lui prosegue: «Il fatto è che aver risolto questo problema ci riporta al punto di partenza».

«Oh.»

«No, è una cosa positiva» afferma. «Se qualcuno nel Seicento ha cercato di inventare un modo per separare la luce e vedere l'invisibile nella *Belle,* può essere che seguissero informazioni che sono andate perse ormai da tempo. Non è un indizio fondamentale, ma noi oggi siamo in grado di fare quello che questo congegno non è riuscito a fare.»

«Il tuo obiettivo» dico.

«Esatto. L'obiettivo che ha scoperto il disegno sotto la *Gioconda* era l'obiettivo ad ampio spettro più sofisticato mai creato, ma non ha trovato niente sulla *Belle*, giusto?»

«Giusto» confermo.

«Be', *era* l'obiettivo ad ampio spettro più sofisticato mai creato... finché non è arrivato il mio» dice, e si appoggia allo schienale con un largo sorriso. «Il mio obiettivo può guardare nel buio e divinare. Se c'è qualcosa, *qualunque cosa* là dentro, la vedrà.»

«Naturalmente» dico pensierosa.

«Ho passato gran parte dei miei anni da adulto a lavorare su questo obiettivo. So che quando lo metterò sul mercato cambierà l'industria. E per come stanno le cose non so come mi sento a riguardo.» Si acciglia per un momento. «Ma se può esserti utile e se, solo se, può aiutarmi a restare in vita, allora forse era destino.

Forse non ho sprecato il mio tempo lavorando con tanto impegno. Magari mi stavo salvando la vita, e ancora non lo so.»

Sono tentata di credere che tutto questo sia una lunga partita a scacchi con il destino, che abbia aspettato fino a ora per rivelare le sue misteriose ragioni. Ma conosco il destino, e so che è un bugiardo.

«Se potessimo portarlo in qualche modo di fronte al dipinto, allora forse... be', almeno potremmo capire se c'è mai stato qualcosa da scoprire. Dobbiamo solo andarlo a prendere nello Yorkshire.»

«Semplicissimo, posso portarti io in macchina.»

«Sai guidare e hai una macchina?» chiede lui.

«Certo!» rido. «E poi, stavo pensando, anche se il consiglio di amministrazione e il Louvre non sarebbero d'accordo, il dipinto ce l'ho, in un certo senso. Credo che potrei riuscire a sottrarlo alla mostra per una notte. Forse. Solo per te.»

«Sembra pericoloso» dice lui. «Non voglio che rischi il posto per me.»

«Non sarebbe colpa tua, è una mia decisione.» Rabbrividisco, la casa è sempre più fredda prima dell'alba. «E poi, per ora non è neanche un piano completo. Andiamo a prendere il tuo obiettivo mentre ci lavoro.»

Ben sbadiglia e si strofina il viso con le mani.

«Sei esausto» dico, carezzandogli una guancia con il dorso della mano.

«Sto bene» ribatte, ma distoglie lo sguardo.

«Torna a letto. Possiamo coccolarci e dormire finché non suona la sveglia.»

«Non... non mi piace dormire» ammette imbarazzato. «Da quando mi hanno detto che ho questa cosa nella testa, ho paura che se mi addormento... be', ho paura di non svegliarmi più.» Mi guarda. Lo prendo per mano.

«Vieni a letto» dico. «Vieni a stenderti sul mio letto e a dormire. Ti starò accanto, ti veglierò. Ti proteggerò.»

«In effetti mi sento al sicuro con te» dice lui, e mi abbraccia mentre lo aiuto ad alzarsi.

Poco dopo sta dormendo, le braccia intorno al capo e il viso lievemente inclinato verso di me. Gli appoggio una mano sul petto per sentirlo alzarsi e abbassarsi. Se esiste un modo per tenerlo in vita devo trovarlo, per il suo bene e per il mio.

V

Invecchia con me.
Il meglio deve ancora venire.

Robert Browning

35

VITA cucina uova in camicia in una casseruola antidiluviana. In piedi davanti ai fornelli, si concentra sull'acqua che ribolle, mentre un paio di fette di pane si tostano su una griglia. Ho scoperto perché il suo frigo è vuoto: tiene burro e formaggi in dispensa. Il latte, secondo lei, è da sfigati.

Guardarla con indosso questa vestaglia di seta allacciata alla bell'e meglio in vita è come contemplare un'opera d'arte in movimento. Non mi stancherei mai di osservarla seduto al tavolo della sua cucina, ma mi sembra di sentire mia madre che mi dà un buffetto sulla nuca e mi intima di rendermi utile.

«Metto su il tè» dico, alzandomi in piedi. «Dove tieni il bollitore?»

«Oh, è uno di quelli vecchi, che fischiano.» Indica un aggeggio tondeggiante di metallo grigio accovacciato con aria sdegnosa accanto a lei. «Va messo sui fornelli. Ci mette un'infinità di tempo.»

«Non ti viene mai voglia di rimodernare un po' questo posto?» le chiedo mentre le giro intorno per riempire il bollitore. Lei toglie il toast un po' bruciato dalla griglia.

«Il wi-fi è velocissimo» dice. Fa cadere il pane su due piatti e soffia via il calore dalla punta delle dita. «A parte quello, proprio non mi va. Mi sento a casa qui. È un luogo pieno di ricordi.»

«Anche se non sono solo tuoi?» dico.

Risponde con un'alzata di spalle.

«Non ho potuto fare a meno di notare la foto di te e Dominic... la foto del matrimonio.»

Si immobilizza mentre raccoglie un uovo dalla casseruola, e riflette, con l'acqua biancastra che gocciola dal mestolo.

«C'è molto di me in questa casa» dice alla fine. «Mi ero chiesta che effetto mi avrebbe fatto, ma penso che gli saresti stato simpatico. È strano?»

«Un po'.» Mi sistemo sulla sedia mentre lei dispone due uova sul mio toast.

«Non ti abituare a questo trattamento» dice. «Ad Anna va bene che mi prenda qualche giorno di ferie, ma presto dovrò tornare al lavoro.»

«Non puoi farci niente se sei esausta» scherzo. Lei si siede di fronte a me, e la vestaglia le si apre appena. All'improvviso mi vengono in mente cose molto più interessanti della colazione.

«Dio, sei fantastica» dico incantato. «Non ho mai visto nulla di così perfetto.»

Lei si blocca, con aria abbattuta. Si stringe la vestaglia addosso.

«Scusa» dico. «Scusami. Non volevo spaventarti.»

«Non mi hai spaventata» risponde con una smorfia sul viso e le spalle rigide come una barriera che ci separa. «No, non è quello. È che ho permesso che ti avvicinassi a me anche se mi conosci ancora poco. Avrei dovuto dirti tutto di me prima di lasciar succedere quel che è successo ieri notte. Ho paura di averti imbrogliato.»

«Imbrogliato?» chiedo. «Sei un essere umano, non una casa in vendita. Non ho bisogno di conoscere la tua biografia per sapere che sei assolutamente magnifica.»

«Sai che sono stata sposata.»

«Sì, e lo rispetto» dico. «In effetti, sapere quanto ami Dominic e quanto ti manca rende ancora più prezioso quello che c'è tra noi. So che non sceglieresti una persona qualsiasi a cuor leggero.»

Lei annuisce. «Ma ci sono delle cose che non ti ho detto.»

«Non devi dirmi nulla se non vuoi» proseguo. «Oppure puoi dirmi tutto. Non cambierà quello che provo per te, Vita. Nulla potrebbe cambiarlo.»

Il suo volto è ancora più corrucciato. «È che... sto cercando di dire che sono una persona spezzata. Non c'è bisogno di guardare bene per vedere le crepe.»

«Io vedo soltanto una donna incredibile» le dico «che mi ha insegnato che c'è sempre qualcosa di cui essere grati. E io sono grato di averti incontrata, Vita. Non mi sembri spezzata ma forte, perfetta.»

Vita gira il volto verso la finestra.

«Non lo sono, Ben. Ma non voglio mentirti, e quindi...»

«Vita.» La prendo per mano e scivolo giù dalla sedia per inginocchiarmi di fronte a lei sul pavimento. Non sono un idiota. Mi rendo conto che mi sta nascondendo qualcosa. Ma non voglio saperlo. Voglio solo questa perfezione finché potrò tenerla tra le mani. Non mi importa di nient'altro. «Non mi serve la tua confessione. Non è per questo che sono qui ai tuoi piedi. Hai affrontato ogni cosa così come sei. Se tu non fossi te stessa non mi faresti sentire così, come un uomo che può essere amato e desiderato. Siamo uguali, tu e io.»

Mi tiro su, le sposto i capelli dal viso e noto la lacrima che le riga una guancia. La asciugo con il pollice. Chiude gli occhi mentre le mie dita le scendono lungo il collo, verso il punto in cui la vestaglia si schiude appena. Sciolgo il nodo della cintura trattenendo il fiato. La vestaglia le scivola silenziosa dalle spalle. Lei mi attira a sé, la mano vaga sotto la mia camicia e mi percorre la schiena mentre mi mette le gambe intorno alla vita.

Ricado allacciato a lei sul linoleum, sotto una pioggia di seta fluente e morbidi capelli neri. Ci guardiamo negli occhi e tutto il resto scompare, mentre creiamo un universo solo per noi qui sul pavimento della cucina di Vita.

36

Con la sua testa appoggiata al seno lo stringo forte tra le braccia. Il fatto che il pavimento sia duro e freddo sembra di scarsa importanza quando lui è così caldo e pieno di vita. Non avrei mai pensato che il pavimento della cucina sarebbe diventato uno dei luoghi in cui sono stata più felice. Dice che nulla potrebbe cambiare quello che prova per me. Forse è la verità.

Nel momento esatto in cui il suo telefono inizia a vibrare sul tavolo, qualcuno bussa alla porta.

«Nessuno viene mai a bussare qui» dico senza spostarmi. «Anche la posta la consegnano al ristorante italiano.»

«Allora dev'essere importante» dice Ben, e si aggrappa più forte a me. «Non possiamo aspettare che se ne vadano?»

«No, scusami.» Lo sposto delicatamente e gli bacio la fronte. Mi alzo e mi infilo la vestaglia. «Forse è Mariah.»

«Spero che sia lei. È una leggenda» dice. Sorrido quando la sua mano appare sul tavolo in cerca del telefono. A quanto pare anche a lui è piaciuto il pavimento della cucina.

Ad aspettarmi sulla porta c'è Jack.

«Jack?» esclamo, sentendomi come una teenager che è stata beccata da suo padre. «Non vieni mai a trovarmi.»

«Scusa» dice, e indica il mio abbigliamento. Sembra agitato, senza fiato ed esitante. Non è affatto da lui. «È che non rispondevi al telefono. Ho pensato che forse stavi andando a lavorare e potevo accompagnarti. Non volevo disturbarti.»

«Sono a casa in malattia» dico, passandomi una mano sui capelli aggrovigliati, consapevole della mia pelle rosea e graffiata dalla barba incolta. Mi sento in colpa a nascondere un amante segreto in casa.

«Tutto bene?» chiede con una smorfia. «Non ti ammali mai.»

«Avevo bisogno di una pausa dopo aver organizzato la mostra» dico, e getto un'occhiata in casa, dove Ben sta parlando piano al telefono con sua sorella. Non so come mai non dico semplicemente a Jack che Ben è qui, anche perché lo scoprirà comunque in meno di un minuto, ma voglio godermi questi quarantacinque preziosi secondi in cui questa situazione non è ancora un problema.

«Senti, Vita, ho pensato a quello che ci siamo detti. Ho complicato le cose tra noi. Forse ti sei chiesta perché cerco di insegnarti come vivere la tua vita, e di chi innamorarti.» Tace di botto, indietreggia di qualche passo e si passa la mano tra i ricci prima di voltarsi di scatto verso di me. «Insomma… e non so davvero come dirtelo… dovrebbe essere facile dopo tutto quello che abbiamo passato, ma…»

«Ciao.» Ben appare alle mie spalle sulla soglia e mi mette una mano su una spalla. Ha la camicia ancora sbottonata. «Tutto okay? Io sono Ben, piacere.»

Jack guarda a bocca spalancata Ben, poi me, poi di nuovo lui e di nuovo me.

«Piacere» dice alla fine. «Scusate. Non pensavo che… cioè, non volevo… non avevo capito…»

«Non c'è problema, Jack» dico in tono leggero. «Ben, lui è Jack, il mio migliore amico. Jack, Ben. Ti ho parlato di lui. Stiamo insieme, adesso.»

Mi volto a guardare Ben, che concorda con un sorriso. Poi fisso gli occhi Jack per mandargli un messaggio che spero capirà: *Non mettermi in imbarazzo, ti prego. C'è ancora tempo per spiegare ogni cosa a Ben. Sistemerò tutto, promesso.*

Mi risponde con uno sguardo indecifrabile.

«Okay, be', ovviamente quello che dovevo dire può attendere» dice Jack, rimettendo in un attimo la sua maschera indifferente. «Non era niente di importante.»

«Sul serio» dice Ben «non fare caso a me.»

Però è evidente che Jack *fa* caso a Ben. Non riesce a smettere di fissarlo, come se non riuscisse a credere che è reale.

Gli risponde con un sorriso privo di calore. «Okay, grazie. In tal caso, Vita, possiamo parlare un attimo?»

«Okay.» Ben mi bacia sulla testa. «Metto su altro tè e cerco il percorso più veloce per Hebden Bridge. Dovremmo dare un passaggio anche a Kits, spero che non sia un problema.»

«Certo che no» dico. Esco e mi socchiudo la porta alle spalle.

«Andate da qualche parte?» chiede Jack. Il suo sorriso è svanito.

«Nello Yorkshire. Ben ha inventato un obiettivo e crede che potrebbe usarlo per analizzare *La Belle* come nessuno ha mai fatto prima. Sembra davvero destino, vero? L'ho incontrato quando aveva appena scoperto che gli rimaneva poco tempo. L'unica persona al mondo con l'accesso a una tecnologia che potrebbe guardare *La Belle* in un modo nuovo, proprio mentre ho sottomano il ritratto? Sembra che sia accaduto tutto al momento giusto. Non è solo una coincidenza. È destino.»

«Vita, cosa stai facendo?»

«È un po' tardi per farmi la predica» ribatto, ferita. «Jack, per una volta che sono felice e piena di speranza… Ho il permesso di esserlo o no? È quello che mi auguri o no?»

«Te l'ho augurato. Te lo auguro» dice Jack. «Ma ti si spezzerà il cuore, Vita. È probabile che lo perderai. Hai intenzione di dirgli la verità su di noi?»

«Credo di sì. Non riesco a pensare ad altro. Devo dirglielo, Jack» rispondo. «Ho bisogno che mi conosca veramente. Alla fine Dominic era riuscito ad accettarlo. Ce la farà anche Ben.»

«Forse» mormora Jack, inquieto. «Però...»

«Però cosa, Jack? Non capisco come mai ti comporti così. Sei stato proprio tu a dirmi, solo qualche giorno fa, che dovevo ributtarmi nei piaceri della vita! Sai meglio di chiunque altro che l'amore non è semplice per me. Perché dovrei voltargli le spalle proprio ora che l'ho trovato?»

«E credi che per me sia facile invece?» dice in tono amaro. «Credi che non sappia come ci si sente ad amare qualcuno che non mi ricambierà mai?»

«Jack.» Gli metto una mano sulla spalla. «Scusami. Sono stata distante. So che è stato difficile per te, con il dipinto qui e tutte queste chiacchiere su Leonardo.»

«Non è quello» dice scuotendo la testa.

«E allora cosa?» gli chiedo, frustrata.

«Davvero non lo sai?» risponde con aria di sfida.

«Sul serio» dico, scervellandomi per capire. «Non ti sei comportato così per Dominic.»

«Dominic era diverso» mormora Jack con voce strozzata.

«Perché?» chiedo. «Perché era diverso?»

«Perché sapevo che anche se avessi passato tutta la sua vita con lui alla fine saresti tornata da me. Saremmo stati di nuovo insieme. Ma Ben? Be', se fai a modo tuo sarete solo tu e lui per sempre.»

«E non è quello che vuoi» dico lentamente. «Vuoi che siamo solo tu e io.»

«È davvero così sbagliato?» chiede Jack. «Ti ho aspettata mentre stavi con Dominic. La notte in cui ti ho trovata ci siamo fatti una promessa: ci saremmo sempre stati l'uno per l'altra. Ti ho lasciata andare, ti ho lasciata a Dominic.»

«Lasciata andare?» esclamo, ma Jack continua a parlare.

«Non hai mai avuto bisogno di aspettarmi così a lungo. Quando avevi bisogno di me c'ero sempre. Non ti ho mai lasciato per sessant'anni per dedicarmi a qualcun altro.»

«Perché ti dedichi a *tutti*!» esclamo. «Siamo diversi, Jack. L'unica cosa che abbiamo in comune è quello che ci ha fatto

Leonardo. Se non fosse successo, le nostre strade non si sarebbero mai incrociate. Tu sei sempre riuscito ad accettare questa vita che ti scorreva tra le dita come acqua, io no. Ho sempre desiderato qualcuno, qualcosa a cui aggrapparmi.»

Jack mi guarda con una smorfia ferita.

«Tutti questi anni e ancora non mi conosci» dice triste.

«Non è vero.» Lo prendo per mano. «Non volevo dire che non ti importa di nulla, o che non ami, ma...» Scoppia in una risata amara e ritrae la mano. «Non hai mai voluto niente a lungo termine.»

«Perché noi siamo l'unica cosa a lungo termine» dice. «Se tu non cambi le cose.»

«Mi sono innamorata di lui, Jack. Non l'ho fatto apposta, non me l'aspettavo, ma è successo. E ora grazie a Ben sono più vicina che mai a scoprire la verità sulla nostra esistenza. Se posso salvargli la vita lo farò. E se non posso, non voglio comunque voltargli le spalle.» Esito. «Neppure per te.»

«Allora faresti meglio ad assicurarti che sappia qual è il prezzo di vivere quanto abbiamo vissuto noi. Perché è una condanna interminabile e senza appello.»

Qualcosa è cambiato tra di noi, e per la prima volta non so se riuscirò a farlo tornare come prima.

«Tutto okay?» Ben apre la porta e ci trova faccia a faccia, a testa china, la mia mano aggrappata al suo braccio.

«Tutto okay» dico. Mi allontano da Jack e gli sorrido. «Un battibecco tra vecchi amici, tutto qui.»

«Non ti conosco, ma immagino che se tieni a Vita allora ti preoccupi che le piaccia qualcuno che non può restare con lei» dice Ben, guardando Jack. «Ti capisco. Se fossi suo amico mi preoccuperei anch'io. Ma ci ha pensato bene. E non si fa illusioni. Vero, Vita?»

Annuisco, lo prendo per mano, e intimo a Jack di andarsene con un'occhiata.

«Be' l'importante è che tutti sappiano bene qual è la posta in gioco» dice Jack in un tono pieno di sottointesi. Sorride a Ben e gli tende una mano. «Sei un brav'uomo, Ben. Capisco come mai a Vita importa così tanto di te. Se hai bisogno di me, ci sono.»

Jack se ne va, ma tra me e Ben c'è ancora una strana tensione.

«Kitty arriva con la mia roba tra una mezz'oretta» dice Ben.

«Ormai da queste parti c'è più gente che a Piccadilly Circus» scherzo con poca convinzione.

«Che cos'ha?» chiede Ben mentre chiudo la porta. «Ti viene dietro?»

«Oddio, no» rispondo. «Jack corre dietro a tutti tranne che a me. No, cerca solo di proteggermi. Ma non è a causa tua. Non preoccuparti di lui.»

Ben annuisce e va a prendere le sue cose in camera da letto, lasciandomi ai piedi delle scale, la mano sulla porta. Jack mi ha detto che non lo conosco veramente. Non riesco a scrollarmi di dosso il timore che sia vero, di non conoscerlo per nulla; di non capire nulla, anche dopo tutte queste vite.

37

«Wow, ti sei trovato una tipa ricca» dice Kitty quando le apro. Porta gli occhiali da sole e il rossetto rosso, e mi porge lo zaino. «Magari mi adotta.»

«Una casa ce l'ha» rispondo. «E penso valga qualcosa. Ma per il resto è come noi.»

«A parte la villa nella Zona 1 piena di oggetti d'antiquariato dal valore inestimabile» dice Kitty indicando la stanza.

«Era tutto di una parente. L'ha soltanto ereditato.»

«Chissà che peso.» Kitty entra in cucina e mi dà un colpetto sul petto. «Hai la camicia abbottonata storta.»

«Oh.» Abbasso lo sguardo e vedo che manca un bottone. «Dev'essere caduto quando...» Meglio non finire la frase. «Comunque» proseguo «come va con Dev?»

«Molto bene» risponde con un mezzo sorriso. «È fantastico, a dire il vero.»

«Oddio, sei innamorata di lui» la prendo in giro.

«Non è vero!» esclama con una risatina, e scuote la testa. «Però mi piace. E credo di piacere a lui. E viene a trovarci il prossimo weekend, quindi...»

«Kitty ha il ragazzo!» canticchio.

«Non portare sfiga, okay?» ribatte lei. «E comunque senti chi parla, sei sparito con un'aristocratica. Ti ha lasciato davvero fare sesso con lei, eh? Non si smette mai di sorprendersi.»

«Kits, non fare così con lei, okay?» la imploro. «Lo so che il tempismo è strano, ma è a posto. Ed è... vera.»

«In effetti è insolito che tu frequenti una persona vera» dice Kitty con un ghigno. «*Ovvio* che non *farò così con lei*, tontolone. Sono felice come una Pasqua che tu abbia trovato una che riesce a sopportarti. Mi sembra un po' presto per farle conoscere la mamma, ma immagino che chi ha tempo non dovrebbe aspettare tempo.»

Apre le braccia e mi stringe così forte che mi fanno male le costole.

«Sul serio.» Mi dà un pugnetto sul braccio. «Sembri davvero felice. Anche se fosse una stronza farei finta che mi stia simpatica.»

«Spero proprio di non essere una stronza» dice Vita entrando in cucina. «Ciao, Kitty. Scusa, ci ho messo un po' a trovare le chiavi della macchina.»

«Ti ho riportato il vestito» dice Kitty. «L'ho fatto lavare a secco.»

«Perché non lo tieni tu?» ride Vita. «Ti sta così bene.»

«Veramente?» Kitty è raggiante. «Grazie mille. Hai appena comprato il mio affetto.» Rimette il vestito nel borsone.

«Dove la tieni la macchina, comunque?» chiede Ben. «Non c'è posto per parcheggiare qui intorno.»

«Nel garage» dice Vita, con un cenno del capo verso il lato opposto del cortile.

«Tieni una macchina in un garage tutto tuo nel centro di Londra?» dico.

«E dove dovrei tenerla?» Vita guarda me e poi Kitty, sinceramente perplessa.

«Cioè, insomma, potresti venderlo a un'impresa edile per almeno duecentomila sterline» dico con un sorriso a Kitty.

«Ma poi dove terrei la macchina?» chiede Vita, e Kitty scoppia a ridere.

«Ti adoro, Vita» esclama. Questa giornata non fa che migliorare.

Vita ha infilato un po' di cose nel mio zaino, il che mi rende stupidamente felice. Una gita in coppia è una di quelle sciocchezze che pensavo non avrei potuto fare mai più, e invece eccomi qua. E mio malgrado mi fa sentire che se questo desiderio impossibile si è avverato, allora forse lo faranno anche tutti gli altri sogni. In questo momento sono molto incline a credere nei miracoli.

Vita indossa una di quelle gonne pantalone, arancione, con una camicia di seta verde acceso e delle scarpe da ginnastica gialle, ed è la cosa più bella che abbia mai visto. La seguiamo fino alle porte di legno dipinte di nero del garage che pensavo appartenesse a uno dei negozi dei dintorni, e inizia ad armeggiare con la serratura.

«È un po' capricciosa» dice mentre apre un grosso lucchetto. «Ma ogni paio di settimane le faccio prendere un po' d'aria per essere sicura che sia ancora in forma.»

Apre una delle pesanti porte, mentre Kitty spinge l'altra, e accende dei tubi al neon.

«*Quella* è la tua macchina?» dico, fissandola. Vita sembra un po' preoccupata.

«Già, lo so che è un po' vecchia, ma se la cava ancora bene... di solito.» Dà una pacca al cofano. «Non è vero, ragazza mia?»

«È una Jaguar Mark II» spiego «costruita tra il 1959 e il 1967, con un motore da 3,8 litri e una velocità massima di oltre centosettanta chilometri all'ora.»

«È una miniera di informazioni inutili» dice Kitty a Vita, scuotendo la testa. «Piantala con il mansplaining, Ben. Vita lo sa benissimo: è la sua macchina.»

«Giusto. È una vecchia signora, ma le voglio proprio bene» dice Vita.

«*Io* le voglio molto bene» dico, e faccio passare le mani sulla fiancata. «Lo sai che negli anni Sessanta erano le auto più usate per le rapine? È perché potevano fare un sacco di strada con cinque criminali sul sedile dietro. Oddio, Vita, per caso hai anche un'Aston Martin qua dentro?»

«Temo di no» dice Vita, offrendomi le chiavi. «Hai voglia di guidare?»

«Se non fossi già innamorato di te, mi innamorerei adesso» dico. Prendo le chiavi e la bacio così forte che Kitty inizia a fingere di vomitare finché non la smettiamo.

«Ti rendi conto che ci bombarderà con ore di cazzate da nerd per tutto il viaggio, vero?» chiede Kitty a Vita mentre butta la borsa nel bagagliaio. «Tu ce la farai, per te è ancora una novità.»

«Ne vale la pena solo per vedere quel sorriso sul suo volto» dice Vita, e di punto in bianco Kitty la abbraccia.

Mi lascio scivolare dietro il volante e Vita si siede accanto a me. Giro la chiave e il motore si avvia con delle fusa melodiose.

Poi un pensiero che ho cercato di scacciare rifiuta di farsi ignorare ulteriormente.

«Quando arriviamo, dovrò stare un po' da solo con mamma» dico a Kitty e a Vita. «Non posso più nasconderle la situazione.»

Vita mi prende una mano e Kitty annuisce nello specchietto retrovisore.

«Okay.» Annuisco anch'io. «Vediamo se riusciamo a prendere una multa per eccesso di velocità.»

38

Kitty mi raggiunge durante una pausa all'autogrill.

«Non ti abbiamo messa in imbarazzo, vero?» chiedo quando inizia a camminare accanto a me.

«No, è tutto okay. A dire il vero ho paura di arrivare. Ho paura di come la prenderà la mamma. Negli ultimi due giorni non mi è sembrato reale. Era come se non fosse cambiato nulla.»

«Non è cambiato» dico. «Siete gli stessi di prima.»

Lei ci pensa su un momento, poi mi mette una mano sul braccio per fermarmi e si guarda intorno per assicurarsi che Ben non sia in vista. «Vita, posso chiederti una cosa?»

«Certo» rispondo.

«Ben ti ama, è stato pazzo di te fin dall'inizio. Se fosse tutto normale, gli direi di non correre troppo, ma sono felice che lui abbia trovato te e che tu abbia trovato lui.»

«Anch'io» dico. «È felice che tu non abbia problemi con tutto questo.»

«Ma non hai paura di... quello che succederà?»

«Sono terrorizzata» dico. «Ma non c'è molto da fare. Ho scelto l'amore, tutto qui.»

«Voglio che sia follemente felice per ogni secondo che gli resta» dice Kitty esitante «ma posso chiederti una cosa? È un po' egoista, ma devo chiedertelo io perché mia madre è una persona troppo nobile per farlo.»

«Chiedi pure» annuisco. So cosa vuole dirmi.

«È che... per favore, potresti non tenerlo tutto per te?» Kitty è impacciata e allo stesso tempo addolorata. «Io, la mamma e mio figlio Elliot abbiamo bisogno di lui, okay? Abbiamo bisogno di stargli vicino finché è possibile. Perché dopo... be', è un sacco di tempo per stare senza di lui.»

L'amore nelle sue parole e il lieve tremito nella sua voce mi colpiscono. La abbraccio per un momento, ma fortissimo.

«Lo so, e non lo farò» prometto. «Anche lui ha bisogno di voi. Non può essere felice senza di voi.»

Kitty annuisce, e si asciuga in fretta le lacrime con le maniche della camicia.

«Eccolo che arriva.» Saluta Ben con un sorriso determinato. «Fai finta che abbiamo chiacchierato di stronzate, okay?»

Durante l'ultima ora di viaggio restiamo in silenzio, cullati dal suono del motore, con la mente rivolta, immagino, ai momenti difficili che ci attendono. Le acciaierie e i centri commerciali di Sheffield cedono pian piano il passo alle città e agli intricati svincoli di Leeds e Bradford, finché finalmente ci ritroviamo a scivolare tra colline e vallate. Ci arrampichiamo fino alla cima della brughiera. Il tenue sole del pomeriggio tinge l'erica purpurea con sfumature di fuoco. Il cielo blu si allunga fino alle stelle. L'aria è limpida e pungente, la strada liscia e deserta. Le colline si estendono all'infinito.

Quando ci avviciniamo a Hebden Bridge è già tardo pomeriggio e mi chiedo perché non sono tornata nello Yorkshire per tutto questo tempo. Londra è il mio amore e la mia casa, ma questo paesaggio è una poesia rispetto alla sua prosa.

Alla fine Ben ci fa scendere per strade ripide e tortuose che attraversano i boschi fino a Hebden Bridge, una graziosa e vivace cittadina composta da file di casette popolari rosse che scendono e risalgono ripidi pendii. Attraversiamo il centro, pieno di caffè e negozi, e sbuchiamo dall'altra parte, su una via in collina costeggiata da circa otto cottage a schiera affacciati sulla città e sul bosco circostante.

«Eccoci qua» dice Ben, mentre accosta davanti a uno dei cottage. Resta seduto un momento, le mani sul volante, a guardare la casetta scura. «Sono cambiate molte cose dall'ultima volta che ho varcato quella porta.»

«E quella è la casa di nostra madre» dice Kitty, indicando una casa due porte più in là, con le luci che brillano alla finestra e una ghirlanda di girasoli appesa alla porta. «Ci aspetta lì con Elliot e Pablo, il cane di Ben.»

«Vuoi che vada a prendere Elliot e porti Vita da te, mentre parli con la mamma?» chiede Kitty, la voce tesa. Ben ci pensa su un attimo, il viso nascosto nell'ombra.

«No» dice. «Siete la mia famiglia. Tutti quanti. Vi voglio bene. Se per te va bene preferirei che fossimo tutti insieme.»

«Certo» rispondo, e poso una mano sulla sua, ancora sul volante. Mi guarda e vedo la paura nei suoi occhi.

La porta con i girasoli si apre. Una cane tipo collie corre fuori e salta dritto tra le braccia tese di Ben, scodinzolando di gioia con tutto il corpo mentre gli lecca il viso sorridente. Scommetto che è Pablo.

Un bambino sui quattro anni segue a ruota il cane e getta le braccia intorno alla vita di Kitty, premendole il viso sulla pancia. Lei lo prende in braccio e ride, facendolo volteggiare. La madre di Ben aspetta sulla soglia. Una bella donna, alta ed elegante come suo figlio. I lunghi capelli castano ramato sono striati d'argento. Indossa un vestito color fiordaliso ed è a piedi nudi. Le dita e l'orlo della gonna sono sporchi di vernice.

«Be' e questa chi è?» Mi sorride, e tende una mano che sembra voler tenere la mia piuttosto che stringerla.

«Mamma, lei è Vita. Ci siamo conosciuti un paio di giorni fa» dice Ben.

«Be'» dice Sarah «non è tipo da portare ragazze a casa. Si vede che gli piaci un sacco.»

La porta d'ingresso si chiude e ci ritroviamo avvolti dal calore e dalla luce del piccolo cottage.

«Mamma» dice Ben prendendole la mano. «Devo dirti una cosa.»

Le pareti sono tappezzate delle opere di Sarah: quadri di ogni dimensione, tutti paesaggi composti da pennellate astratte e liriche. Dei tappeti tessuti da lei ricoprono i pavimenti in pietra e la cucina, mi racconta Kitty, è stata costruita apposta per lei da un suo amico carpentiere con pezzi di legno vecchio che ha raccolto dai cassonetti.

Ascolta Ben mentre parla, con Elliot appoggiato addosso, che lo stringe con un braccio. Quando inizia a comprendere, il suo viso si contrae. Non lascia mai andare la mano di suo figlio, e lo scruta in viso. In modo lento ma improvviso l'angoscia si insinua in ogni ombra e angolo del suo corpo, ma lei la domina con una forza gentile.

«Il mio bambino» dice alla fine.

«Mi dispiace, mamma.» Ben abbassa la testa. «Avrei fatto meglio a tornare subito.»

Sarah mi guarda e scuote la testa.

«No» dice. «Adesso sei qui. Hai fatto la cosa giusta per te stesso.»

Si alza, va da lui e lo stringe al petto in un abbraccio materno. Elliot si avvicina a Kitty, le sale sulle ginocchia e infila la testa nell'incavo del suo collo. Sarah le prende una mano e la stringe così forte da farsi sbiancare le nocche. Pablo si agita ai miei piedi e io poso il palmo sulla sua testa.

«Qui ci vuole una bella tazza di tè» dice Sarah dopo un po' e

Ben la segue in cucina. Non so cosa succeda tra loro. Non credo che dovrei saperlo; ci sono dei momenti tra una madre e un figlio che appartengono solo a loro. Momenti in cui hanno bisogno di aggrapparsi l'uno all'altra, appena prima di lasciarsi andare.

Aspetto con Kitty, che stringe il figlio in un abbraccio, e lui capisce istintivamente che ne hanno bisogno entrambi.

«Vita, lui è Pablo» dice Ben, grattando le orecchie al cane, che mi fissa a occhi spalancati mentre mi rosicchia delicatamente la punta di una scarpa. Ben ha ancora tracce di pianto sul viso, ma le ignora, e invece guarda Pablo con un sorriso determinato.

«Kitty dice che è il mio cane da supporto emotivo.»

«Pablo *è* il tuo cane da supporto emotivo» dice Kitty. Tira su col naso, e segue il suo esempio. «Pensa a quanto rock triste degli anni Novanta gli tocca ascoltare, povero cucciolo.»

«E io sono Elliot» dice il bambino, che si accomoda sulle mie ginocchia come se fossi una parente perduta da tempo. «Vuoi un abbraccio anche tu?»

«Sì, grazie» gli dico mentre mi getta le braccia al collo, e preme per un attimo la morbida guancia contro la mia.

Kitty rivolge al figlio un sorriso affettuoso e gli scompiglia i capelli.

«Scusa, non ha ancora imparato a rispettare gli spazi altrui» dice Kitty, mentre Sarah esce dalla cucina e posa un piatto di biscotti appena sfornati al centro del tavolo; capisco che è così che questa famiglia affronta i brutti momenti. Si stanno accanto, tranquilli e senza pretese, davanti a tazze di tè e biscotti, uniti e pieni d'amore.

Elliot prende un biscotto in ogni mano e li morde entrambi.

«Vieni qui, piccoletto» dice Ben, e cerca di distrarre Elliot dandosi una pacca sulle ginocchia. «Fammi vedere quanto pesi.»

«Non ci provare neanche.» Sorrido a Ben per rassicurarlo. «Mi piace. Non mi capita quasi mai di passare del tempo con dei bambini, o con una famiglia meravigliosa come questa.»

«Be', ormai sei una di noi» dice Sarah mentre versa altro tè. «Ti conviene farci l'abitudine.»

«Vorrei solo che non doveste ripartire domani» dice dopo un momento. «Potreste restare per un po', mi occuperei io di voi.»

«C'è di mezzo una questione di lavoro» dico, lanciando uno sguardo a Ben. «Un modo di testare il suo obiettivo.»

«Davvero? Be', non preoccupatevi: potrete tornare quando avete finito» dice Sarah. Penso a quello che ha detto Kitty alla stazione di servizio.

«Non mi terrò Ben tutto per me» prometto.

«Hai visto come ti guarda?» sorride Sarah, e lui arrossisce. «Da bambino…»

«Oddio, non cominciamo con le storie d'infanzia» ribatte lui. Prende un libro dallo scaffale. «Ehi, guarda, questo è il libro che mi ha portato da te, Vita. Il libro della mamma su Da Vinci.»

«Wow» dico, sorpresa di rivedere il mio volto in questo piccolo cottage.

«Le somigli, sai?» dice la madre di Ben. «Le somigli davvero tantissimo.»

«Sì, dovresti fare uno di quei meme dei musei» dice Kitty.

«Lo sapevi, vero?» dice Ben, e sposta lo sguardo dalla copertina del libro a me. «Non me n'ero mai accorto. Che strano!»

«Non ci avevo mai pensato» dico, con il cuore che batte all'impazzata per la bugia. «Sarà che siamo brune tutte e due.»

Sarah sorride. «Qualcuno vuole ancora un po' di tè?»

Ben esce a prendere del fish and chips, e lo mangiamo sul divano, davanti alla tv. Mi sono imbattuta per caso in una vita che non ho mai sperimentato: quella di una famiglia normale. Con Dominic non è mai stato così: leggevamo libri e mangiavamo a tavola. La nostra era una vita piena di amore, solo noi due, ma priva di questa ordinaria serenità. Di tanto in tanto, Ben lancia una patatina a Pablo, che la prende al volo ogni volta. Quando abbiamo finito tutti, porta le cartacce in cucina. Io raccolgo tazze e bicchieri e inizio a riempire il lavandino di acqua calda.

«Non ce n'è bisogno» dice Sarah. «Ho la lavastoviglie, vedi?»

«Oh, certo» rido. «Devo essere l'ultima persona al mondo a non averla.»

«Ma almeno hai delle ottime maniere» dice Sarah, che mi osserva appoggiata al bancone della cucina mentre sciacquo una tazza. «Tua madre deve averti educata bene.»

«Mia madre mi ha insegnato molte cose su come comportarmi» dico, e ricordo quella figura minuta e distante, velata di tristezza. A trent'anni era già logora e sfibrata. Lo scopo principale della sua vita era trasformare le sue figlie in merci obbedienti. Non le do nessuna colpa: non poteva capire né sapere altro. Ma avrei voluto conoscerla come Ben e Kitty conoscono la loro. Vorrei che ci fosse stato un po' di affetto tra noi. «Stare zitta, presentarmi al meglio, fare sempre quello che mi viene ordinato di fare, obbedire a mio padre e a tutti gli uomini. Alla fine sono scappata e dato che non disdegnavo l'idea di lavare pentole, ho trovato il mio primo lavoro.»

Riprendo la calma e mi preparo a una sfilza di domande, ma lei dice soltanto: «Mio Dio, povera ragazza» e mi abbraccia. «Che situazione terribile, sei stata davvero coraggiosa a uscirne. Vi parlate ancora?»

«È morta» dico, mentre Sarah mi lascia andare, senza smettere di tenermi per mano.

«E Ben mi ha detto che sei vedova?» Annuisco. A metterla così, la mia vita sembra fatta di tragedie, e lo sarebbe se fosse confinata nei circa tre decenni che la gente mi attribuisce. Per come stanno davvero le cose, tragedie e lutti si estendono come ragnatele su un arco di tempo così lungo da renderli quasi trasparenti. Quasi. Mi sembra sia passato un momento da quando Dominic è morto tra le mie braccia, anche se ormai è stato più di trent'anni fa.

«Povera ragazza, come hai sofferto» dice lei dolcemente. «E ora ti sei innamorata di mio figlio, e perderai anche lui. Sei sicura che ce la farai?»

Alle sue spalle, Ben è seduto sul tappeto del soggiorno con Elliot sulle spalle, e gioca con Pablo.

«Francamente non ne ho idea», dico. «Ma non è ancora arrivato il momento. Ora devo solo amarlo. È facile.»

«È un bravo ragazzo» dice Sarah, e si volta all'improvviso dall'altra parte. Le poso delicatamente una mano sulla spalla.

«Come sei forte» dico dolcemente. «Come fai ad andare avanti?»

«È quasi insopportabile» ammette. «Vorrei solo abbracciarlo e tenermelo stretto, ma non posso. Posso stringerlo quanto voglio, ma non basterà a non farlo scivolare via. È... è dura.»

«È dura» ripeto. «Ma vi starò vicina anche io, se lo vorrete.»

«Sei un dono del cielo» dice. «Non credo in Dio perché se esiste è un vero bastardo, ma tu, Vita, sei comunque un dono del cielo.»

Mi dà un bacio sulla guancia e torna a sedersi sul pavimento con suo figlio e suo nipote, fingendo di urlare quando Pablo la lecca. Questa vita familiare complicata, difficile e imperfetta è così preziosa. Anche se si ripete, con qualche variazione, in tutte le altre case di questa via, di questa città, di questo Paese o di tutto il mondo, ognuna è preziosa e importante. Sono tutte meravigliose.

39

È QUASI mezzanotte quando Vita varca la porta di casa mia, che si apre sul salotto. Pablo abbaia e corre in cerchio per salutare i suoi oggetti preferiti, il divano e il paraspifferi a forma di serpente. Vita va subito verso il caminetto, sopra il quale è appesa una stampa incorniciata della Notte stellata.

«Adoro questo quadro» dice voltandosi verso di me.

«Sul serio? Ho sempre pensato che fosse un po' pacchiano appendere un quadro così famoso.»

«Neanche un po'!» L'idea fa lampeggiare per un attimo lo sguardo di Vita. «Il fatto che un'opera d'arte sia amata da molte persone non la rende meno preziosa.» Si accorge che sto sorridendo. «Scusa, è un tasto dolente.»

«Comunque, ecco casa mia» dico, indicando la stanza, che ora che ci penso sembra il classico appartamento da scapolo. Contiene il vecchio divano in pelle malconcio che ho recuperato da un cassonetto, quattro console da videogiochi, un grosso televisore, e poco altro.

«Quella è la cucina.» Indico con un gesto la stanza lunga e stretta che si apre sul salotto. «Il bagno è dietro. Al piano di sopra ci sono due camere da letto, una la uso come ufficio. E questi sono tutti i miei beni immobili.»

«Carina» dice lei, mentre si guarda lentamente intorno. «È proprio come te.»

«Cioè noiosa e un po' scalcinata?» le chiedo. «Però ho una cosa davvero stupenda.» La prendo per mano e la guido attraverso la cucina, oltre i piatti che non ho lavato prima di partire per Londra, fino al mio giardino.

«Il tuo capanno!» esclama lei, indicando i lati ondulati e fiocamente illuminati della mia camera bianca in fondo al giardino lungo, stretto e in forte pendenza. «È vero, è stupendo.»

«Grazie.» La abbraccio da dietro. «Ma non parlavo di quello, parlavo di *quelle*.» Le giro il mento verso l'alto per mostrarle il cielo limpido, pieno di stelle.

«Eccovi qua» sussurra lei. «Era un secolo che non vedevo così bene le stelle. Le luci di Londra le nascondono sempre.»

«Quando mi sento giù, disperato, vengo qua fuori a guardarle» le dico. «Mi piace pensare che è lì che andrò quando arriverà il mio momento. Non in paradiso, ma lassù, a danzare nella polvere cosmica insieme alle stelle. Credo che mi piacerebbe.»

«Siamo tutti fatti di polvere di stelle» mormora Vita.

«Sei stanca?» le chiedo.

«Perché, hai qualcosa in programma?» chiede, e si volta senza sciogliersi dall'abbraccio.

«Be', è un po' tardi, ma ti andrebbe di fare quattro passi e un piccolo pellegrinaggio nella mia adolescenza da darkettone?»

«Avanti, mio fido Macduff!» dice lei. È proprio senza speranza.

La luna piena ci segue mentre attraversiamo il villaggio e saliamo il ripido, tortuoso sentiero verso Heptonstall.

«A volte mi capita di tornare a casa la mattina presto e le valli sono coperte di nebbia» le dico mentre ansimiamo sulla salita. «È come guidare sopra le nuvole, senza alcun punto di riferimento tranne il villaggio di Heptonstall, che spunta dal bianco come se fosse Brigadoon, un luogo magico che appare solo una volta ogni cent'anni.»

«Mi piacerebbe vederlo» risponde Vita mentre raggiungiamo l'acciottolato della via principale, fiancheggiata su entrambi i lati da cottage immersi nel sonno, con le finestre appena illuminate dalle braci dei fuochi morenti. Ogni tanto Pablo si lancia verso un gatto appollaiato su un muretto o raggomitolato su un davanzale, e ogni volta viene accolto con altezzose occhiate di sdegno.

«Spero che tu non sia una fifona. Ti sto portando in un cimitero» annuncio a Vita quando raggiungiamo l'antica chiesa che si protende nell'oscurità come se volesse staccarsi da terra.

«Per fortuna ho dei nervi d'acciaio» sussurra, prendendomi la mano mentre la conduco tra le rovine.

«È bellissima» dice, contemplando i resti della chiesa che si stagliano contro il cielo stellato. «Inquietante da morire ma bellissima. Cosa le è successo?»

«È stata abbattuta da una tempesta nel 1840» le spiego. «Poi ne costruirono una nuova, ma venne colpita da un fulmine. Secondo me è la maledizione delle streghe di Heptonstall, la loro vendetta per il processo del 1646.»

«Oh no. Cosa è successo?» chiede Vita, preoccupata come se fosse accaduto la settimana scorsa.

«Be', non andò poi così male. Le accusarono di diffondere malattie, come spesso accadeva alle donne all'epoca, e gli abitanti del villaggio le picchiarono a sangue. Ma alla fine il giudice decise che avevano sofferto abbastanza e archiviò il caso, intimando loro di non farlo mai più. Il che tutto sommato era piuttosto illuminato per quei tempi.»

«Quante sofferenze causate da paure ridicole...» mormora Vita, le mani contro una parete annerita della vecchia chiesa. «Così tanti innocenti sono stati uccisi perché erano troppo intelligenti, troppo belli, troppo diversi.»

«Sì, non so come ce la saremmo cavata» dico.

«Non ce la saremmo cavata» replica lei. «Capisco come mai

ti piaceva tanto questo posto quand'eri un ragazzino darkettone: sembra il set di un film dell'orrore.»

«Ho pensato molto alla morte qui» le confesso. «All'improvviso mi sono ritrovato a chiedermi cosa significasse esistere, e quale fosse il mio scopo. Devo ammettere che ora che sono quasi alla fine vorrei aver passato meno tempo a cercare di immaginarmi la morte e più tempo a vivere. Come adesso.»

Vita si butta tra le mie braccia, e ci baciamo al chiaro di luna. Mi sento come se la polvere di stelle stesse cadendo su di noi, come se ci ricoprisse mentre fluttuiamo nello spazio. Il profumo degli alberi, i richiami degli animali notturni, la sua pelle calda e viva sotto i miei palmi. Questa è vita, questa è *aqua vitae*; potrei berne intere botti e reggermi ancora in piedi.

«Ehi» dico, colpito da un pensiero improvviso. «Ti chiami Vita!»

«Lo so» sorride lei.

«Credo che tu sia il Santo Graal» le dico. «La panacea di tutti i mali. Almeno per il momento.»

Vita si stacca da me e una folata d'aria fresca ci separa. Mi chiedo se ho esagerato.

«C'è un altro posto che voglio mostrarti. Okay?» le chiedo, e mi sento sollevato quando vedo che si rilassa e annuisce. Mi tende la mano.

«Sylvia Plath.» Vita si inginocchia sull'erba umida davanti alla piccola tomba. «Non è meraviglioso che una vita breve come la sua possa essere stata così folgorante?» Appena l'ha detto, si volta per prendermi per mano. «Mi dispiace, non volevo...»

«No, nessun problema. La mia vita non è stata proprio brillante, lo so.»

«Non è vero» ribatte Vita. Si alza in piedi e mi abbraccia. «Tutte le vite sono brillanti. Alcune più di altre, è vero. Ma chiunque abbia vissuto, ha amato ed è stato amato. Ha ricordato le persone che ha perduto ed è stato ricordato a sua volta. Questo è ciò che siamo, noi esseri umani. Un grande arazzo di legami intessuti gli uni agli altri, che si intrecciano in continuazione. Rimane sempre qualcosa di noi, anche quando nessuno ricorda più i nostri nomi.»

«Non dimentichi mai nessuno, vero?» le chiedo.

«No» risponde. «Non c'è molto che possa fare con la mia vita, ma mi sembra importante ricordare tutti coloro che l'hanno attraversata.»

Mi aiuta sapere che, anche quando non ci sarò più, lei porterà nel cuore qualcosa di me finché vivrà.

VI

Il tempo, come un fiume sempre in corsa,
trascina via con sé tutti i suoi figli.

Isaac Watts

40

«CASA dolce casa» sospira Vita quando varchiamo di nuovo la sua porta. Gira di qua e di là, accendendo le luci fioche.

Pablo mi oltrepassa di corsa, entra ed esce dalle stanze e sale le scale per il normale controllo del perimetro che gli spetta in qualità di capo della sicurezza, approfittandone per cercare qualche spuntino. Quando torna si mette a girarmi intorno perché non mi azzardi ad andarmene senza di lui. Mi siedo al tavolo della cucina e lascio che mi salti in braccio, anche se è troppo grosso.

«Se ti vedessero gli altri cani da pastore…» gli dico, e gli gratto le orecchie finché mi appoggia il muso sul petto e sospira felice. Non mi ero reso conto di volerlo portare a Londra prima che saltasse sull'auto chiedendomi con un'occhiata: *Dove andiamo, papà?*

«Dio, sono un pessimo padre» ho borbottato a voce alta. «Scusami, amico. Non hai voglia di dormire ancora dalla nonna? Ti vizierà da morire.»

«Oppure potremmo portarlo con noi» ha detto subito Vita. «Guarda che faccia. E scommetto che Mariah sarebbe pazza di lui. Portiamolo con noi. Senza un cane non sarebbe una vera avventura.»

Sembra impossibile, ma mi sono sentito un po' più innamorato di Vita.

«Tento la sorte e salto su anch'io?» ha scherzato mia madre, il volto pieno di tristezza per la mia partenza.

«Perché no?» ha risposto subito Vita. «Staremmo un po' stretti ma potete venire tutti, se volete. Ho delle stanze in più e *credo* che ci siano dei letti, sotto le montagne di roba che ci ho accatastato dentro.»

Mia madre ha scambiato un'occhiata con Kitty, che teneva le mani sulle spalle di Elliot. Ci hanno pensato su per un attimo e poi la mamma ha scosso la testa.

«No, meglio di no» ha detto. «Andate pure. Ma tornate tra un paio di giorni, quando avrete finito con quell'obiettivo. Tutti e due, okay?»

Vita ha abbracciato forte mia madre e si è seduta in auto accanto a Pablo per darci un po' di privacy.

«Ci vediamo, sfigato» ha detto Kitty.

«Non se ti vedo prima io» ho risposto, e ci siamo battuti il pugno come al solito.

«Sul serio, però» ha mormorato mentre Elliot correva in casa. «Ti voglio bene e cazzate del genere.»

«Anch'io ti voglio bene e cazzate del genere» ho risposto. «E grazie di essere venuta a prendermi.»

«Quando vuoi.» Mi ha abbracciato forte poi ha seguito suo figlio, ma si è voltata a guardarmi ancora una volta per accennare un ultimo saluto.

«Fai il bravo con quella ragazza» mi ha detto mia madre quando siamo rimasti soli, e si è messa ad abbottonarmi la giacca come se fosse il mio primo giorno di scuola. «È speciale. E fai il bravo anche con te stesso, capito?»

«Te lo prometto, mamma. Sto via solo qualche giorno, e poi torno a casa.»

Mi ha posato le mani sulle guance e mi ha scrutato il viso come per imprimerselo nella memoria.

«Sono orgogliosa di te» ha aggiunto.

«Non ho fatto letteralmente nulla» ho detto con un sorriso.

«Sì invece» ha risposto lei. «Ma anche se fosse vero, sei il mio bellissimo bambino e sono orgogliosa di te, che ti piaccia o meno. E ti voglio bene. Non dimenticarlo mai. Anche quando non saremo più insieme su questa terra. Sarò sempre con te, ovunque ti trovi nell'universo.»

«Ti comporti come se non dovessimo rivederci mai più» ho detto, in un tentativo disperato di mantenere un tono leggero. «Non è così, promesso. Sono giorni che non ho nemmeno un mal di testa. Mi sento bene. È tutto okay.»

«Ma certo. Però posso dirti quanto ti voglio bene anche se ci rivedremo, o no?» ha risposto lei, la voce fragile come vetro.

«Sì, mamma. E ti voglio bene anch'io.»

Mi ha baciato le guance, la fronte, le palpebre chiuse, proprio come quando mi rimboccava le coperte.

«Ci vediamo presto, bambino mio.»

«Contaci» ho risposto.

«Ho interrotto qualcosa?» chiede Vita quando entra in cucina e mi trova con Pablo tra le braccia. «Devo tornare più tardi?»

«Ha solo paura che vada via e lo lasci solo con una sconosciuta che non ha nemmeno una scatola di biscotti in casa» dico. «Che cos'hai contro gli snack?»

«Niente. Ed è per questo che non ne tengo in casa. Non faccio mai una spesa vera e propria» si scusa lei. «Mi dispiace, Pablo.» Si avvicina e gli dà un bacio sulla testa. «Ho dei cioccolatini al liquore da qualche parte.»

«Meglio di no» dico. «Cani e cioccolato non vanno molto d'accordo. E poi credo che gli verrebbe la sbronza triste. Grazie per avermi permesso di portarlo.»

«Ho sempre voluto un cane» dice, il mento sulla mano, mentre ci osserva con affetto.

«Perché non ne hai uno, allora?» le chiedo.

«Non vivono abbastanza a lungo» dice. «Ho deciso di non innamorarmi di qualcuno che non può vivere più a lungo di me.» Si rende conto di quello che ha detto mentre pronuncia l'ultima parola.

«Scusami, non volevo...»

«No, scusami tu» dico, mentre Pablo balza di nuovo a terra. «Ha sorpreso anche me il modo in cui ci siamo buttati così a capofitto in questa storia. Non può dispiacermi che mi ami, ma mi dispiace per quello che ti costerà. Farti soffrire è l'ultima cosa che voglio.»

«Mi fai l'effetto contrario. Tu plachi il mio dolore» dice prendendomi per mano con un'espressione seria e decisa. «Sarà solo la tua assenza a farmi soffrire, e la sopporterei volentieri per cento e cento anni pur di avere quello che abbiamo ora.»

Ci baciamo finché Pablo non cerca di partecipare leccando le orecchie di Vita.

«E poi non si sa mai» dice cauta mentre accarezza il petto di Pablo «magari riusciremo a trovare il segreto di Leonardo nel dipinto. E se lo troviamo, potremmo avere tutto il tempo che vogliamo. Riesci a immaginartelo?»

«No» dico. «Ho deciso di pensare solo al presente. Mi sembra più sicuro. Quando ti guardo mi sembra di aver avuto più fortuna di quanta ne meritassi.»

«Non è vero» ribatte lei, come se ne fosse certa. «La risposta è nel dipinto, lo so. E domani avremo la possibilità di scoprirla. Almeno sarà un'avventura. Anche se potrei finire in prigione.» Mi guarda, orgogliosa. «Ho un piano per portare *La Belle* fuori dalla mostra per una notte» sussurra, come se qualcuno potesse sentirci.

«Ho paura» confesso.

«Credo che in una situazione del genere tua madre prescriverebbe del tè» dice Vita. «Ma io posso offrirti solo del vino e una pizza del ristorante di fronte. Però non hai nulla da temere. La criminale sono io, tu sei soltanto un complice, al massimo uno scagnozzo.»

Nel giro di pochi minuti torna dalla cantina e io tiro fuori dei bicchieri, godendomi ogni momento di vita casalinga. La disinvoltura con cui ci muoviamo, il mio cane rannicchiato sotto il tavolo. Oh, se solo questa intimità potesse durare una vita. Invece potrebbe sparire in un istante.

Vita percepisce la mia paura.

«È emozionante, non pauroso» dice. Avvicina la sedia alla mia e mi appoggia la testa sulla spalla. «E penso che andrà tutto bene. Erano anni che non facevo nulla di così spericolato. A dire il vero non vedo l'ora.»

«Non riesco a immaginarlo» le dico. «Non tu che metti a segno un grosso colpo, quello me lo immagino benissimo. Intendo la realtà che dovremo affrontare in un modo o nell'altro, e troppo presto. Non riesco a immaginare di non esistere, di non occupare più questo corpo, di non vederti o abbracciarti mai più, ed è già abbastanza terrificante. Ma non riesco neppure a immaginare di vivere per sempre. So che in questo momento lo voglio. Desidero solo avere più tempo. Il tempo che mi è dovuto. Ma non riesco a immaginare di vivere senza mamma e Kitty, Elliot e… te. O di sentirmi sempre più fuori posto nel futuro, fino a non riconoscere più nulla. Ma magari in questo caso mi basterebbe saltare da un ponte o roba del genere.»

Vita resta immobile per un momento, il volto nascosto dai capelli.

«Prima di tutto, vediamo se riusciamo a trovare il segreto» dice alla fine. «Non preoccupiamoci di ciò che non è ancora accaduto. Okay?»

«Okay» confermo, felice di scacciare la paura per qualche ora. «Allora dimmi, quando è stata l'ultima volta che hai fatto qualcosa di spericolato?» le chiedo, un po' rincuorato all'idea che già abbia fatto cose molto stupide o destinate in partenza al fallimento.

«Oh, prima di Dominic» dice lei, scuotendo la testa.

«Non parli molto del tuo passato» le faccio notare. «Cioè lo fai – mi hai raccontato dettagli importanti e difficili – ma… non lo so. E all'università? Dimmi cosa combinavi all'università.»

«Oh, non molto» sorride. «Noi studenti maturi siamo molto assennati, sai.»

«Allora prima» insisto. «Prima di Dominic, com'eri?»

Riflette per un momento.

«Terrorizzata da tutto ed entusiasta di tutto.» Sorride. «Selvaggia e spericolata. Ho viaggiato un po', ho provato molte versioni diverse di me stessa finché non ne ho trovata una che mi stava bene. Niente è rimasto uguale fino a Dominic, e dopo l'unica cosa che volevo era che nulla cambiasse. Immagino che avessi voglia di sistemarmi.»

«Anch'io ho voglia di sistemarmi» realizzo all'improvviso. «E se ce la faremo, vorrei girare il mondo insieme a te, all'avventura.»

«Faremo entrambe le cose» dice. «Magari ti porterò a vedere l'aurora boreale nell'Artico o il bagliore rosato del tramonto sul Taj Mahal. Oppure potremmo andare a Firenze e a Milano e rivedere le opere degli antichi maestri. Mi piacerebbe mostrarti tutto quello che ho visto.»

«E verresti a vivere con me nello Yorkshire?» le chiedo. «Non sono sicuro che Londra faccia per me.»

«Londra fa per chiunque» ribatte lei. «Ed è la mia fedele compagna. Ma potrei venire con te nello Yorkshire, oppure potremmo abitare in una serie di case stupende ed eccentriche sparse per il mondo.»

«E riempirle tutte di bambini» rido, ma mi mordo il labbro quando mi rendo conto della mia gaffe. «Scusa.»

«Non hai bisogno di scusarti» dice Vita. «Saresti un ottimo padre, Ben.»

«In alternativa posso essere un ottimo zio» le dico. «Vorrei aver fatto tutto quello che hai fatto tu prima di compiere trent'anni» aggiungo scuotendo il capo.

«Non ti ho detto la mia età» ride lei.

«Non li dimostri neppure trent'anni. Non che mi importi quanti anni hai.»

«Sono più vecchia di te» dice con una piccola smorfia.

«L'età non conta nulla» replico, e le bacio la piccola ruga tra le sopracciglia. «E poi, sei mai stata innamorata prima di Dominic e prima di me?»

Inclina il capo per riflettere. «No, ma me ne accorgo solo ora. Credevo di essermi innamorata un sacco di volte, ma quei sentimenti non erano reali. Erano idee e sogni, e molti non erano nemmeno miei. A pensarci bene, mi sono innamorata davvero solo due volte» sorride. «Ho avuto degli amanti, naturalmente. Alcuni davvero bravissimi e altri piuttosto mediocri. Alcuni a lungo, altri solo per una notte. Ce n'era uno che voleva rinchiudermi come un uccello in gabbia, e uno che mi voleva solo perché... mi odiava. Uno che voleva farmi del male.» Mentre lo dice si fa scura in volto. «E questo mi ha reso diffidente.»

«Hai davvero sperimentato tutto quello che la vita ha da offrire» dico. «E per tutto questo tempo io ero seduto alla mia scrivania.»

«Ti dà fastidio?» chiede.

«No» rispondo, franco. «No, tu appartieni solo a te stessa. È uno dei motivi per cui ti amo.»

«Vista la mia infanzia, ci ho messo molto a guarire fino a capire cosa significa amare qualcuno: sapere che rinuncerei a tutto quello che ho per il suo bene.» Resta in silenzio per un momento, sorseggiando il vino. «Sono grata di esserci riuscita; grata per Dominic e per te, Ben. Il vero amore è raro, è delicato. Trovarlo una volta sola nella vita è una benedizione, due volte è un miracolo.»

«Ormai pensavo che non mi sarebbe mai successo» dico, cauto. «Vivevo così, come se l'amore fosse qualcosa che accadeva solo agli altri. Un paio di volte ho cercato davvero di farmi coinvolgere, ma non è mai andata bene. Non riuscivo a capire cosa mi mancasse. Finché non ho conosciuto te. Per questo faccio molta fatica ad accettare che, a meno di un miracolo, a meno che il mio obiettivo non trovi qualcosa, non ho anni a disposizione con te. È difficile provare allo stesso tempo così tanta speranza e così tanta paura. Ma sono comunque felice di saperlo. Sono felice di sapere cosa si prova ad amarti.»

Le nostre dita si intrecciano, i nostri volti si avvicinano, finché riesco a vedere solo il riflesso nei suoi occhi e a sentire soltanto la sua pelle contro la mia.

«Ho paura per domani» le dico. «Ho paura che sarà come svegliarsi da un sogno e scoprire che non c'era niente di vero.»

«Io no» dice lei appena prima di baciarmi. «Le avventure più belle iniziano con l'ignoto.»

Più tardi, Vita sonnecchia sul mio petto mentre Pablo riposa accoccolato ai piedi del letto su una vecchia trapunta. L'intera situazione sembra un po' surreale, come i sogni quando hai la febbre alta, il rischio di fallire è così alto che non dovrei nutrire alcuna speranza. E se invece andasse tutto bene, e riuscissimo ad arrestare le lancette della mia vita per sempre?

Per un po', mi concedo di sognare il futuro. Come mi sentirei senza la paura che mi attanaglia ogni muscolo anche nei momenti più felici, senza conoscere mai più l'incertezza? E sarebbe giusto tenere questa scoperta solo per me, quando il mondo è pieno di gente che affronta sofferenze ancora peggiori? Forse potrebbe essere l'inizio, l'alba di una nuova era per l'umanità. Una scoperta che potrebbe porre fine alle malattie, se non alla morte. L'idea di non morire mai, di non avere una via d'uscita, mi riempie di uno strano timore che non voglio analizzare. Non ora che il punto finale potrebbe essere a poche frasi di distanza. In questo momento è quella l'ombra che minaccia di oscurare ogni cosa.

È solo una pazzia, lo so. È una bellissima, folle, inconcepibile missione che senza dubbio fallirò, ma non importa. Non finché rimane anche il più piccolo barlume di speranza che domani possa essere il giorno in cui inizia l'eternità.

VII

Altri diranno di tempeste e acquazzoni,
io conterò solo le tue ore di sole.

Motto tradizionale per meridiane

41

Non ci sono molti modi per far rimuovere un quadro nel bel mezzo di una mostra. In effetti, a meno che non sia il proprietario del quadro a richiederlo, o sorga qualche problema con l'assicurazione, ce n'è solo uno. Il pensiero mi getta nel terrore più assoluto e cerco di ricordare com'ero in quegli anni pericolosi, durante la guerra, quando strisciavo nelle foreste nel cuore della notte per far saltare i treni di approvvigionamento dei nazisti, con ripercussioni ben più serie – e per molte più persone – rispetto a adesso; ora a essere in pericolo siamo solo io, il mio posto di lavoro e probabilmente la mia fedina penale.

Devo danneggiare *La Belle* in modo lieve e facile da sistemare, ma abbastanza grave da richiedere che venga portata in Sala Restauri per una notte. Poi, quando i locali saranno vuoti e resterà solo la security, farò entrare Ben con la sua attrezzatura come "perito assicurativo" e avremo tempo fino all'alba per svelare i suoi segreti. Non c'è modo di farlo senza mettere a rischio me stessa e il mio posto di lavoro, ma d'altra parte entrambi mi sono serviti solo per arrivare a questo momento, per guadagnarmi la speranza di questa scoperta. Non riesco a immaginare la vita dopo.

Ho dovuto aspettare fino a tardi.

Stamattina, al mio arrivo, Anna mi ha subito interrogata, alla mia scrivania.

«Ciao, ti sei un po' rinvigorita?» mi ha chiesto.

«Molto rinvigorita» ho risposto. «È stata proprio una bella pausa.» Mi è stato difficile non parlare di Ben. Quando non sono con lui, ho voglia di pronunciare il suo nome, di pensare al suo viso e al suo corpo, di ricordare i suoi lunghi arti sul letto, il suo corpo che si inarca sotto le mie mani. Ho annuito, cercando di non far trasparire la gioia dietro un'espressione accuratamente composta e distaccata.

«Qualcosa mi dice che c'è di mezzo l'amore» ha detto lei con un sorriso. «Hai un certo non so che.»

«Se lo ammetto, puoi non farmi altre domande?» ho risposto. «È una cosa agli inizi.»

«Oh, se fossi ancora giovane e innamorata» ha detto lei. «Non farò la ficcanaso... almeno per il resto della giornata.»

Sentirò la mancanza di Anna quando dovrò andarmene – so che mi toccherà farlo almeno per qualche altro decennio – ma tanto sono stata costretta a fare avanti e indietro per gran parte della mia vita. Da quando ho costruito questo palazzo sotto il nome di Madame Bianchi, fino a dopodomani, quando qualcuno dovrà essere licenziato e io insisterò perché tocchi a me. Ma come avrei detto quand'ero Madame Bianchi: *è un adieu, amore mio, non un addio*.

Mi sono spesso chiesta se qualcuno, guardando il ritratto della mia precedente incarnazione appeso nel sontuoso ingresso, avrebbe mai detto: «Siete proprio identiche». Ma, a parte quella volta con la famiglia di Ben, non è capitato. Ben non ha capito la verità nemmeno quando mi ha vista accanto alla *Belle* e ci ha guardate una per volta. Quando la verità è troppo incredibile, diventa invisibile. È strano come gli esseri umani preferiscano gradevoli bugie.

Ho passato il resto della giornata alla mia scrivania a stendere rapporti, a sistemare le questioni in sospeso per chi riuscirà ad accaparrarsi questo lavoro da sogno dopo di me. Mi sono sempre detta che stavo solo cercando una risposta, ma in realtà ho amato ogni parte di questo lavoro. Amo immergermi in tutto questo sapere, in tutta questa bellezza. Amo persino il mio piccolo, ordinario angolino nella Sala Restauri; la mia scrivania uguale a tutte le altre contro una lunga, elegante finestra nella stessa stanza in cui intrattenevo duchi e principi, un po' come una cameriera che si è incoronata regina. A modo suo, Madame Bianchi era una rivoluzionaria, ma com'è contenta e orgogliosa ora che ha messo da parte seta e gioielli e si è conquistata il diritto di sedersi su quest'umile sedia girevole. La donna che sono oggi è stata creata qui, e questo angolino è stato una casa tanto quanto l'intero palazzo. Ora è quasi giunto il momento di salutarci di nuovo.

Ancora una notte e poi avrò chiuso con la Collezione. È stata il mio rifugio, uno dei pochi luoghi in cui mi sono sentita in pace. Ma è ora di andare avanti, come sempre.

Ho una bomboletta di vernice spray idrosolubile nascosta in tasca. Ho pianificato tutto con la massima precisione, aspettando il picco di affluenza alla mostra, dopo la chiusura degli uffici. Entro ed esco dalla ressa di visitatori che si guardano intorno per contemplare i dipinti. Passo accanto all'addetto alla sicurezza di turno e lo saluto con un cenno del capo, poi mi immergo a testa bassa tra la folla, pregando in silenzio, a ogni passo, di essere perdonata. Non è la prima volta che i quadri vengono presi di mira nei musei, mi dico. La suffragetta Mary Richardson accoltellò la *Venere Rokeby* per protestare contro il modo in cui era stata trattata la signora Pankhurst. Non si lasciava spaventare dalla violenza e dai conflitti. Dovrei seguire il suo esempio. E poi ci sono gli attivisti contro il cambiamento climatico, che hanno lanciato della zuppa su un Van Gogh. Avrei in mente un paio di bersagli più adatti per la loro ira, ma sapevano che non avrebbero danneggiato in modo permanente un capolavoro, esattamente come me.

Perché quello che ho in mente è molto meno distruttivo di

una zuppa e assolutamente temporaneo. È brutto, è *terribile*, ma potrebbe salvare una vita.

Eppure, quando arriva il momento, sento svanire tutte le mie autoassoluzioni. Mi volto ed esco in fretta dalla mostra, fuori dal museo, nell'aria calda, secca e piena di smog di Trafalgar Square, che assaporo come un nettare prelibato.

Cosa sto facendo *veramente*? Ho trascinato Ben nella mia ossessione per le risposte che non ho mai trovato in secoli di ricerche? Se fallisco, per me non cambia nulla, ma per lui? L'epoca in cui i confini tra magia e scienza si sono dissolti per qualche breve decennio è ormai lontana. Un tempo la leggenda era vera, ma se oggi non lo fosse? Quando ho salutato Ben stamattina, lui era così pieno della speranza che gli ho trasmesso senza spiegargliene i motivi. Se lo deludo, non potrò mai perdonarmelo. Eppure non ho altra scelta.

Prima di incontrare Ben non pensavo al futuro, ma solo al presente, a superare ogni giorno e a trovare quel poco di volontà sufficiente ad affrontare il seguente. Se ora mi arrendessi e tornassi a casa, se dicessi a Ben che ho cambiato idea e che non riuscirò ad andare fino in fondo, come reagirebbe? Sarebbe dolce, comprensivo. Si butterebbe a capofitto nel tempo che ci resta, fingendo ogni secondo di non sentire il ticchettio del conto alla rovescia.

Ma sento già l'eco infinita di un'eternità senza di lui.

All'improvviso capisco che non posso arrendermi. Farei di tutto per tenerlo in vita, persino un gesto disperato come danneggiare un ritratto così importante per me. Dopo un respiro profondo, torno nelle sale affollate della mostra.

Le persone formano dei capannelli intorno a ogni ritratto, determinate a fermarsi un poco davanti a ogni opera, a osservarla con calma. Una mostra come questa potrebbe essere la loro unica occasione di vedere dal vivo un dipinto di Da Vinci. Ma è anche una situazione competitiva e claustrofobica: non c'è tempo per fermarsi o contemplare. Il costante movimento rende tutto ancora più difficile. Mi guardo intorno e vedo le numerose telecamere di sicurezza che riprendono ogni angolo.

Con le mani in tasca, mi lascio trasportare dalla lenta corrente, in attesa dell'occasione giusta. Mi soffermo alle spalle di un gruppo, e ascolto con scarsa attenzione la guida, Rita, che descrive ogni quadro.

Quando il gruppo si raduna davanti a *La Belle,* le volto le spalle come se stessi osservando la guida, e nel momento esatto in cui il gruppo mi passa accanto faccio un passo indietro e spruzzo un breve e deciso getto di vernice, la bomboletta contro il fianco.

Proseguo, aspettando di sentire urla di orrore, ma non succede nulla. Rita passa oltre e il gruppo la segue. Nessuno si è accorto di quello che ho fatto. Con il cuore che batte all'impazzata, lancio un'occhiata di sfuggita alla *Belle*, e noto con sollievo che la vernice ha colpito per lo più il pannello su cui è montata e una piccola parte della cornice. Ma è sufficiente, appena sufficiente, per farla rimuovere dalla mostra per stasera.

Completo il giro a un passo atrocemente lento e arrivo finalmente all'uscita. Vado in bagno a controllare di non avere le mani sporche di vernice, poi sciacquo con cura la bomboletta e la lascio cadere in un cestino.

Mentre mi lavo le mani, incrocio il mio riflesso, gli occhi che brillano di adrenalina.

«L'ho fatto per noi» dico alla ragazza che si è ritrovata intrappolata nel tempo mezzo migliaio di anni fa. «Ti prego, dimmi che funzionerà.»

Lei non risponde.

Alla mostra è ancora tutto tranquillo, a parte il solito brusio dei visitatori. Forse è troppo poco per suscitare scalpore. Dopotutto gran parte dei visitatori non noterebbe la differenza. A quanto pare dovrò pensarci io. Ma come faccio a non attirare sospetti? Tutti mi hanno visto fare il mio solito percorso. Tornare indietro dopo essere stata in bagno solo per scoprire la vernice, sarebbe praticamente un'autodenuncia.

Sono ferma accanto all'ingresso, attanagliata dai dubbi, quando Rita si precipita verso di me.

«Vita, c'è un problema» bisbiglia in ansia, con gli occhi spalancati dalla preoccupazione.

«Cosa?» le chiedo.

«Qualcuno ha spruzzato della vernice rossa sulla *Belle Ferronnière*» sussurra. «Cosa facciamo? Devo chiamare la polizia?»

«Oh mio Dio.» Detesto essere così brava a mentire. «No, non ancora. Dobbiamo fermare il prossimo giro. Vai a dire a Mo di trattenerli all'ingresso, io chiamo Anna. E riusciresti a far uscire tutti un po' più in fretta, ma senza che se ne accorgano? Ho bisogno che la sala sia vuota nel giro di dieci minuti e poi è meglio che non trapeli nulla. Se il Louvre lo viene a sapere prima che abbiamo valutato la situazione, siamo fottuti.»

«Ci penso io» dice Rita, con gli occhi sgranati dal brivido dell'intrigo.

Anna arriva nel giro di pochi minuti e si avvicina di corsa al quadro, la bocca spalancata da un sussulto sgomento.

«Chi farebbe una cosa del genere?» Guarda Mo. «Come è potuto accadere?»

«Mi dispiace tanto, Anna.» Mo sembra distrutto. All'improvviso mi rendo conto che probabilmente ha paura di perdere il lavoro. Mi sento malissimo. «La sicurezza ha delle telecamere puntate su ogni quadro.»

«Okay. Facciamo un bel respiro. Cerchiamo di ragionare.» Anna si fissa i piedi per un momento, per schiarirsi le idee. Io resto impalata, non riesco a dire una parola.

«Allora.» Anna fa un respiro profondo. «Mo, chiama subito qualcuno della Sezione Restauri e porta tutti i filmati di oggi.» Gli posa le mani sul braccio: «Non preoccuparti, si sistemerà tutto. Se qualcuno deve rimetterci la testa sono io. Sono io che autorizzo i protocolli di sicurezza».

«Ma li ho progettati io» dico. «Se qualcuno deve andarsene, Anna, sono io.»

I suoi occhi si riempiono di lacrime di gratitudine e mi abbraccia. Non mi sono mai detestata così tanto.

«Tu non vai da nessuna parte» dice lei, e si ricompone.

«Aspettate un momento» dico, e prendo una bottiglia d'acqua dalle mani di Rita. «C'è un modo semplicissimo di capire con cosa abbiamo a che fare.» Inclino la bottiglia sull'orlo della gonna e la strofino contro la vernice sul pannello. Mostro con un sorriso la stoffa macchiata ad Anna.

«Sembra che sia idrosolubile» dico. «Chiunque sia stato, non aveva idea di quello che stava facendo.»

«Menomale» dice Anna. «Ottime notizie» dice a Fabrizio, che è appena arrivato e si sta accarezzando la barba mentre studia la macchia da sopra le lenti degli occhiali. «Vita pensa che sia idrosolubile. La tua valutazione più ottimistica?»

«Mmm.» Fabrizio riflette sulla domanda per diversi secondi, durante i quali Anna per poco non esplode. «Credo che Vita abbia ragione. Possiamo ripulirlo stasera e rimetterlo in mostra domani. Dovrò fare una segnalazione al Louvre.»

«Oh, cielo» sospira Anna. «È proprio inevitabile?»

«Siamo tenuti a farlo.» Fabrizio si raddrizza. «È una questione di deontologia, lo sai benissimo. Abbiamo il dovere di garantire che tutti i restauri effettuati su un dipinto siano catalogati.»

«Certo» dice Anna.

«Ci penso io alle scartoffie» le dico. «Questa è la mia mostra e tu mi hai lasciato tutta la gloria. Devo anche potermi prendere la colpa se le cose vanno male.»

«Almeno teniamo all'oscuro la stampa. D'accordo?» dice Anna.

Fabrizio annuisce.

«Credo che si risolverà» dico. «Lo portiamo giù alla chiusura e domani sarà di ritorno. Non ho problemi a sorvegliarlo fino alla fine dei restauri. Rimarrò finché non tornerà. Penserò io a tutto.»

«Vita, sei una roccia» dice Anna. «Okay, ora rimuoviamo il quadro. Spostiamo un po' di roba e diciamo che tornerà domani. Se qualcuno se ne accorge, gli diamo un altro biglietto, gratis. Tu,

Vita, rimani qui sotto fino alla chiusura. Non lasciarla finché non arriva in Sala Restauri, poverina.»

«Non lo farò» prometto.

Annuisco, e sento un nodo allo stomaco quando vedo la tensione dipinta sul suo viso.

«È meglio che vada dal direttore.»

«Vita.» Mo si avvicina lanciando un'occhiata ad Anna che sta uscendo dalla sala, e riprende a sussurrare, guardandomi negli occhi: «Abbiamo esaminato le telecamere di sicurezza».

«E...?» chiedo, col fiato sospeso.

«Non si riesce a vedere nulla. C'è troppa gente. Ci sono telecamere dappertutto, ma a quanto pare il colpevole sapeva cosa stava facendo. Mi dispiace tanto.»

«Okay, be', dovremo rivedere i protocolli di sicurezza» dico. «Entro l'apertura di domani serviranno nuove misure e nuove telecamere, costi quel che costi.»

«Mi dispiace tanto» ripete Mo. «Mi sembra che sia colpa mia.»

«Non lo è» lo rassicuro. «Non è colpa tua, Mo. Non sarai il capro espiatorio per questa storia, okay? Me ne assicurerò personalmente.»

«Grazie, Vita.» È così grato.

Ondate di nausea mi sommergono mentre aspetto accanto alla *Belle* l'arrivo della squadra restauri con l'attrezzatura per spostarla. Sento i suoi occhi sereni e implacabili sulla schiena. Sento montare il panico pensando a quello che ho appena messo in moto, insieme al vertiginoso terrore di non sapere come andrà a finire.

42

Da quando Vita se n'è andata, continuo a camminare intorno al tavolo della cucina, sotto il quale Pablo scodinzola incerto e mi tiene d'occhio. Pur di avere qualcosa da fare gli metto il guinzaglio. Lui accoglie l'iniziativa con un sonoro guaito di gioia, e ci avventuriamo per le stradine di Soho. So che se Vita riuscirà a portar via il quadro dalla mostra, il mio obiettivo sarà in grado di analizzarlo in modo molto più dettagliato e sottile dei precedenti. Ma cosa spero di trovare? Un incantesimo? Un'equazione matematica? Vita crede nella magia del dipinto e io credo in lei. Ma all'improvviso l'idea che possa contenere qualche informazione concreta capace non solo di salvarmi la vita, ma persino di rendermi immortale mi sembra una follia. Sono sicuro che lo è. E se anche non lo fosse che ne sarebbe di me, quando tutti quelli che ho amato se ne saranno andati, mamma, Kitty, Vita? Un futuro infinitamente cupo, che riesco a malapena a immaginare, persino ora che la morte incombe.

Tutto deve finire. Tutto *deve* finire… me compreso.

Solo non proprio adesso.

Nel profondo so che non è niente. Sono preparato all'idea che sia così. Non so nemmeno cosa mi accadrebbe se vivessi davvero per sempre, ma *so* che non voglio morire. Voglio aggrapparmi a ogni respiro e a ogni battito del mio cuore, in caso fosse l'ultimo.

«So che Vita adora Londra» dico a Pablo, deciso a scacciare questi pensieri. «Ma perché qualcuno vorrebbe vivere in una città senza brughiere e boschi, con solo qualche piazzetta piena di cani piccoli in giacca e papillon?»

Ho idea di tornare subito a casa, per riprendere a camminare avanti e indietro e a contare le ore, ma in qualche modo ci perdiamo in meno di mille metri quadrati. È come se l'ingresso alla piazza segreta di Vita fosse davvero in fondo a un armadio, o qualcosa del genere. Svoltiamo a destra e poi ancora a destra, alla ricerca dell'ingresso della sua piazza, e passiamo due volte davanti a un juice bar colorato dall'insegna arancione che non potrei non aver notato, ma di cui non ho alcuna memoria. Quello però è sicuramente il pub alla fine della strada, vero? Un'ansia sempre più opprimente mi si insinua sotto pelle e mi sento stringere il petto. Forse la felicità degli ultimi giorni mi ha distratto dai piccoli sintomi cui prima facevo caso.

E se non mi accorgessi che sto per morire?

Questo pensiero mi blocca, letteralmente. I passanti mi girano intorno imprecando a mezza voce e Pablo mi sprona con dei guaiti, ma io non mi muovo. Forse è stato *tutto* un sogno, un'ultima esplosione di neuroni che allevia il passaggio dalla vita alla morte con una fantasia che sembra durare da giorni, ma in realtà avviene nel giro di pochi secondi. Se è così, che me ne importa? Che cosa posso farci? Forse sono morto la prima volta che ho visto Vita e me la sono portata dietro nella morte cerebrale come ultimo conforto. Mi sembra tremendamente plausibile. Perché se mai dovessi evocare un'immagine capace di scacciare la paura della morte, sarebbe lei; sarebbe questa mattina luminosa con la promessa di una missione compiuta alla fine della giornata.

La paura mi piomba addosso ruggendo, a mille chilometri al secondo. Non voglio andarmene. Non voglio morire. Il cuore mi batte forte, il respiro si fa rapido e affannoso e, all'improvviso, le lacrime mi rigano le guance.

E se non ci fosse nulla? E se non ci fosse nulla dopo questo?

Impalato al centro del marciapiede, fisso i quadratini di cielo blu.

Per favore, non portarmi via. Ti prego, lasciami vivere. Per favore. Ti prego. Per favore.

Non importa quante sofferenze patirò se vivo troppo a lungo, le accetterò con gioia.

Pablo mi salta addosso e mi gratta la pancia con le zampe. Abbasso lo sguardo su di lui e mi accorgo di tutte le persone che mi passano accanto, fingendo di non notarmi. All'improvviso un respiro tremante mi ricorda che non sono ancora morto, e che questo è il meglio che posso aspettarmi. Mi sono perso. Mi sono distratto, ma non sono morto. Poi noto l'ingresso del vicolo che porta alla sua piazza e alla meridiana che non vede mai il sole.

«Scusa, amico» dico a Pablo, che guaisce di nuovo. «Era solo un piccolo esaurimento nervoso. Ma adesso è finito.»

Mariah, la vicina di Vita, è in piedi sul gradino di casa sua a fumare come una star degli anni Cinquanta, se le star degli anni Cinquanta indossassero camicie da notte di flanella.

«Vuoi fumare?» Mi offre una sigaretta. Non fumo da quando avevo quindici anni, ma sono ancora scosso dalla crisi di prima, così ne prendo una e lascio che me la accenda. Dopotutto non sarà la nicotina a uccidermi.

«Ma che bel ragazzone» dice lei, mentre si mette a sedere sul gradino e coccola Pablo, che le attribuisce immediatamente il ruolo di sua nuova migliore amica, visto che ha in tasca qualcosa che manda un buon odore. «Ma guarda che bel musetto, che coda scodinzolona, sei quasi bello quanto il tuo papà!»

Ride compiaciuta quando arrossisco, e dà un colpetto al gradino.

«Siediti qui e flirta un attimo con me» dice. «Ma non montarti la testa, mi raccomando. Amo il mio Len e tra poco tornerà dal lavoro. Però devo tenermi in allenamento, capisci? Allora, sei tu il giovane gentiluomo di Evie? Era ora che venissi a trovarci. Pensavo che dopo la guerra sarebbe rimasta in Francia per sempre, ma sono felice che sia tornata a casa, mi è mancata.» Spegne la sigaretta sotto la scarpa e ne accende un'altra. «Quand'ero bambina Evie mi tirava sempre su di morale, nei momenti difficili, sai. Le bombe cadevano dal cielo e tutto era razionato, ma lei aveva sempre delle caramelle e una canzone per me. Evie non aveva paura di niente, nemmeno di Hitler.»

«Sembra una persona formidabile» dico.

«Be', dovresti saperlo, Dominic» dice lei, poi bisbiglia all'orecchio di Pablo: «Che sciocco che è, vero Kip?»

«Per quanto tempo è stata in Francia Evelyn?» chiedo.

«È partita nel '44. Oh, ho pianto tanto. L'ho pregata di non partire, ma ha detto che doveva proprio. Ha detto che era stata convocata in una fabbrica di munizioni su al Nord. Naturalmente non poteva dirci dove sarebbe andata davvero, era tutto segreto. Ma l'ho scoperto dopo la guerra, quando mi ha scritto dalla Francia per dirmi che si era sposata. Ci ha messo tanto a tornare, ed eccomi qua, già ventenne e sposata anche io! Len vuole che prendiamo una casa tutta per noi, non sopporta di vivere con mia madre. Ma gliel'ho detto. Gli ho detto: "Se non ce l'hanno fatta i nazisti a portarmi via da questo posto, non ce la farai neppure tu, Len Walker". E così ha dovuto starsene zitto.»

«Quindi Evie era una spia?» chiedo, incuriosito.

«Be', non me l'ha mai detto con queste parole, ma per me è sicuro come la morte» dice Mariah. «Dopotutto è laggiù che l'hai fatta innamorare. Lei non ne parla. Non è il caso di mettere i manifesti, no? Ma lo sappiamo cosa facevate laggiù. Facevi saltare in aria i nazisti!» Mi guarda ridendo. «Che ne dici di parlarmi un po' in francese? Mi piace un sacco.»

«Posso farti l'accento dello Yorkshire» offro.

«Sul serio, però.» Si china verso di me, infila i polsi esili attraverso la ringhiera che ci divide, e mi posa una mano sul ginocchio.

Per un attimo ho un po' paura di quello che sta per propormi. «Prenditi cura della mia Evie. Ne ha passate tante e nessuna era colpa sua, tienilo a mente. Non era colpa sua.»

«Lo farò» prometto.

«Guarda di non morirle. Ne ha avuto abbastanza. Ho detto al mio dottore che non ci vado in una casa di riposo e non muoio. Devo badare a Vita.»

Le sue parole sono come un pugno nello stomaco. Faccio un respiro affannoso.

Per un attimo sembra che Mariah sia tornata al presente. I suoi occhi azzurri cercano i miei e li fissano.

«Ti senti bene, figliolo?»

«Solo un po'...» Non riesco a spiegare la paura che mi ha appena attraversato. «È solo che ci tengo molto a lei.»

«Bravo. Perché ti tengo d'occhio, amico» dice. Sono contento di aver preso una sigaretta. «Se fai del male alla mia Vita, ti darò la caccia. Non sembrerò un granché, ma ho i miei metodi.»

«Mariah, devo dirti una cosa.» So che probabilmente non ricorderà quello che le sto dicendo e che non gliene importerà nulla, ma è così importante per Vita che mi interessa la sua opinione. «Sono un malato terminale. Morirò presto» le dico. «Voglio tanto bene a Vita e sappiamo entrambi che sarà lei a pagare il prezzo della nostra felicità. Mi ha detto che è quello che vuole, e io le credo. Ma non farei meglio ad andarmene adesso, e a risparmiarle il dolore che proverebbe più tardi?»

Mariah riflette per un momento, succhiandosi l'interno della bocca, senza smettere di guardarmi negli occhi.

«No, credo di no» dice alla fine. «Quando ci ha presentati, ho capito che le hai portato una luce, e ne ha bisogno, anche solo per un po'. Il tuo ricordo la terrà in piedi per un'altra vita. Come il ricordo del mio Len ha fatto con me. Oh, lo so che è morto da un pezzo, da vent'anni ormai.» Si acciglia. «O sono trenta? Comunque, per me è ancora nella stanza accanto, capisci? E anche se il suo corpo non c'è più, il suo amore è ancora qui.» Si tocca il petto e poi la fronte. «Probabilmente non te ne sei accorto, Dominic, ma ogni tanto la mia mente se ne va, e allora non ho più bisogno di immaginare Len tra le mie braccia, perché è ancora qui, ed è meraviglioso. Immagino che un giorno tutto diventerà un po' complicato, ma ora non mi dà molto fastidio andare e venire in questo modo. Sono tutti molto gentili con me. Vita è gentile. Si prende cura di me proprio come faceva Evie. E quando sarò così andata che non saprò più respirare o mangiare, be', sarò da qualche parte con il mio Len, e non me ne importerà più niente di niente, non è così? Siamo fortunati, io e te. Sono quelli che ci lasciamo alle spalle a soffrire.»

Lacrime inaspettate mi offuscano la vista e sono costretto a distogliere lo sguardo per asciugarmi gli occhi sulla manica.

«Mariah.» Una donna fa capolino dalla casa. «Smettila di flirtare ed entra subito, è pronto in tavola.»

«A volte capisco perché a Len non piace vivere con la mamma» borbotta Mariah mentre la aiuto ad alzarsi. «E quanto a lei, giovanotto, come si permette? Sono una donna sposata!»

Dopo questo dialogo, la tentazione di frugare nei cassetti pieni di carte diventa fortissima, perché non potrei immaginarmi una distrazione migliore della storia di un'eroina della Resistenza per occupare il tempo fino all'ora di uscire. Ma sarebbe una violazione della privacy di Vita, di Evelyn e di chiunque abbia vissuto qui prima di loro. Scorro di nuovo tutti i ritratti e le fotografie che tappezzano le pareti, nella speranza di imbattermi in un ritratto dell'eroica Evelyn. Prendo un libro dopo l'altro e li rimetto tutti a posto, poi alla fine mi dirigo in salotto e guardo i grandi, sontuosi armadi cinesi.

Aprire un'anta non sarebbe indiscreto, vero? Starei solo ammirando un'opera d'arte.

Una volta aperte, le ante rivelano circa due dozzine di cassetti splendidamente decorati, come un vero e proprio scrigno del tesoro. Quando Kitty e io eravamo piccoli, la mamma ci leggeva *Pippi Calzelunghe* e io sognavo un papà pirata che mi lasciasse un enorme forziere pieno di tesori. E questo è esattamente ciò che immaginavo.

Accantonando ogni dubbio, apro tutti i cassetti uno dopo l'altro.

Ognuno sembra contenere solo uno o due oggetti. Nel primo trovo perline di vetro scuro e d'oro infilate in un nastro fragilissimo che un tempo doveva essere scarlatto e dorato, e un piccolo ciondolo ovale di ambra liscia, incastonato in oro e infilato in una catenina. Sembrano entrambi molto antichi e delicati. Nel secondo c'è un sassolino che sta bene nel cavo della mano, di un bel marrone tenue, il colore degli occhi di Pablo, con piccole macchie di cristallo. Mi chiedo se sia stata Vita o la sua prozia a raccogliere questo sasso e dove l'abbia trovato. Forse su una spiaggia lontana, forse insieme a qualcuno che amava. Forse questa pietra marrone dall'aspetto ordinario era il simbolo di qualcosa, di un amore perduto o ritrovato, e ne conserva ancora la memoria anche quando non c'è più nessuno a ricordare.

Poi trovo uno strano oggetto quadrato che deduco essere una bussola, anche se è ricoperto di simboli cinesi. Quando lo faccio ruotare delicatamente, l'ago punta verso il nord. Lo rimetto a posto con cautela, terrorizzato all'idea di rompere un oggetto che indica la via nel buio da chissà quanto tempo. Apro un altro cassetto e trovo cose in apparenza banali: una bottiglia vuota di vetro spesso, un orologio da tasca fermo a mezzanotte o a mezzogiorno. Nel cassetto successivo, però, c'è un pezzo di carta dall'aria molto antica… una pergamena, penso. È coperto di scritte in una lingua che non conosco, di strani disegni di persone e di simboli. Chiudo in fretta il cassetto con un brivido, e mi guardo alle spalle come se avessi appena liberato chissà cosa.

Poi riprendo fiato, e quando apro il cassetto successivo trovo un revolver. Lo estraggo con cautela. Non sono un esperto di armi, ma sembra vecchio. Era la pistola di Evelyn, l'arma che portava alla cintola quando combatteva con la Resistenza?

Accanto è posato un mazzolino di fiori secchi. Ho idea che basterebbe respirare troppo forte per ridurlo in polvere.

Nell'ultimo cassetto c'è un oggetto così piccolo che quasi non lo vedo. È un bottone, un bottone azzurro, il bottone della mia camicia, che si è staccato la prima notte con Vita. L'ha messo qui, in questa strana collezione di ricordi che risale a prima che nascessimo. Ha preso questo piccolo pezzo di plastica e l'ha messo qui. Quanto vorrei restare con lei per sempre.

Finalmente è ora di uscire. Do un mio maglione a Pablo perché ci dorma sopra e riempio due ciotole di porcellana con acqua e crocchette.

«Non ci vorrà molto, amico» gli dico.

Appena prima di aprire la porta, l'intera situazione mi fa un po' effetto. È arrivato il momento. La paura mi attanaglia le viscere. Credere in Vita, avere fiducia in lei e nella sua ricerca è stato il più bello dei modi per distrarsi dal terrore della fine. Stasera potrò esaminare *La Belle* di persona, starle vicino, accanto; guardarla negli occhi e chiederle finalmente cosa sa.

Nel profondo mi rendo conto che il segreto che sta cercando *deve* essere impossibile. Eppure, non riesco a rinunciare all'ultimo barlume di speranza. Ma stasera, in un modo o nell'altro, troverò una risposta, fosse anche che non ne esiste una. E devo essere pronto a farmelo bastare. A essere felice per tutte le cose belle che gli ultimi giorni mi hanno donato. Per convivere con la tragedia. Stasera, sconfiggo i mulini a vento.

Apro la porta e mi trovo di fronte Jack, con la mano alzata per bussare.

«Tutto bene?» dico, osservando i suoi pantaloni di lino con il risvolto e i suoi sandali. «Vita è al lavoro.»

«Sono qui per parlare con te» dice. Si toglie gli occhiali scuri a goccia e se li rigira tra le mani.

«Oh. Okay.» Sarebbe bello conoscere Jack, il più vecchio amico di Vita, ma il suo tempismo è terribile. «È che devo trovarmi con Vita e sono un po' in ritardo.»

Mi chiudo la porta alle spalle e gli passo accanto, scendendo i gradini di pietra. Lui mi segue.

«Per favore, posso parlarti prima che tu vada da lei?» chiede. «È una cosa veloce.»

All'improvviso guardo oltre i vestiti e i capelli e vedo un uomo dall'aria angosciata, anzi, sembra che non dorma da giorni. «Va tutto bene, Jack?»

Fa un respiro profondo e mi rendo conto che ha ripassato il discorso per tutto il tragitto.

«Tu credi di conoscere Vita» dice «ma la conosci solo da qualche giorno. Credi di essere innamorato di lei, ma non è possibile, perché non la conosci abbastanza. Non sai nulla di lei: quello che ha vissuto, quello che ha visto.» Parla senza guardarmi, con voce affannosa. «E temo che se lo sapessi, non proveresti le stesse cose per lei. Che tu non sappia davvero in cosa ti stai cacciando.»

All'improvviso capisco cosa c'è sotto. «Sei innamorato di lei, vero? È questo il problema? Perché non devi preoccuparti, non ti farò concorrenza molto a lungo.»

«Non capisci. La posta in gioco è altissima. E non è solo questo. Non importa come decidi di vivere il resto della tua vita, per quanto durerà, tu meriti la sua onestà e lei merita... di sapere cosa sta scegliendo. È per questo che ti chiedo, per il tuo *e* il suo bene, di non andare da lei stasera. Torna a casa, torna nello Yorkshire e dimentica di averla conosciuta. Non sai in che casino ti stai cacciando.»

Aggrotto la fronte. Cosa vuol dire che non so in cosa mi sto cacciando? Dovrei insistere, ma non voglio scoprirlo. Voglio solo continuare a credere finché posso.

«Senti, sono sicuro che hai buone intenzioni, ma ora non posso parlare. Devo andare.» Cerco di aggirarlo, ma mi taglia la strada. «Jack, è chiaro che devi dire a Vita quello che provi veramente per lei. Confessale tutto. Se è questa la scelta che vuoi che faccia, non può farla se non sa nulla. Ma credo che sceglierà me, perché anche se ci siamo conosciuti solo qualche giorno fa, penso che ci amiamo veramente. Ora, per favore, fammi passare. Devo andare.»

«Quando si renderà conto di quello che ti ha fatto, non riuscirà a sopportarlo» insiste Jack. «Ma non avrà altra scelta, e la farà impazzire. Se credi davvero di amarla, la cosa migliore che puoi fare per lei è lasciarla.»

«Cosa credi che mi stia facendo?»

«Lei...» Sembra in difficoltà. «Non è stata onesta con te.»

«Senti, ora non ho tempo» gli dico. «Quindi, per favore, lasciami andare.»

«Ben.» Mi afferra una spalla. Cerco di abbassarmi, ma perdo l'equilibrio e inciampo all'indietro.

Thud. La mia nuca batte sui gradini di pietra con un tonfo disgustoso. Cazzo! Sarebbe un modo davvero stupido di morire.

Rimango perfettamente immobile, terrorizzato all'idea di muovermi.

«Oddio! Ben! Stai bene?» Jack è al mio fianco. «Scusami. Non l'ho fatto apposta. Chiamo un'ambulanza.»

«Mi riprendo in un attimo» dico. I secondi passano e il mondo sembra non finire. Mi alzo molto lentamente e mi tocco la nuca. Niente sangue, niente tagli. Forse non era così grave come sembrava.

«Come ti senti?» chiede Jack. «Posso fare qualcosa?»

«Credo di essere a posto» gli dico. «È solo che devo andare.»

Jack mi mette un braccio sotto l'ascella per aiutarmi ad alzarmi.

«Mi dispiace» mi dice mentre mi sorregge, e indietreggia di un passo. «La ami davvero, Ben? Se la posta in gioco non fosse così alta, la ameresti comunque?»

«La amo.» È la cosa più vera che abbia mai detto. «Ci conosciamo solo da qualche giorno, ma so che la amerò per sempre.»

«Okay. Scusami.» Esita ancora un attimo, poi aggiunge: «Senti, per il bene di entrambi, chiedi a Vita di dirti la verità».

Se ne va a passo spedito.

E all'improvviso capisco: Jack sta cercando di dirmi che non c'è nessuna leggenda, nessuna cura miracolosa. Che Vita crede in qualcosa che non esiste. Certo, è ovvio. Mi sono innamorato di una donna ossessionata da una chimera.

Ma nello stesso istante mi rendo conto che non è cambiato nulla. Seguirò il suo sogno fino a dove mi permetterà di farlo, che sia reale o meno.

Finalmente solo nella piazzetta buia, mi siedo e aspetto che il mondo smetta di vorticarmi intorno e che lo stomaco torni al suo posto. Ho preso solo una brutta botta, tutto qui. Ne ho passate di peggio.

Pablo abbaia dietro la porta, e gratta per raggiungermi.

«Va tutto bene» gli dico. «Ho solo bisogno di un minuto per...»

Il buio mi piomba addosso dal nulla.

43

RESTO seduta su uno sgabello accanto a Fabrizio mentre lui rimuove meticolosamente la vernice dalla *Belle* con dei cotton fioc, un barattolo di acqua pulita e un bel po' di pazienza. È rilassante guardarlo lavorare. La stanza è pervasa dalla sua calma, come se la sua concentrazione rallentasse i cuori e il tempo in una sorta di sonno.

«È stata una vera disgrazia» mormora mentre prende un cotton fioc pulito. «Ma non sarà permanente, grazie a Dio. Si riprenderà completamente e non porterà alcun segno dell'aggressione di oggi.» Alza lo sguardo verso di me. «Che strano gesto. E a cosa sarà servito?» Sospira. «Sai, non credo di capire questo mondo moderno, Vita.» Esamina l'angolo che ha pulito con la lente d'ingrandimento. «Ecco, è guarita.»

«Grazie, Fabrizio» dico con un sospiro di sollievo. Anche se ho scelto la vernice con la massima cura, ero terrorizzata all'idea di aver alterato il dipinto in modo irreversibile. «Che giornata, eh?»

Scaccia il mio stress con un gesto della mano: «Bah, ne ho viste di peggio. Almeno ho avuto il privilegio di sedermi davanti all'opera del maestro e di contemplare il suo genio. Per me è stata una giornata molto bella».

«Hai proprio ragione» dico. «Allora, verrà incorniciata stasera?»

«No, non c'è fretta. Maggie ha pulito anche la cornice. Mi ha detto che incornicerà *La Belle* appena arriva, domattina. Sarà di nuovo al suo posto nella mostra prima dell'apertura delle porte e andrà tutto bene.» Incrocia le braccia e rivolge un sorriso affettuoso al ritratto. «Un'opera d'arte di valore inestimabile, ma dietro la sua magia ci sono solo olio, pigmenti e legno. Basta trattarla con rispetto e grande cura.»

«Oh, Fabrizio, vorrei che mi adottassi» dico, e resisto alla tentazione di scoppiare a piangere sulla sua spalla. «Migliori sempre tutto. Mi hai appena salvato la vita. Come posso sdebitarmi?»

«Vieni a cena da me e Clara» propone. «Mia moglie ha almeno cinque spasimanti da proporti, compreso nostro figlio. Ma non dirlo a sua moglie.»

«Oh!» rido. «Sono già impegnata, Fabrizio. Mi dispiace deluderti.»

«Il giovanotto che mi hai presentato?» chiede, mentre si alza e va a prendere la giacca dall'appendiabiti vecchio stile che tiene qui sotto. «Andiamo? Chiudo io.»

«Sì, è lui. Ci siamo appena messi insieme, ma mi piace molto. Comunque non ti preoccupare, ho ancora una tonnellata di scartoffie, metà in francese. Tu vai pure. Io chiudo e prima di uscire parlo con quelli della sicurezza.»

«Molto bene. Allora andrò ad annunciare a Clara che non sei più disponibile. Le si spezzerà il cuore.» Si chiude la porta alle spalle con un sorriso.

Guardo l'orologio sulla parete. Ben dovrebbe arrivare a momenti. Esco dalla stanza di Fabrizio e mi inoltro nel labirinto del seminterrato. Le luci del laboratorio di ricerca sono spente: dovremmo avere l'intero piano a disposizione. Arrivo alla porta tagliafuoco, disattivo l'allarme, apro il cancello che protegge la porta e che conduce a una scalinata di cemento, poi l'inferriata che copre l'ingresso dalla strada. L'aria è calda e la stretta striscia di cielo che si insinua tra i tetti è color blu oltremare. Intravedo una stella che brilla fioca nonostante le luci della città.

Aspetto Ben seduta sul primo gradino, mentre tento di districare la mia mente dal groviglio di quest'assurda giornata. Quando arriverà, saremo solo noi due e il dipinto. Cerco di prepararmi a tutte le possibilità che le prossime ore ci riserveranno.

Lo immagino mentre osserva *La Belle* con il suo obiettivo e rivela improvvisamente i suoi segreti miracolosi e impossibili. Lo immagino che mi prende in braccio e mi fa volteggiare, pieno di gioia.

Sembra impossibile che prima che il sole morente sia risorto sarà finita, avremo scoperto tutto.

Ma Ben non è ancora arrivato. È in ritardo di mezz'ora, e anche se lo conosco da poco non mi pare che arriverebbe in ritardo a un evento così importante. Lo chiamo, e risponde la segreteria telefonica. Ripeto la chiamata tre volte, con lo stesso risultato. Per un attimo accarezzo l'idea di chiamare Sarah o Kitty, ma so che se vedessero apparire il mio nome sullo schermo del telefono penserebbero subito al peggio. Ma se fosse proprio quello che è successo?

Mi alzo in piedi e cerco di placare la paura con dei respiri profondi. Ben è a due passi da me. Da un momento all'altro svolterà l'angolo e lo vedrò. Sennò, dev'essere a casa. Probabilmente ha il telefono scarico, o forse si è addormentato sul divano e non si è svegliato.

E non si è *più* svegliato.

Un'ondata di paura mi gela il sangue nelle vene.

Chiudo la grata e la porta brancolando con le dita rigide e metto in tasca le chiavi, poi corro su dal seminterrato, verso l'ufficio della sicurezza.

«Ciao, Sam» dico, un po' troppo in fretta, e per poco non mi butto sulla scrivania del giovane addetto alla sicurezza. «Sto aspettando un tizio della compagnia di assicurazioni che deve venire a dare un'occhiata alla *Belle*; si chiama Ben Church. L'hai visto?»

«No» dice Sam, tamburellando con la biro sulla scrivania.

«Non è arrivato nessuno da quando abbiamo chiuso. Tu stai bene? Sembri un po' stressata.»

«Be', è stata una giornata intensa. Magari si è perso.» Faccio del mio meglio per sorridere anche se vorrei solo scoppiare a piangere. «Sai cosa? Faccio un salto fuori e do un'occhiata in giro. Non spaventarti se mi vedi arrivare con lui tra un po', devo finire tutto il lavoro d'ufficio entro domani.»

«Sì, non preoccuparti, Vita. Puoi contare su di noi» dice Sam in tono rassicurante. «Spero che lo trovi. Se viene qui batto un colpo, okay?»

«Grazie, Sam.»

La casa è buia, la piazza vuota. Sento Pablo abbaiare e grattare la porta.

Dov'è Ben? So che non mi ha lasciata. Se l'avesse fatto, avrebbe portato Pablo con sé, e in un certo senso sarebbe un sollievo sapere che ha solo cambiato idea su di me, ma sta ancora bene.

Che cosa è successo? Cosa...?

Pablo mi salta tra le braccia quando apro la porta, e mi gratta ansiosamente il petto come se volesse scavarci una buca.

«Dov'è, Pablo?» gli chiedo. «Dov'è?»

Pablo esce di corsa dalla porta aperta. Lo guardo sfrecciare per la piazzetta buia, naso a terra, alla ricerca di Ben. Fa lo stesso giro tre o quattro volte e poi, inspiegabilmente, si rannicchia sul secondo gradino, guaendo e tremando, con la coda sul naso.

Il percorso di Ben finisce esattamente dove è iniziato.

Terrorizzata, busso alla porta di Mariah.

«Ciao, Evie, tesoro» dice lei. «Len e io stiamo uscendo.»

Mi fa cenno di entrare nel suo salotto e per un attimo penso che ci troverò Ben che interpreta il ruolo del suo defunto marito pur di non lasciarla sola fino all'arrivo della badante notturna. Ma lei indica una poltrona vuota.

«Mariah, sono Vita» dico, cauta. «Hai visto Ben?» le chiedo

in tono disperato. «Dovevamo vederci quasi un'ora fa. Pablo è sconvolto e non ho idea di dove sia finito»

«Non conosco nessun Ben, Evie» risponde Mariah. «Hai delle caramelle per me?»

«Ecco.» Ne tiro fuori un paio dalla tasca e gliele lascio cadere sul palmo.

Le guarda e commenta delusa: «Verdi». Questa è la Mariah di otto anni, non quella di cui ho bisogno ora. Faccio un respiro profondo e riprovo.

«Mariah, sono io. Sono Vita. Pensaci bene, è importante. Ho bisogno di sapere se hai visto il mio amico Ben oggi. Ti ricordi di Ben? Quello alto e magro, simpatico e gentile?»

«Oh, ho conosciuto il tuo Dominic» dice Mariah, infilandosi in bocca una caramella. «Mi ha parlato in francese.»

«Mariah!» Non riesco a impedirmi di afferrarla per le braccia esili. Spalanca gli occhi, spaventata, e mi tiro immediatamente indietro. «Scusami.» La lascio andare. «Mi dispiace tanto. È solo che non so dove sia, e ho paura. Ho paura di arrivare troppo tardi.»

«Vita?» Seba del ristorante mi guarda dall'ultimo gradino, preoccupato. «Stai cercando il tuo amico?»

«Ben, sì. L'hai visto?»

«Sì, Ben» dice Mariah, come se nella sua memoria si fosse appena accesa una lampadina. «Mi ricordo di lui. È morto proprio sulla soglia di casa mia!»

«Cosa?» esclamo. Mi sento mancare la terra sotto i piedi.

«No, no» mi rassicura Seba. «Era svenuto, sì. Abbiamo pensato che fosse caduto. Viv ha chiamato l'ambulanza. Non voleva dirtelo per telefono, sapendo che... be'... Ha aspettato per dirtelo di persona, ma doveva andare a casa e mi ha chiesto di farlo al posto suo. È al Royal Free.»

Mi cedono le ginocchia, e Seba mi sorregge appena prima che cada.

«Le ho detto che era meglio chiamarti» dice. «Ho detto che di sicuro avresti voluto saperlo, ma è successo solo un'ora fa.»

Tutto il tempo del mondo.

«Faccio un po' di tè» annuncia Mariah.

«No, grazie, devo andare subito in ospedale. Seba, grazie.»

«Ti porto io» dice in tono deciso, indicando la sua moto con un cenno del capo. «Ho la moto e un casco di riserva. Molto più veloce di un taxi.»

«Grazie.»

Mi volto verso Mariah mentre Seba va a prendere le sue cose.

«Mi dispiace tanto» le dico con dolcezza. «Avevo tanta paura, ma non era un buon motivo per spaventarti. Ti prego, perdonami.»

«Non mi hai spaventata, Evie» dice. «Hai delle caramelle?»

«No, oggi no, però...» Guardo Pablo accoccolato sul gradino. «Puoi badare al cane di Ben per un po'? Non credo che voglia stare da solo.»

«Sul serio?» Mariah batte le mani tutta contenta. «Andiamo, piccolino. Ho una braciola tutta per te, eccome se ce l'ho.»

Dobbiamo aspettare il ritorno di Seba perché Pablo si convinca a entrare, sedotto da un pezzetto di prosciutto. Mariah si siede sul divano e lui le si allunga subito accanto, la testa e le zampe sulle sue ginocchia. «Sei tanto bravo, vero Kip? È vero che sei tanto bravo?»

«Pronta?» mi chiede gentilmente Seba, sulla porta.

«No» rispondo.

44

Mi sveglio lentamente e dolorosamente, come se fossi stato attaccato nudo a un pezzo di carta moschicida. Mi fa male tutto ma allo stesso tempo mi sento come scollegato dal mio corpo, come se me ne fossi già andato. Ricordo vagamente le descrizioni delle esperienze di premorte di cui ho letto. Non è che sto contemplando dall'alto la mia dipartita?

Con un enorme, nauseante sforzo, riesco ad alzare una mano e a toccarmi il viso. Sono ancora vivo.

La stanza sembra ondeggiare e cadere a pezzi, poi si rimette insieme tutta storta. Non riesco a capire se sono su o giù. Devo alzarmi, la gravità mi permetterà di capirci qualcosa.

Quando riesco a sedermi, mi sembra che il mio cervello stia cercando di aprirmi la nuca per fuggire dal cranio, e mi balla lo stomaco. Un liquido amaro mi inonda la bocca e ricado in avanti, o forse all'indietro. Avevo un appuntamento. Un impegno importante. Vita.

Questa è una stanza d'ospedale. Le conosco, le stanze d'ospedale. A occhi chiusi, muovo una mano in cerca del peso e della forma familiare di un pulsante di chiamata.

«Devo andarmene» dico all'infermiera, quando arriva.

«Non sarebbe una grande idea» ribatte mentre controlla il mio stato. «I dottori volevano che li chiamassi appena ti fossi svegliato. Arriveranno presto.»

«Okay.» Ho un tuffo al cuore. So che non voglio sentire nulla di ciò che avranno da dirmi. Devo scrollarmi di dosso questa specie di sbronza. Devo andare da Vita.

Il medico si presenta come dottor Perrera e mi spiega che lui e i suoi colleghi sono già in contatto con la mia specialista a Leeds. Recita la storia della mia malattia fino alla scoperta dell'aneurisma, e sembra che ne sappia più di me.

«Allora» dice «lei è una mosca bianca. Non incontriamo spesso dei fenomeni così grandi e complessi che coinvolgono così tante aree fondamentali del cervello.»

«Mi spiace, ma non voglio parlare del mio aneurisma. Voglio solo andarmene, per favore.»

«Le abbiamo fatto una tac mentre era privo di conoscenza, l'abbiamo confrontata con l'ultima e non abbiamo trovato nessun movimento o emorragia nel suo cervello, ma ha un nodulo grande come un piccolo avocado nella parte posteriore del cranio, e vorremmo tenerla sotto osservazione per un paio di giorni. Cos'è successo? Ha avuto dolore? ...Uno svenimento? Un attacco epilettico? Ha avuto nausea nei momenti prima della crisi?»

«Sono solo caduto» dico. «Ascolti, con tutta la buona volontà del mondo, devo andare.»

«Capisco» dice.

«Insomma in pratica non è peggio di ieri. Mi sta dicendo questo? Se la prognosi è sempre la stessa e potrei morire da un momento all'altro, allora non voglio perdere tempo qua dentro.»

«Be', sì, più o meno.» Sorride ai suoi tirapiedi come se fossero tutti al corrente di qualche scherzo di cui non sono a conoscenza.

«Lo so.»

«Ho letto la sua cartella, e ho visto che la sua specialista non ha ritenuto opportuno intervenire chirurgicamente. Capisco perché: il rischio di causare danni cerebrali permanenti, paralisi o morte è molto alto.»

«E questo è quanto» dico.

«Ha avuto qualche sintomo? Vista annebbiata, mal di testa, nausea, allucinazioni?»

«Sì» dico. «Ma non molto forti né molto a lungo. Immagino che questo significhi che va tutto bene, almeno per ora. E dunque vorrei andarmene a vivere tutta la vita che ho a disposizione.»

«Ben» esita il dottor Perrera «La dottoressa Patterson ha fatto benissimo a escludere l'intervento chirurgico e a tenerla sotto controllo: una decisione assolutamente sensata. Ma abbiamo una clinica specializzata in malformazioni artero-venose. Sperimentiamo tecniche avanzate da quasi dieci anni, e data la sua prognosi in assenza di intervento, saremmo disposti, con il suo permesso, a tentare una soluzione chirurgica.»

«Cosa?» La stanza si inclina sul proprio asse e non torna più a posto.

«Potremmo provare a ridurlo con il laser. A causa del punto in cui si trova, le probabilità di successo non sono molto alte, e se dovesse sopravvivere sarebbe soggetto a tutti i normali rischi di danni cerebrali e simili, ma saremmo disposti a provare, con il suo permesso. C'è una possibilità, molto piccola ma reale, di eliminarne del tutto la pericolosità.»

«Vuol dire che potrebbe curarmi?» Mi metto a sedere troppo in fretta, e tutto mi gira intorno in un caleidoscopio di dolore.

«Curare è una parola forte. La malformazione rimarrebbe al suo posto, ma se tutto va secondo i piani potremmo trovare una soluzione in grado di ridurre significativamente il rischio di un'ulteriore emorragia intracranica, il che le darebbe la stessa aspettativa di vita degli altri uomini della sua età. Abbiamo calcolato una probabilità di successo del dodici per cento. Anche se sarebbe il primo intervento di questo genere che eseguiamo in loco, in questo campo siamo esperti di fama mondiale. Se è disposto a coglierla, possiamo offrirle la migliore chance che riuscirebbe mai a trovare.»

«Oh.» Non mi viene nulla da dire. «Oh.»

«Ha parecchio a cui pensare» dice. «Senta, per stanotte la

terremo in osservazione. Perché non si riposa? Domani possiamo discutere l'operazione nel dettaglio, così potrà assimilare tutte le informazioni necessarie. Che ne dice?»

«No, sono a posto così, grazie» rispondo. Il pensiero di Vita che mi sta aspettando è l'unica idea non confusa nella mia mente. Mi spingo fuori dal letto nonostante il dolore che mi strazia la spina dorsale, e divide la stanza in infinite versioni di sé stessa.

«Signor Church... Ben» insiste. «Le sconsiglio vivamente di lasciarci ora. Per il momento sembra che vada tutto bene, ma con una cosa del genere non si sa mai. Dovremmo tenerla d'occhio durante la notte per sicurezza.»

«Ho un impegno» dico. «Dov'è la mia borsa? Avete la mia borsa?»

«Non è arrivato con una borsa.»

«Maledizione. Mi serve. Mi serve la mia borsa. Che ore sono? Sono già in ritardo. Dov'è la mia borsa? Mi serve. Non ne ho un'altra!»

«Ben, ce l'ho io. Mariah l'ha tenuta al sicuro.» Sento la sua voce e mi volto verso di lei, e quando appare tra i medici mi sento pervadere dal sollievo. Si avvicina al letto, mi prende la mano e la bacia. «Ci penso io. È tutto a posto. E tu come stai?»

Comincio a dire: «Vita, scusa il ritardo» ma lei mi mette le braccia intorno alle spalle e mi bacia delicatamente la tempia. Mi abbandono nel suo abbraccio.

«Non fa niente» dice lei. «Non importa.»

«Chiedo scusa. Non siamo stati presentati» interrompe il dottor Perrera.

«Vita Ambrose» dice. «Sono la ragazza di Ben.»

Ci guardiamo negli occhi, lei annuisce leggermente e ci prendiamo per mano. Stiamo insieme.

«Okay, be', Vita» dice «forse può convincere Ben a restare in osservazione e lui può parlarle di alcune delle cose di cui abbiamo discusso. E Ben, domani potremo analizzare tutto in dettaglio. È accettabile?»

«Sì» rispondo, con il pollice alzato, tornando ad appoggiarmi al cuscino.

Appena lascia la stanza, mi rimetto a sedere.

«Forza. Usciamo di qui» dico, e afferro il sacchetto di plastica con i miei vestiti.

«Ben.» La sua mano ferma la mia. «Ha detto che devi rimanere in osservazione.»

«Sto bene. Ho mal di testa e un bernoccolo, ma non è cambiato nulla» le dico. In fondo è vero.

«Che cosa è successo?»

«Una stupidaggine. Jack è passato mentre stavo uscendo da casa tua, e dopo che se n'è andato sono scivolato sui gradini, ho sbattuto la testa e sono svenuto. Menomale che i tuoi vicini sono così impiccioni. Però sto bene, acciaccato, ma sto bene.» Qualunque sia il problema, può aspettare fino a quando sarò morto. «Com'è andata al museo?»

Vita si affloscia.

«L'ho fatto» dice, come se non riuscisse a crederci. «Sto malissimo. Povera Anna, povero Mo. Però ha funzionato, e domani darò le dimissioni. Così tutti gli altri potranno tenersi il posto.» Chiude gli occhi per un attimo. «Però ha funzionato.»

All'improvviso mi rendo conto con esattezza di quello che Vita ha sacrificato per me e mi sento in colpa per aver dubitato di lei.

«Mi dispiace, non avrei mai dovuto lasciartelo fare. Ami il tuo lavoro.»

«Non mi hai lasciato fare nulla. Amo il mio lavoro, ma me la caverò. Comunque, ora non ha nessuna importanza. A cosa si riferiva quando ha detto che dovevi parlarmi delle cose *di cui avete discusso*?»

«Le solite cose» dico.

Vita mi bacia delicatamente le guance e la fronte, con una splendida tristezza sul viso. La verità è che preferisco la sicurezza di avere a disposizione anche solo qualche ora decente con lei al rischio di perderle per tutta la vita. Ho vissuto così a lungo chiuso nella mia testa che ora che ho finalmente scoperto come apprezzare il presente, non voglio tornare indietro. È troppo bello.

«Ti amo» dico, prendendola per mano. «E oggi pomeriggio hai messo a segno il crimine del secolo. Ora voglio solo scoprire la risposta, sapere se la leggenda è vera. E non voglio perdere tempo qua dentro.»

«Non voglio fare nulla che possa metterti in pericolo.»

«Non lo farai» le spiego. «Sono in pericolo quanto lo ero stamattina e non avremo una seconda possibilità. Usciamo e basta. Ti prometto che andrà tutto bene.»

Vita studia il mio viso per un po' e mentre riflette noto che la stanza ha smesso di inclinarsi e la mia vista non è più annebbiata. La testa mi fa male come se non ci fosse un domani, ma penso che sia normale; e poi, forse non ci sarà davvero un domani.

«Okay» dice alla fine. «Quando sei svenuto ti è caduta la borsa? E se l'obiettivo si fosse rotto?»

«È tutto a posto. È in una custodia protettiva. Se hai la mia borsa, ho tutto quello che mi serve» la tranquillizzo.

«Allora ci siamo» dice Vita. È pallida mentre mi prende la mano. «Indietro non si torna.»

Nessun modo di dire mi è mai sembrato così vero.

45

Entriamo dall'ingresso del seminterrato, e saluto con la mano la telecamera di sicurezza mentre mi chiudo la porta alle spalle. Sam la fa muovere su e giù per confermare che ci ha visti. Mentre entriamo nel laboratorio di conservazione squilla il telefono. Ben esita sulla soglia, riprendendo fiato. Le luci sono basse, ma *La Belle* sembra brillare nel buio con rinnovata intensità dal suo angolo di tempo, come se si aspettasse che qualcosa stesse finalmente per accadere. So esattamente come si sente.

«Ciao, Sam» dico. «Ti va bene se facciamo le pratiche di entrata e di uscita dopo? Non vedo l'ora di iniziare la valutazione.»

«Okay, ma non te lo dimenticare, va bene?» mi avverte Sam. «Non voglio problemi con Mo.»

«Promesso» lo rassicuro, ricordando il modo in cui ho traumatizzato Mo. Quando scriverò la mia lettera di dimissioni, devo ricordarmi di sottolineare che Mo non ha alcuna responsabilità per l'accaduto. «Staremo quaggiù per un po', probabilmente fino all'alba, quindi non preoccuparti per noi.»

Riattacco e guardo Ben, che sta osservando *La Belle*. E non è semplicemente in piedi davanti a lei. Ha preso uno sgabello e si è seduto a pochi centimetri dal suo viso, quasi naso a naso. Lei sostiene il suo sguardo con fermezza.

«Scusa l'interruzione, da dove cominciamo?» chiedo, facendolo sussultare leggermente.

«È solo che vederla fuori dalla sua cornice in qualche modo la fa sembrare più reale.» Questo sarebbe un buon momento per parlare, ma lo lascio passare senza dire niente. Si ferma a osservarla ancora per un momento, studiando ogni dettaglio del suo viso. Resto in attesa finché non si allontana.

Apre la borsa, senza guardarmi: «Ho tutti i software necessari sul laptop, e il mio obiettivo, che è progettato per adattarsi a una fotocamera Lam come quella che usate qui per l'imaging». Si guarda intorno. «Aspetta, dov'è?»

«Nella stanza accanto» rispondo. «Dovremo portarla in laboratorio.»

«Quindi saremo ripresi dalle telecamere di sicurezza, giusto?» chiede Ben.

«Sì, ma solo nel corridoio, e poi dovrò accedere al sistema per caricare il tuo software» rispondo. «Guarda, qualcuno ci chiederà sicuramente cosa stavamo facendo, quali sono le tue credenziali e perché mi sono collegata al sistema e ho caricato un nuovo software. Forse non se ne accorgeranno subito, ma prima o poi lo noteranno. Forse se ci fermiamo adesso e torniamo a casa potremmo farla franca, ma forse non ce la caveremmo nemmeno in questo caso. Quindi tanto vale usare il frutto di tutte le tue fatiche. Alle conseguenze penseremo dopo.»

«Sei sicura di volerlo fare davvero?» chiede Ben. «Potremmo fermarci ora e non cambierebbe nulla.»

«Siamo arrivati fin qui» dico. «E non metterti in testa che tutto questo sia solo per te. È anche per me.»

«Bene, allora.» Guarda *La Belle* che ci osserva. «Dobbiamo... prenderla e portarla di là?» chiede.

«No!» esclamo. «La spingeremo sul suo cavalletto. Meno la maneggiamo e meglio è. Ha cinquecento anni, sai! Tu apri le porte. Io la spingo. Almeno sono assicurata. Anche se non sono sicura che l'assicurazione copra una situazione del genere.»

Il telefono del laboratorio squilla mentre posizioniamo *La Belle* davanti alla telecamera Lam. Evidentemente Sam è molto attento stasera. Rispondo al telefono mentre Ben torna a prendere la sua attrezzatura.

«Ehi, ma cosa stai facendo?» esclama Sam. «Non puoi fare uscire quel coso in corridoio come se niente fosse, ragazza.»

«Dobbiamo scattare delle foto ad alta risoluzione per la compagnia assicurativa» spiego «in modo che possano accertarsi che non ci sono danni permanenti. È tutto a posto, Sam. Non preoccuparti. Mi conosci. Metterei mai in pericolo un Leonardo?»

«No, altrimenti sarei laggiù a tenerti d'occhio nei laboratori, dove non ci sono le telecamere. È il tuo pittore preferito, vero?» chiede. «La mia è quella tipa, Artemisia Gentileschi.»

«È molto importante per me. Non farei nulla che mettesse a rischio questo quadro.» Ormai sono diventata rapida a raccontare bugie; ma ci sono dentro fino al collo, non potrei fare altrimenti.

«Se lo dici tu» risponde Sam. Porto il telefono in corridoio e gli rivolgo un saluto allegro e rassicurante prima di riattaccare. Mi assicurerò che nessuno debba soffrire le conseguenze di questa serata, né lui, né Mo e neppure Anna; posso fare almeno questo per mettermi la coscienza a posto.

«Comincio ad allestire» dice Ben, e va verso la fotocamera fissa mentre io mi collego al sistema. Tira fuori dallo zaino una scatola nera quadrata e io resto a guardarlo mentre, dopo aver indossato dei guanti di cotone e aver estratto con cura l'obiettivo, lo monta sulla telecamera.

«Devo solo sistemare la messa a fuoco e caricare il mio software e poi siamo pronti. Ci vorrà un po' di tempo per completare l'acquisizione delle immagini, e dovremo aspettare che il software selezioni le frequenze della luce e le interpreti, e poi...» Rabbrividisce violentemente, e all'improvviso si avvolge le braccia intorno al corpo e indietreggia barcollando.

«Tutto okay?» Sono immediatamente accanto a lui, lo sorreggo con un braccio intorno alla schiena e lo accompagno a sedersi.

«Sto bene. Sono solo un po' stanco e ho freddo. Fa freddo qui dentro?» Volto il suo viso verso di me. È pallido, quasi grigio. Si sta affaticando troppo. Non avrei dovuto permettergli di lasciare l'ospedale.

«Queste stanze sono termoregolate, ma non fa freddo.» Gli strofino le mani gelate tra i palmi. Probabilmente è ancora in stato di shock. «Lascia che ti riporti in ospedale, per favore.»

«No.» È irremovibile. «No. Non voglio tornare là dentro. Mi riprendo in un attimo. Devo soltanto mangiare qualcosa. C'è una barretta ai cereali nella mia borsa. Mia madre le infila da tutte le parti da quando avevo sedici anni, per quando mi dimentico di mangiare. Puoi alzare un po' il riscaldamento? Ma non se può danneggiare il dipinto o cose simili.»

«Penso che potrei alzarlo un pochino» gli spiego. «Ci sono dei parametri sotto controllo centralizzato, ma rimane comunque un certo margine di manovra.»

Prima che possa andarmene, mi abbraccia e mi bacia con una tale tenerezza che è come se fossi io quella fragile, e non lui.

Indugiamo nell'abbraccio, e il suo corpo trae calore dal mio mentre mi stringe a sé.

Mi lascia andare a malincuore, scrutandomi in viso. «Questi ultimi giorni con te sono stati i più belli della mia vita» dice semplicemente. «Qualunque cosa accada ora, non cambierei nulla. Non dimenticarlo mai.»

«Reati penali e visite ospedaliere compresi?» Sorrido, e gli sfioro una guancia. «Sicuro?»

«Al cento per cento.» Annuisce, raddrizzando le spalle. «Ora, mettiamoci al lavoro.»

«Allora, quello che fa il mio nuovo Layer Amplification Method è utilizzare una serie di luci intense dirette verso *La Belle* per ottenere dati dalla loro rifrazione. In pratica, ci permette di guardare all'interno degli strati pittorici e di individuare eventuali sottopitture grazie a una serie di minuziosi confronti, anche quelle invisibili ai raggi X e agli infrarossi.»

Mi guarda e io scuoto la testa, confusa. «Scusa, non volevo fare il nerd. Più che altro sto ricordando a me stesso quello che sto facendo. Sono un autodidatta su molti di questi argomenti. Comunque, il tuo compito è tenere d'occhio i monitor. Conosci già il tipo di immagini che vengono prodotte dalle tecnologie precedenti. Non sono molto chiare se non sai cosa cerchi e questa tecnica è comunque controversa: molti pensano che sia solo uno specchietto per le allodole con in mezzo un po' di Photoshop.»

«Be', lo scopriremo presto.»

Osservo in silenzio Ben mentre seleziona le impostazioni e monta accuratamente l'apparecchiatura con la sicurezza e la tranquillità di un ballerino. La tensione che ha pervaso il suo corpo circospetto da quando sono andata a prenderlo in ospedale svanisce lentamente. Il piacere che trae dal suo lavoro si riflette sul viso concentrato, ammorbidito dal lieve sorriso che gli fa brillare gli occhi. Nonostante una punta di apprensione per quello che stiamo per fare e tutti i problemi che ne deriveranno, mi perdo nella sua bellezza. Prendo una penna e un taccuino dalla scrivania, e mi metto a ritrarlo. Ogni linea di inchiostro dà vita a un arto slanciato, a una mano abile, l'inclinazione del capo, ed ecco i muscoli in moto sotto la camicia.

Credevo che sarei stata sulle spine. In fin dei conti entrambe le nostre storie sono a un punto di svolta: se non c'è nulla nascosto nel quadro, cosa succederà? Volevo scoprire il segreto della mia esistenza per trovare una via d'uscita, ma ora voglio solo fare in modo che Ben resti con me. Finora ho pensato a cosa succederà se non troviamo nulla, ma per la prima volta mi ritrovo a chiedermi come sarebbe trovare qualcosa.

Il piacere di guardarlo lavorare trasforma il pensiero in un concetto astratto, e allora rivolgo a me stessa una preghiera: *Fa' che possa vivere ogni secondo come una vita intera.* Le domande sulla vita e sulla morte possono attendere.

E comunque, non è la prima volta che devo prepararmi alla morte di una persona amata.

Ancora oggi non so esattamente come abbia fatto l'uomo del ministero a trovarmi, né come sapesse che parlavo correntemente il francese e l'italiano. Lavoravo alla Collezione nella mia terza incarnazione da quando l'avevo lasciata in eredità alla nazione, aiutando a catalogare e imballare le nostre inestimabili opere d'arte prima che fossero caricate su un treno per trascorrere il resto della guerra sotto una montagna del Galles. Di giorno passavo al setaccio tutto ciò che avevo raccolto, sempre in cerca di risposte sulla mia esistenza, e la sera mi occupavo di Mariah mentre sua madre faceva il turno di notte. Jack si era arruolato alla prima occasione, impaziente di combattere Mussolini, e io ero rimasta indietro, frustrata e inquieta. Così, quando un gentiluomo dalla lingua sciolta in abito blu scuro mi chiese se fossi interessata a «fare la mia parte» per lo sforzo bellico, accettai prima ancora di sapere per cosa stavo firmando. Nel giro di due settimane avevo completato il mio addestramento come agente speciale ed ero pronta per essere inviata in Francia sotto copertura.

In una notte buia e nuvolosa, fui paracadutata in un campo di grano nella campagna francese. Per un momento, mentre sospesa in aria guardavo il paesaggio sotto di me, ebbi l'improvvisa certezza che in quel luogo sarebbe accaduto qualcosa che mi avrebbe cambiata.

Ancora non lo sapevo, ma non sarebbero state la paura o la violenza a trasformarmi per sempre. Sarebbe stato un amore sbocciato in mezzo alla distruzione e al male. Dominic.

Stare gomito a gomito con la morte a ogni ora del giorno faceva apparire tutto più intenso, persino i colori; le foto in bianco e nero dell'epoca non riescono a dare un'idea di com'era vivere a quei tempi. Sapevo che, anche se forse avrei dovuto affrontare dolore, terrore o torture, in un modo o nell'altro avrei visto la fine della guerra. I miei compagni no, e riempivano ogni minuto con la stessa energia che ora vedo in Ben, consapevoli che in qualsiasi momento tutto ciò che amavano, tutto ciò che erano, poteva svanire nel nulla. La sera andavamo in un caffè in riva al fiume a bere vino e a fumare, e le lanterne colorate appese sopra le nostre teste si trasformavano in stelle di Van Gogh. Ero felice in quel posto, tra tutta quella voglia di vivere mescolata alla paura costante; avevo quasi dimenticato la mia amata Londra.

Dominic entrò nella mia vita la decima sera. Spuntò dal retro del ristorante, con i capelli scuri un po' troppo lunghi che gli ricadevano sugli occhi, la camicia bianca stropicciata infilata nei pantaloni, le mani in tasca e una sigaretta che gli pendeva dal labbro. Non sembrava capace di alzarsi dal letto, men che meno di organizzare un'operazione per interrompere i rifornimenti di munizioni.

«Salve. Piacere di conoscerla» avevo detto in perfetto francese, porgendogli la mano. Per tutta risposta aveva alzato gli occhi al cielo, ignorandomi. Ero così furiosa per quell'affronto che per il resto della serata ascoltai a malapena quello che dicevano gli altri. Dominic sedeva con noi in silenzio, bevendo brandy da quattro soldi e guardandosi i piedi.

«Non gli piacciono i cambiamenti» mi spiegò una donna di nome Bridget quando si accorse che lo osservavo di nascosto. «Aveva un debole per Thierry, quello che sei venuta a sostituire.»

«Oh, *capisco*» dissi.

«Non in quel senso!» rise lei. «Il caro Dominic è molto interessato agli esemplari femminili... un po' troppo, secondo me. No, più che altro erano buoni amici. Dominic pensa che avrebbe dovuto fare di più per Thierry. Sta scaricando il suo senso di colpa su di te.»

«Capisco» ripetei, con più delicatezza questa volta.

«È pazzo, ma sveglio e coraggioso.» Sorrise. «Ma bada a non innamorarti di lui. Non esiterebbe un momento a spezzarti il cuore.» Il sorriso malinconico con cui lo disse mi fece sospettare che la sua fosse una testimonianza di prima mano.

Il momento in cui mi sono innamorata di Dominic è ancora vivido e luminoso nella mia memoria come negli attimi in cui l'ho vissuto. Nel profondo della valle, circondati da una foresta gelida e impenetrabile, il terreno sotto i nostri piedi era ghiacciato. I nostri respiri formavano nuvolette nell'aria e una coltre di silenzio ricopriva ogni cosa, quando gli esplosivi che avevamo piazzato lungo i binari della ferrovia squarciarono la notte con un bagliore arancio vivo e un tuono assordante. Tutti trasalimmo e ci chinammo coprendoci le orecchie. Tutti, tranne Dominic. Lui rimase in piedi, perfettamente immobile, con un sorriso trionfante sulle labbra e il riflesso delle fiamme impetuose negli occhi.

Poco tempo dopo mi resi conto che lo desideravo con un'urgenza che non avevo mai provato in tutti i miei secoli di vita. Prima di quella guerra il desiderio era sempre stato controllato da parametri stabiliti dagli uomini. Per interi decenni avevo sempre dovuto cercare di proteggere o costruire una reputazione dignitosa. Persino a Madame Bianchi, con le sue feste sfrenate e libertine, non era mai stato attribuito alcun amante. Persino la ragazza che ballava fino all'alba al Ritz con le ginocchia coperte di belletto sapeva che se voleva tenersi al sicuro doveva rispettare le regole.

Prima di Dominic, il desiderio era sempre stato una transazione alla quale, anche quand'era piena di affetto e piacere, avevo partecipato passivamente. Il mondo del passato aveva sempre fatto in modo che per le donne fosse così; eravamo le astute tentatrici da nascondere alla vista, protette dallo sguardo maschile da corsetti, veli e pudori per guadagnarsi il premio della castità. Il mondo dopo la guerra avrebbe cercato di imporre di nuovo le stesse regole, ma in quegli anni, gli anni della guerra, mi sentivo completamente libera di sentire ogni impulso che mi appartenesse. E il mio più grande impulso era portarmi a letto Dominic. Per anni, dopo la sua morte, ho pensato a lui in ogni momento di tranquillità, ho pensato a quando facevo scorrere lentamente la lingua sul suo pomo d'Adamo o lasciavo scivolare la punta delle dita sotto la sua camicia non stirata per esplorare il petto teso e abbronzato che nascondeva. Avevo conosciuto e conquistato ogni centimetro di lui.

La vita divenne molto pericolosa dopo il sabotaggio al treno. Fummo costretti a girare al largo gli uni dagli altri per settimane, a tenere un basso profilo, a stare a guardare impassibili i sospetti trascinati in tribunale per essere interrogati sulle nostre azioni. Era necessario. Ogni tanto ci incrociavamo, e ci scambiavamo dei sorrisi educati e dei distratti cenni di saluto da una parte all'altra della strada. Ci sedevamo nello stesso bar, ma non vicini. Non potevamo farci vedere insieme, per non dare l'impressione di essere complici. Poi una sera, quando le acque sembravano essersi un po' calmate, mi raggiunse mentre uscivo dalla panetteria diretta a casa. Non ci scambiammo nemmeno una parola mentre camminava al mio fianco, a testa bassa, con le mani in tasca e il fumo della sigaretta che si perdeva nel buio alle sue spalle. Ogni passo di quella breve camminata senza parole fu accompagnato dalla luna che brillava sul selciato bagnato di pioggia e da una complicità silenziosa. Mentre cercavo la chiave, lui aspettò nascosto nell'ingresso. Quando la trovai, mi prese per mano e disse, guardandomi le dita: «Ho voglia di baciarti. È da un po' che lo desidero e penso che lo voglia anche tu».

In quel momento non desideravo altro che sbatterlo contro il muro e divorarlo, ma mi trattenni, godendomi l'attesa.

«Non sono sicura che sarebbe una buona idea» risposi. «Dobbiamo lavorare insieme. Non finiremmo per complicare le cose? Per mettere tutti a rischio?»

«Se fossi un'altra sarei d'accordo.» Sorrise, gli occhi color mezzanotte pieni di malizia. «Ma non riesco a non pensare a te.»

«Il problema è che se mi innamoro di te» scherzai «un giorno mi spezzerai il cuore. L'ho saputo di prima mano da qualcuno che ti conosce meglio di me.»

«Può darsi» ribatté con un'alzata di spalle. «Ma ti prometto che non sarà né oggi né domani.»

Allora lo presi tra le braccia con violenza. Ricordo il calore delle sue labbra e la lunghezza del suo corpo che si stringeva al mio, in preda al desiderio. Arrivammo barcollando al piano di sopra e ci buttammo sul letto. Quella, finalmente, era un'unione tra pari. Ci amavamo e ci volevamo esattamente nella stessa misura.

Dopo quella notte, ripetemmo molte volte quel primo, esitante dialogo, per scherzo, per lussuria, per amore.

«Mi spezzerai il cuore» gli dicevo con affetto.

«Forse, ma ti prometto che non sarà né oggi né domani» rispondeva.

Ed è stato vero fino al giorno in cui non è stato più in grado di mantenere la sua promessa.

Il giorno in cui gli rivelai il mio segreto era piovuto durante la notte e al mattino il fiume era avvolto nella nebbia. Dall'altra parte della distesa d'acqua, le torri e le guglie della città emergevano dal buio come fantasmi pieni di nostalgia, che chiedevano di essere salvati. Non potevo continuare a lasciargli credere di essere un'eroina come Bridget, come lui. Non c'era arma o volontà che potesse uccidermi, chiunque fosse a brandirle.

Dominic mi teneva tra le braccia, alle mie spalle. Le sue mani percorrevano la mia sottile camicia da notte di cotone, e mi abbandonavo a lui con brividi di piacere. Mi voltò e alzai il viso verso il suo, aspettandomi un bacio. Ma il suo volto era serio.

«Ti amo» mi disse in modo semplice e diretto, ma con una tale gravità che capii che non avrebbe mai pronunciato quelle parole con leggerezza. «Ho sempre pensato di essere troppo freddo per cose del genere, ma è così. Ti amo, e proprio perché ti amo, sono debole, vulnerabile. Ho paura, non per me ma per te.»

«Non devi avere paura per me» risposi. E a bassa voce, quasi un sussurro, gli raccontai tutti i miei segreti, gli mostrai le piccole prove che avevo con me: uno schizzo, una vecchissima fotografia in una custodia da viaggio. A ripensarci, è ovvio che fosse troppo da assimilare così presto, ma una volta iniziato non riuscii più a fermarmi. Lo sconvolsi nel profondo, stravolsi tutto ciò che credeva di aver capito di me, di noi, di tutto. Mi diede della bugiarda e mi maledisse, urlò e inveì, poi temette che fossi impazzita e disse che avrebbe trovato l'aiuto di cui avevo bisogno. Poi se ne andò, dicendomi di tornare in Inghilterra perché aveva chiuso con me.

Ma tornò indietro pochi minuti dopo, bagnato fradicio, i capelli scuri sugli occhi. Mi abbracciò, piangendo. Dopo di allora non ne parlammo mai più, nemmeno il giorno in cui morì. Aveva deciso di amarmi comunque. Continuò ad amarmi fino alla fine della sua vita. E anche allora non aveva paura per sé stesso. Solo per me.

Forse avrei dovuto raccontare tutto a Ben in una volta sola, prima che iniziasse a provare quello che crede di provare per me e prima di accorgermi di essere innamorata di lui. Invece ho preferito godermi qualche giorno di felicità e non so ancora quale sarà il prezzo di questa scelta.

Ben spegne le luci sul soffitto e avvia l'apparecchiatura premendo qualche tasto. Viene da me, mi cinge le spalle con un braccio e mi avvicina la bocca all'orecchio.

«Ho paura» dice.

«Anch'io» rispondo. E ci stringiamo l'uno all'altra per difenderci a vicenda dal tempo.

Fa' che possa vivere ogni magico minuto come una vita intera fino all'ultimo.

46

ABBIAMO steso sul pavimento, in un angolo in ombra, un lungo cappotto di lana nera che abbiamo trovato appeso a un attaccapanni vecchio stile. Ora lei ci è sdraiata sopra, la testa sul mio petto, i capelli scuri e setosi sulla mia camicia. Posa lievemente il palmo su di me, la punta delle dita che sfiora appena la mia clavicola. Le passo pigramente una mano su e giù lungo la schiena e, se non continuassi a ricordarmi cosa stiamo facendo, credo che mi addormenterei.

Da quando sono arrivato sono riuscito a non pensare a quello che mi ha detto il medico in ospedale. Quella conversazione sembra essere avvenuta in un altro mondo, tra altre persone. Non devo prendere alcuna decisione perché ho Vita, ho avuto questa notte e forse, quando sorgerà il sole, avrò fino a quando l'universo morirà e le stelle torneranno al nulla.

Non so quanto tempo è passato quando tre *bip* in rapida successione e l'arrestarsi del ronzio ritmico del sistema di scansione segnalano la fine dell'imaging, ma so che non mi basta.

«Ha finito?» chiede Vita, mettendosi immediatamente seduta.

«Non esattamente» le dico, e mi alzo anch'io. Le fitte dolorose alla schiena e nella mia testa ammaccata ricominciano a farsi sentire. All'improvviso la stanchezza minaccia nuovamente di sopraffarmi. «Ora dobbiamo aspettare che il software interpreti i dati grezzi. Presto sapremo se ha scoperto qualcosa di nuovo, perché sarà segnalato nelle immagini. Poi scaricheremo tutto e lo porteremo da te, per valutare meglio i dati.»

Vita fa una smorfia.

«Ma allora, è un momento epocale o no?» chiede, sistemandosi i capelli dietro le orecchie.

«Diciamo che è uno di molti momenti epocali.» Quando mi avvicino al computer mi si stringe lo stomaco.

Vita crede da sempre che ci sia qualcosa nascosto nella *Belle*; che per qualche motivo Leonardo abbia scelto questo quadro, il più modesto dei suoi ritratti, come nascondiglio per tutti i suoi segreti, per tenerli al sicuro da guerrafondai e invasori, dal futuro, almeno da quello che poteva prevedere. Io lo spero solo da pochi giorni, ma sembra comunque una vita. Non riesco a immaginare cosa significherà esserne certi.

«Sta elaborando la prima immagine» dico a Vita mentre sullo schermo appare una nuova barra. «Ancora cinque minuti.»

Vita è in piedi dietro di me, con una mano sulla mia spalla e l'altra sul mento. Aspettiamo. E aspettiamo ancora. Poi, all'improvviso, la prima immagine riempie lo schermo.

E non c'è nulla.

Nessun messaggio segreto, nessun disegno sottostante, nessuna correzione. Niente.

«Che cosa significa?» mi chiede Vita. «Cos'è?»

Non so come dirglielo.

«C'è ancora molta strada da fare» dico. «Quell'immagine non mostra nulla, ma deve ancora ripetere lo stesso processo centinaia di volte. Non ci resta che aspettare.»

Per la prima volta in vita mia voglio che il tempo scorra più in fretta.

Seduti, ci fissiamo in silenzio.

«Quindi è tutto qui?» dice lei. «Non c'è niente là dentro?»

«Non è l'esito definitivo» dico, intorpidito. «Non ancora. Dobbiamo portarlo a casa e analizzare i dati. Ma non vedo nulla, e mi sarei aspettato il contrario. Qualcosa... qualsiasi cosa. Non c'è nemmeno un disegno sottostante.» Rifletto per un attimo, ancora incredulo per questa doccia fredda. «Forse è colpa del mio software, o del mio obiettivo.»

«Lo pensi davvero?» domanda Vita.

«No» dico tristemente. «Sono anni che sviluppo questa tecnologia. Conosco a fondo l'apparecchiatura ed è il mio lavoro, il mio più grande talento. Quindi non credo.»

«Nemmeno io» risponde. «Possiamo portare i dati a casa e consultare qualcuno, farli controllare, rivederli tutti.»

«Ci vorrebbero mesi» dico.

Sapevo che poteva accadere. Pensavo di essere pronto, di essere consapevole che era l'esito più probabile. Ma la verità è che credevo che ce l'avremmo fatta, che le stelle ci avrebbero favorito, che fosse destino, che il fato mi avesse fatto incontrare Vita nel preciso momento in cui poteva salvarmi. Sotto tutta la mia concretezza e la mia razionalità, il mio finto coraggio che mi faceva credere di essere pronto a morire, ero convinto che un evento miracoloso sarebbe intervenuto a cambiare l'universo solo per me.

La dura realtà mi ha messo davanti al fatto che non c'è nessun destino, né qui, né su quella tela, né da nessun'altra parte. Sono paralizzato dalla paura.

All'improvviso Vita scatta in piedi.

«Ma è impossibile» dice, le mani sui fianchi. «È impossibile perché *so* che Leonardo ha nascosto il suo segreto lì dentro. *So* che è lì dentro. È lì, deve essere lì.»

«Non c'è» dico, con voce tagliente. Mi sono lasciato trascinare nel mondo e nella mente di Vita, perché volevo così tanto che fosse tutto vero. Jack voleva mettermi in guardia. È questo ciò che aveva così bisogno di spiegarmi? Che tutte le sue idee e teorie sono solo fantasie? Il pensiero mi si pianta dentro come una fredda scheggia di ghiaccio.

«Vita, credo... credo che sarebbe meglio arrendersi.»

Immobile davanti al quadro, mi guarda come se si aspettasse di vedermi giungere a qualche brillante conclusione.

«Hai detto che le immagini non mostrano nulla di nuovo» dice «ma è impossibile. Sappiamo che Leonardo cambiava spesso idea mentre lavorava, che raramente era subito soddisfatto. È per questo che faceva fatica a finire i suoi ritratti, che ha tenuto con sé la *Gioconda* fino alla morte. Le analisi di Pascal Cotte hanno dato risultati. Controversi, ma c'erano. Quindi dovremmo aver trovato *qualcosa*. Potrebbe voler dire che l'ha schermata in qualche modo? Non voglio dire che aveva previsto questa tecnologia, ma che ha usato qualcosa per assicurarsi che le sue scoperte fossero preservate, ma ben nascoste. Molto meglio di quanto avessimo previsto.»

«Ma come ci ha detto Fabrizio, la composizione chimica della *Belle* è stata analizzata all'infinito. Gli anni in cui si è discusso se fosse o meno un vero Da Vinci ci hanno permesso di scoprire molto su di lei, senza che saltasse fuori nulla di insolito.»

«Ma allora, non potrebbe essere qualcosa di *solito*? Che è rimasto nascosto perché era troppo banale? I pigmenti economici e ordinari che ha usato?»

L'ombra di un pensiero si agita nel profondo della mia mente.

«Può darsi» dico. «Sappiamo che stava testando dei metodi alchemici per confutarli. Gli alchimisti della sua epoca erano i pionieri della chimica moderna, giusto? Combinavano continuamente una vasta gamma di ingredienti diversi alla ricerca disperata della formula giusta per la pietra filosofale e il nostro toccasana preferito: l'elisir di lunga vita.» Prendo Vita per mano, e l'idea inizia a sembrare più sensata. «Guarda il caso di Hennig Brand, un alchimista tedesco del XVII secolo di cui ho letto l'altra sera. Hennig dedicò mesi a raccogliere, conservare e far bollire urina umana vecchia, perché pensava che gli esseri umani fossero composti da tutti gli elementi dell'universo, e che potessero anche contenerne i segreti. Non aveva del tutto torto. Quindi faceva bollire vasche di pipì e aspettava che prendessero fuoco, poi sifonava via lo sciroppo che ne derivava.»

«Che immagine sgradevole» commenta Vita.

«Poi lo riscaldava di nuovo fino a ottenere un olio rosso che poteva scremare e che… Be', c'erano molti altri passaggi disgustosi, ma l'importante è che finiva per ottenere una roba nera e rocciosa, che si illuminava al buio quando la scaldava. Forse ha pensato che la sua scoperta lo avrebbe portato più vicino a risolvere il mistero che gli alchimisti inseguivano da sempre. Deve essergli sembrato magico, schifoso certo, ma magico. Credeva davvero di essere sulla strada giusta per scoprire come trasformare il piombo in oro. E in un certo senso era vero, perché aveva accidentalmente scoperto il fosforo. Poi ha venduto la ricetta e ha fatto un sacco di soldi. Quindi ha trasformato la pipì in oro, più o meno.»

«Stai dicendo che…?» Fa una smorfia. «Cosa *stai* dicendo esattamente?»

«Sto dicendo che Leonardo da Vinci combinava senza dubbio un'infinità di ingredienti e potrebbe aver creato qualche intruglio nell'ambito dei suoi esperimenti, combinando materiali prevedibili in modi imprevedibili. Non so altro, se non che il fosforo si illumina quando viene riscaldato.»

Poi mi torna in mente: io e la mamma che dipingiamo magliette magiche il sabato per venderle ai ragazzini al mercato della domenica.

«Ci sono delle tinture naturali che cambiano colore quando vengono riscaldate. Ci serve un asciugacapelli.»

«Un asciugacapelli?» Scuote la testa. «Mancano due ore all'alba e vuoi che trovi un asciugacapelli e poi lo punti su un capolavoro di Da Vinci?»

«Sì, da vicino, per ottenere dei risultati più in fretta possibile.»

«Ben…?» Tutto il suo corpo è una domanda. «Vuoi che punti un asciugacapelli contro un Da Vinci?»

«Tu credi che ci sia qualcosa nascosto là dentro. L'hai fatto credere anche a me. Potrebbe essere la nostra ultima possibilità,

Vita.» Resto in silenzio per un attimo, gli occhi fissi nei suoi. «O comunque, la mia.»

Vita riflette per un momento, mordicchiandosi le labbra.

«C'è un asciugacapelli nelle docce del personale» dice dopo un momento.

«Quindi possiamo provarci?»

«Aspetta qui» dice. E poi se ne va.

Fa ritorno con l'asciugacapelli, una prolunga e un'espressione dura che le serra le labbra come un nodo.

«Tutto bene?» chiedo come un idiota.

«Abbiamo trenta minuti, e se non bastano...» Ha gli occhi sgranati. «Sono terrorizzata. Pensavo che fossimo oltre la fase in cui dovevo mettere a rischio capolavori inestimabili.»

«Lo so.» Faccio un passo verso di lei, ma la sua espressione mi spinge a fermarmi. «È inestimabile, è preziosa. Lo so. È stata tua amica per molto tempo e anch'io mi sono innamorato di lei fin dalla prima volta che l'ho vista. È così importante.» Esaurisco le rassicurazioni. «Senti, proviamo nell'angolo in alto, e se non troviamo nulla...» Non riesco a dire a voce alta che ci arrenderemo. Comincio a rendermi conto che sarei disposto a fare a pezzi questo quadro pur di trovare una risposta alle mie domande.

«Okay.» Mi porge l'asciugacapelli.

Comincio a scaldare l'angolo che abbiamo scelto e sì, vedere la *craquelure* che si piega e si deforma per il calore mi fa venire il voltastomaco. Ma poi, piano piano, appena appena, mi sembra quasi di veder apparire sotto di essa dei segni opachi marrone scuro che potrebbero essere qualcosa.

«Fai un video» dico, e continuo a scaldare l'angolo per altri trenta secondi. «Sì» conferma lei. «Sì, è italiano. È la sua calligrafia.»

«Sicura?» Mi volto verso di lei e spengo l'asciugacapelli. I segni svaniscono quasi immediatamente. «Non è quella cosa che fa il cervello quando vuole dare un senso al nulla?»

«Quasi sicura» dice lei, e fa partire il video. «Questa sembra proprio la parola "impasto". Cioè, non lo so, ma... può darsi?» Alza lo sguardo verso di me.

«Okay» dico. «Avvicina la fotocamera il più possibile al dipinto senza perdere definizione. Faremo dei riquadri da un pollice per lato, da sinistra a destra, trenta secondi ciascuno. Sufficiente a registrare tutto, senza danneggiarla. D'accordo?»

«D'accordo» acconsente, e cominciamo. In pochi minuti i nostri dubbi svaniscono con la stessa velocità con cui i simboli nascosti emergono dalla vernice.

«L'hai trovato, Ben» sussurra Vita, sbalordita.

L'ho trovato.

L'ho trovato e sono terrorizzato.

47

Pablo ha chiaramente apprezzato il suo breve soggiorno da Mariah, anche se è stato ribattezzato Kip; è stato ingozzato di carne in scatola e tonno, e sembra gradire la coperta all'uncinetto in cui è stato avvolto.

«Ciao, Evie» dice Mariah quando Marta ci fa entrare, notando senza commenti il nostro aspetto trasandato. «Mi hai portato delle caramelle?»

Per fortuna ne trovo una in fondo alla borsa e prendo mentalmente nota che dovrò comprarne altre, visto che è l'ultima.

«Arancione» dice tutta contenta, e la stringe tra i palmi come se fosse una pietra preziosa. «Però, sai dov'è la mamma? Non la trovo.»

«Sta facendo il turno di notte alla fabbrica, credo» rispondo. «Marta sta andando via e Viv arriva tra poco. Va bene se portiamo via Pablo?» Il cane è strisciato fuori dal suo bozzolo e sta facendo del suo meglio per arrampicarsi addosso a Ben. Lui lo prende in braccio e lo culla come un bambino, storcendo il viso mentre Pablo lo ricopre di baci.

«Gli piaci!» Mariah sorride, ma poi si fa scura in viso. «Mamma ha detto che doveva andare via anche lui. Ha detto che con il razionamento non possiamo più tenere un animale domestico e che deve andare a vivere in una fattoria con gli sfollati. Puoi portarlo alla fattoria, Evie?»

«Certo» rispondo, prendendola per mano. «Sarà felice e mangerà bene, e alla fine della guerra tornerà.»

«Mi mancherà tanto.» Mariah tende le braccia a Pablo, che si lascia dolcemente mettere giù da Ben e trotterella verso di lei, per lasciarla piangere nella sua pelliccia per un po'.

«Mi manca anche la mia mamma, Evie» singhiozza Mariah «e il mio Len. Dove sono andati tutti quanti?»

«Io sono ancora qui» dico, e mi siedo accanto a lei. «Sarò sempre qui, Mariah. Non preoccuparti.»

«Sì, sei sempre stata qui, vero?» risponde, appoggiandosi a me. «Sei sempre stata qui. Mi racconti una storia? Quella dell'ereditiera?»

Alzo lo sguardo verso Ben, che annuisce appena.

«Madame Bianchi?» chiedo.

Mariah annuisce, spalanca gli occhi e dice: «Parlami dei suoi abiti e dei suoi gioielli».

«Be', Madame Bianchi era un vero mistero» comincio. «Travolse Londra come un turbine, e nessuno sapeva da dove venisse, a che popolo appartenesse o come fosse venuta in possesso della sua immensa fortuna. Si diceva che lei e suo fratello fossero stati dei pirati, ma non importava a nessuno se fosse vero, perché Madame Bianchi era davvero geniale, e infiammava la vita sociale.»

«Raccontaci cosa ha fatto» la incalza Mariah.

«Costruì un palazzo meraviglioso nel cuore di Londra» racconto. «Pagò il triplo del normale perché venisse costruito nel giro di un anno, e nel frattempo fece costruire case in tutta la città, per i ricchi, la gente comune e persino per i poveri. È stata Madame Bianchi a progettare e far costruire la tua casa, Mariah, e la mia, e si vede che l'ha fatto molto bene, perché sono ancora in piedi. Ma non erano le sue opere di bene a piacere all'alta società. Erano le sue feste. Le sue feste erano famose in tutta Europa. La gente faceva a pugni per un invito. E a ogni festa indossava un abito nuovo, di seta e raso finissimi, di tutti i colori dell'arcobaleno, e così tante pietre preziose che si dice rischiasse di eclissare la famiglia reale. Si dice che nessuno fosse più radioso, spiritoso, intelligente o meraviglioso di Madame Bianchi. E soprattutto, ha lasciato a noi tutto quello che le interessava, tutto ciò che aveva collezionato durante la sua vita. Quindi, in un certo senso, tutti i suoi splendidi abiti e gioielli ora appartengono anche a te.»

«E tu lavori a casa sua, vero?» chiede Mariah. «Mi porterai un diadema?»

«Vedrò cosa posso fare» dico con un sorriso, e le bacio la fronte.

La porta si apre ed entra Viv, che ha appena finito di parlare con Marta in corridoio.

Dice allegramente: «Buongiorno, Mariah» e lascia entrare il sole nella stanza. Quando si accorge di noi il suo sorriso si allarga. «Oh, Ben, sono contenta che ti sia già rimesso in sesto. Eravamo tutti preoccupati per te. È un vero sollievo.»

«Grazie di tutto» risponde Ben. «Menomale che c'eri tu ad aiutarmi.»

«Nessun problema, tesoro» ride Viv, e Mariah la imita. «Allora, vi fermate a fare colazione con noi?»

«No, non possiamo» dice Ben. «Siamo solo venuti a prendere il cane.»

«Be', scommetto che Mariah vorrebbe i toast all'uovo» dice Viv.

«Sì, grazie, mamma.» Mariah si rimette comoda sulla poltrona e il suo sguardo segue dei sentieri che non possiamo vedere.

«Come procede, secondo te?» chiedo a Viv prima di uscire. «Pensi che stia ancora bene qui? Sono abituata ai suoi viaggi nel tempo, ma che ti chiami *mamma* è una novità.»

«Un peggioramento era prevedibile, ma sta ancora benissimo a casa» dice Viv. «Il dottore dice che fisicamente è in buona salute. E di certo tiene me e Marta sempre all'erta. È davvero bello da parte tua, sai, coprire tutti i costi in modo che possa rimanere a casa. Non so se si rende conto di quanto sia fortunata ad avere un'amica come te.»

«A dire il vero è solo egoismo» dico, con un occhio al modo in cui Ben recepisce questa notizia. «Mariah è molto importante per me.»

Viv ci accompagna all'uscita e la sento cantare *We'll Meet Again*. Mariah inizia subito a farle il coro mentre chiude la porta alle nostre spalle.

«Deve costarti molto» dice Ben mentre scendiamo i gradini di Mariah e saliamo i miei.

«Ho molto, ricordi?» ribatto. «Più di quanto voglia o mi sia necessario. Tanto vale usarlo per aiutare gli altri.»

«Sei davvero una donna fant…»

«Non è vero, Ben.» Lo interrompo davanti all'ingresso posandogli un dito sulle labbra. «Non sono fantastica. Sono fortunata. Tutto quello che ho – la casa, il garage, i soldi – è solo fortuna, anche se a volte sembra più una maledizione. Sono fortunata, e Mariah è sola al mondo. Per me è importante prendermi cura di lei. Tutto qui. Quindi non parliamone più, okay?»

«Okay» annuisce Ben, e subito aggiunge: «Però penso lo stesso che sei fantastica».

Non sono mai stata così felice di trovarmi nella mia casetta, o perlomeno non riesco a ricordare l'ultima volta che lo sono stata. Sono esausta ma allo stesso tempo fremo di entusiasmo. Mi sembra di non avere sangue nelle vene, ma corrente elettrica.

Ben si lascia cadere sul divano e Pablo va subito a raggomitolarsi tra le sue gambe.

«Dovresti riposare un poco» dico, e premo il palmo della mano sulla sua fronte fresca. Sembra spossato dalla notte passata a sonnecchiare sul pavimento del museo. «Non c'è altro da fare per il momento. Andrò in copisteria a far stampare le foto più grandi possibili e con una buona risoluzione. Credo che ci vorrà qualche ora, quindi faccio un salto al lavoro a vedere com'è la situazione.»

«Sì, okay» dice, con una mano sugli occhi e l'altra appoggiata tra le orecchie di Pablo. «Mi sembra un buon piano.»

«Ben?» Mi siedo sul bordo del divano. «Ti senti bene? Altri sintomi di cui preoccuparsi?»

«Non ne ho proprio idea.» Scosta la mano per guardarmi. È pallido: ha delle ombre sotto agli occhi e un velo di barba scura gli addolcisce i contorni della mascella. «Sto ancora cercando di raccapezzarmi dopo quello che è successo ieri sera.»

«Anch'io» dico «ma almeno *La Belle* è tornata alla mostra ed è identica a ieri mattina, anche se sembra un secolo fa.»

«Non puoi saltare di nuovo il lavoro?» chiede. «Sarai esausta anche tu.»

«Sto bene. Ci vado appena lascio questa.» Gli mostro la chiavetta usb su cui ho trasferito le foto. «Scriverò la mia lettera di dimissioni e la consegnerò ad Anna, quindi, se riesco, cercherò di uscire un po' prima.»

«Hai bisogno di dormire anche tu» dice, e mi prende una mano. «Non puoi stenderti qui con me per un minuto?»

«Se lo faccio rischio di rimanerci tutto il giorno» ribatto. «Sto bene. Caffè e zucchero mi tireranno su.»

«Mi mancherai» dice, gli occhi azzurri annebbiati. «Ho meno paura di dormire quando sei con me.»

Mi inginocchio davanti a lui e gli premo il viso sul petto.

«Mi mancherai anche tu. Ma hai bisogno di riposare. Ti terrà d'occhio Pablo» dico e arruffo le orecchie del cane, che sta facendo del suo meglio per infilarsi nel nostro abbraccio. «Non ci metterò molto, te lo prometto.»

Quando esco dalla stanza si è già addormentato.

La Collezione sembra irreale. Il mondo intero ha qualcosa di onirico, come se ogni cosa fosse un po' diversa da come la conoscevo, come se fosse stata ricreata in modo quasi identico ma con piccole differenze.

La Belle è tornata in mostra. I visitatori entrano ed escono dal museo come al solito. Molti seguono il percorso della mostra, ma altrettanti la saltano del tutto per visitare un'unica sala o un oggetto. Mi piace vederli, gli habitué. Per loro la Collezione è più di un museo, è un prolungamento delle loro case e di sé stessi, un luogo dove le rarità possono diventare meraviglie familiari, come accade sempre. È quello che provo anch'io.

Mo è di nuovo in servizio e scruta le sale con particolare attenzione.

Anche Anna sembra aver ritrovato del tutto la sua compostezza. Partecipo a una riunione con lei, durante la quale aggiorna il consiglio di amministrazione riguardo alla nostra futura mostra sui reperti della Collezione un tempo ritenuti magici. Nessuno mi ha ancora chiesto di dimettermi e non ho avuto modo di scrivere la lettera che ho preparato, perché Anna mi ha voluta al suo fianco per tutto il giorno e non ho avuto il coraggio di lasciarla. Se non fossi così stanca, l'ironia della situazione mi divertirebbe alla follia.

All'ora di pranzo Jack mi raggiunge in St James's Square, dove ha tenuto una panchina per noi. Mi porge con aria timida il mio duetto preferito: caffè bollente e un bagel con salmone affumicato e formaggio spalmabile.

Mi prende in contropiede, prima che possa raccontargli cos'è successo nelle ultime ventiquattr'ore: «Non ero sicuro che mi avresti rivolto la parola» dice.

«Perché?» gli chiedo, sconcertata. «Ben mi ha accennato che sei passato da casa mia.»

«Non te l'ha detto?» Sembra sorpreso.

«Che cosa?» chiedo, accigliata.

«Ho fatto una cazzata» confessa. «Volevo avvertirlo, prepararlo. Lui non mi stava a sentire, voleva solo venire da te. E... Be', è caduto. Ha preso una brutta botta in testa. Però sembrava a posto. Mi sono assicurato che stesse bene prima di andarmene.»

«Jack.» Scuoto la testa. «È svenuto per strada e l'hanno portato in ospedale. Una cosa del genere poteva ucciderlo!»

Sgrana gli occhi. «Mi dispiace tanto. Credevo che stesse bene. È stato solo un incidente, te lo giuro.»

«Se non ti fossi messo in mezzo, non sarebbe successo nulla.» Sento la rabbia divamparmi nel petto. «Jack, che diavolo stai facendo? Non c'entri niente con questa situazione.»

«E invece c'entro, Vita, perché tu non stai ragionando. Come fa a prendere una decisione se non ha idea della posta in gioco?»

«Glielo dirò» dico. «Sto aspettando il momento giusto.»

«E quando sarà il momento giusto, Vita?» chiede Jack. «Prima che si sobbarchi un'esistenza infinita senza avere idea di cosa significhi? O dopo che sarà morto?»

Lo schiaffeggio con forza su una guancia, ma ritraggo subito la mano, orripilata.

«Scusami. Ho sbagliato» balbetto. «Non posso parlare di lui come se fosse un esperimento: come se non importasse se morisse e non riuscissi a salvarlo.»

«Lo so» dice Jack con una mano sul viso. «Non volevo essere crudele. Ma tutta questa situazione mi ha fatto capire molte cose. Ero convinto che tu e io saremmo andati avanti così per sempre, e che nulla sarebbe mai cambiato. Ma tutto cambia prima o poi, che ci piaccia o meno.»

«È questo il problema?» gli chiedo, e sento la fragile tregua tra noi che si tende e si spezza. «Che non ti va bene che abbia qualcosa che sia soltanto mio, così starò sempre solo con te? Io non sono come te, Jack. E se lo sono stata, non lo sono più. Non posso trattare il mondo come un gingillo o un giocattolo. Voglio viverlo, farne parte. Al contrario di te, non voglio pensare solo a me stessa.»

«È impossibile ragionare con te.» Jack si alza di scatto, e si passa le mani tra i capelli, frustrato. «So di essere egoista e vanitoso, ma per te ci sono sempre stato. Ho bisogno di sapere se sei sicura che questo sia davvero ciò che vuoi. Se lo è Ben. Lo sa che vedrà morire tutti coloro che ama? Lo sa che hai *odiato* quest'esistenza da quando Dominic è morto, Vita, che la odi con tutto il cuore? Al punto che a volte penso che odi anche *me*?»

«Anch'io lo penso, a volte» sibilo, prima di rendermi conto di quello che ho detto, e a chi. Ci fissiamo, inorriditi.

«Non dicevo sul serio» mi scuso, troppo tardi. «Sono esausta e voglio solo salvarlo, Jack. Certo che ti voglio bene, sei il mio migliore amico. Voglio solo il tuo bene, e per questo non capisco perché tu non voglia lo stesso per me.»

«Lo so» risponde, rigido. «Allora, che cosa hai scoperto? Mi hai detto che hai trovato qualcosa. Era il segreto della vita eterna?»

«Non ne sono ancora sicura» dico, mentre mi chiedo se esista un modo per colmare la voragine che ho spalancato tra noi. Non era così che immaginavo questo momento, con me e Jack seduti alle estremità opposte della panchina come se fossimo a chilometri l'uno dall'altra. «Ho trovato un messaggio di Leonardo nel ritratto. Non ho ancora avuto modo di studiarlo, ma chissà. Non vuoi sapere anche tu?»

«Io voglio solo *noi*» dice Jack «ma a te non basta.»

«Non è questo» gli spiego. «Non è che non mi basti. È che ho bisogno di dare un senso a tutto questo, a tutte le vite che abbiamo vissuto. Se riesco a salvare Ben, allora saranno servite qualcosa. Non saranno state vane.»

Jack mi guarda a lungo con un'espressione indecifrabile. Mi sembra che il suo volto, che ho guardato milioni di volte, sia diventato nel giro di pochi minuti quello di uno sconosciuto.

«Allora non credi che sia il momento di dirgli la verità?» chiede. «Prima di salvarlo, persino prima di provarci? Spiegagli esattamente cosa significa il dono dell'immortalità di Leonardo. Se lo ami, non merita almeno questo?»

«E io non merito almeno di scegliere come vivere?» gli chiedo mentre mi alzo e mi allontano. «O hai intenzione di controllare tutto quello che faccio anche per i prossimi cinquecento anni?»

«Vita!» esclama Jack. «Non è quello che voglio. Sto solo cercando di dirti, di spiegarti, che io...»

Mi giro.

«Jack» gli dico «se mi amassi mi lasceresti libera.»

Non ce l'ho fatta a uscire prima dal lavoro, Anna aveva troppo bisogno di me. E francamente non avevo fretta di tornare a casa, almeno finché il mio cervello esausto ha continuato a rimuginare sul litigio con Jack. Così ho tenuto duro, aspettando che il lungo braccio della legge venisse a battermi sulla spalla, ma non è successo nulla. I video delle telecamere di sicurezza non hanno fornito indizi, la stanza era così affollata e buia da rendere impossibile distinguere qualcosa di rilevante. L'unica traccia dello spiacevole avvenimento è una montagna di scartoffie. Siamo persino riusciti a nasconderlo alla stampa.

Per qualche motivo questo esito mi è parso più assurdo di un messaggio segreto scritto con inchiostro simpatico nascosto in uno dei dipinti più famosi del mondo.

Alla fine arrivo a casa con una pesante cartella A4 contenente le fotografie che ho scattato alla *Belle*. Ben mi accoglie sulla porta pulito e profumato, e con un aspetto decisamente migliore. Mi abbraccia e io mi appoggio a lui, lascio che mi guidi verso il divano, e mi ci lascio cadere come una bambola di pezza.

«Non mi hanno arrestata» dico mentre mi toglie le scarpe e mi mette i piedi sui cuscini. «Per ora non c'è stato neppure un commento sul cappotto sgualcito. Sono quasi delusa. Essere un genio del crimine non è molto divertente al giorno d'oggi.»

«C'è ancora tempo» dice, coprendomi con un grande scialle di seta. «Vedrai che gli elicotteri della polizia e le teste di cuoio saranno qui da un momento all'altro.»

«Come stai?» chiedo. Gli afferro un polso e lo tiro verso di me. Sento il corpo arrendersi finalmente alla stanchezza. Voglio solo chiudere gli occhi e dormire.

«Sto bene. Non preoccuparti per me.» Mi dà un bacio sulla fronte. «Queste sono le stampe? Posso appenderle alla parete del quadro mentre dormi?»

«Mmm» borbotto. «Sì, fai con calma. Come vuoi.»

«Ehi, Vita. Ehi.» La voce di Ben mi desta lentamente da un sonno profondo.

«Di già?» mormoro. «Ancora cinque minuti.»

«Sei KO da sei ore, è mezzanotte!» dice, accarezzandomi la guancia. «E so che non te lo perderesti mai.»

«Davvero?» Mi giro verso la parete opposta. È quasi del tutto nascosta dal viso della *Belle*, coperto dall'effimera scritta che ricorda così tanto la grafia di Leonardo.

«Cazzo» esclamo, mettendomi a sedere.

«È quello che ho detto anch'io» replica Ben.

VIII

Siate fedeli l'uno all'altro
come il mio quadrante al sole.

Motto tradizionale per meridiane

48

«Mi serve del vino e poi qualcosa da mangiare» dice Vita. Si siede sul tappeto a gambe incrociate, mette un quaderno aperto sul baule e cerca una penna nella borsa.

«Sono uscito a prendere un po' di roba» le dico con orgoglio, mentre le verso un bicchiere di vino del supermercato. All'inizio ho pensato di avventurarmi nella sua cantina in cerca di una bottiglia, ma poi mi sono reso conto che probabilmente rischiavo di stappare un vino da migliaia di sterline. Allora sono andato a fare la spesa mentre lei dormiva e ho comprato il rosso più costoso che ho trovato.

«Oh, niente male» dice lei dopo il primo sorso. Sono fiero del mio talento accidentale da sommelier.

«Mentre traduci ti preparo una pasta fresca con pomodoro e basilico, condita con parmigiano, aglio e olio al tartufo. Piena di carboidrati, e allo stesso tempo sana.»

«Sembra deliziosa. Mi vuoi sposare?» chiede lei distrattamente mentre annota qualcosa sul quaderno.

«Decidi tu la data» rispondo in tono leggero. Lei mi guarda con un sorriso e sento tra noi la presenza quasi fisica della speranza impossibile che un giorno, forse, avremo abbastanza mondo e tempo per costruire un futuro insieme. All'improvviso, la promessa di quella possibilità sembra prendere vita, come la volubile magia inseguita dagli alchimisti.

«Be'» dico, senza troppa voglia di smettere di guardarla negli occhi «farei meglio a mettere su la pasta, farò il sugo di pomodoro fresco. Per una volta potrai mangiare senza ordinare online.»

«Non so se il mio corpo reggerà lo shock» risponde, tornando al suo quaderno. Ma quando esco dalla stanza le sue parole mi seguono come una promessa bisbigliata. «Ti amo, Ben Church.»

Pablo si siede ai miei piedi mentre taglio e soffriggo, sorseggiando di tanto in tanto il vino costosissimo che, se devo essere sincero, ha lo stesso sapore di tutti gli altri vini che ho bevuto in vita mia. Sopra la mia testa il lampadario sfarfalla e ronza con una monotonia rassicurante. Fuori da una finestra Soho salta e pompa come un pezzo trance hardcore, mentre dall'altra tutto è silenzio e cala rapidamente la notte. Dovrei essere felice. Ma sono assillato da tutto quello che non ho ancora detto a Vita.

Per esempio che quando mi sono svegliato oggi pomeriggio c'erano quattro chiamate perse sul mio telefono, tutte dell'ospedale, che mi esortavano a tornare da loro per discutere un programma di cure, così almeno avrei avuto tutte le informazioni necessarie prima di lasciar perdere. O che da quando ho battuto la testa è apparso un nuovo dolore persistente nella parte posteriore del cranio. Una nuova macchia scura che fluttua nel mio campo visivo.

Siamo così vicini a un miracolo. Ho solo bisogno di un po' di tempo in più. Solo un pochino.

«Come procede?» le chiedo quando entro, mi siedo sul pavimento accanto a lei e le metto davanti un piatto di pasta.

«Molto lentamente» dice. «È un misto di testo e pittogrammi, e naturalmente è scritto al contrario. Quando avrò capito come decifrarlo, sarà facile leggerlo, ma avrò bisogno di tempo per consultare qualche fonte. Per ora mi sembra che stia riflettendo sul destino: perché ad alcuni toccano in sorte lusso e ricchezze e altri sono condannati alla miseria. Ti rendi conto che se lo svelassimo al mondo, tutti penserebbero di sicuro che è una bufala?»

«Non mi interessa cosa pensa il mondo» dico. «Mi interessa quello che pensi tu. Credi che sia davvero lui o che un parigino pazzo dell'Ottocento avesse voglia di divertirsi?»

«Oh, è lui» dice. «Riconosco la sua voce.»

Un'altra ora trascorre in silenzio finché finalmente lei si alza, il quaderno ancora in mano, e si avvicina all'enorme riproduzione della *Belle.*

La luce del lampadario sembra troppo fioca, così accendo una lampada e metto altre candele sulla mensola del camino. Nella loro luce danzante il ritratto sembra prendere vita, come se da un momento all'altro potesse battere le palpebre e sorridere.

«Ho finito» dice Vita a bassa voce, rivolta verso la parete.

«E allora?» le chiedo. Lascia ricadere lungo i fianchi le mani, una delle quali stringe ancora il quaderno.

«Vita, e allora?» ripeto. «Cosa dice?»

«Non è una ricetta per la vita eterna» risponde, voltandosi verso di me. Ha il viso rigato di lacrime. «È un memoriale. È la storia della donna del ritratto.»

Cerco di comprendere cosa significa e mi accorgo che ancora non ci riesco.

«Potresti leggermelo?» le chiedo. Non so cos'altro dire.

Vita prende una candela dal caminetto e la posa sul baule. Si inginocchia, apre il quaderno e inizia a leggere.

Questa è la storia della giovane donna che è stata costretta a posare per questo ritratto dal suo padrone, il monaco bianco. Il suo nome è Agnese e ho sentito dire che non è invecchiata di un giorno nei vent'anni trascorsi da quando ho completato il quadro. Quando l'ho conosciuta, Agnese viveva alla corte del Duca di Milano da quattro anni, dall'età di quattordici anni. Gli era stata data dal padre come pagamento di un debito. Lui se ne serviva raramente, avendo un'altra amante preferita, cosa di cui lei gli era immensamente grata. Tuttavia una sera, in preda alla rabbia, si imbatté in lei. Si accanì su di lei con tutta la sua furia. Alcuni mesi dopo, al momento stabilito, ella diede alla luce un figlio, che le fu tolto per essere allevato lontano dalla corte. Sono stato chiamato a celebrare l'occasione con questo ritratto. Mi hanno commosso la sua grazia e la sua dignità, la sua intelligenza e la sua premura. L'ho ritratta più volte e siamo diventati quasi amici. Abbiamo parlato del destino e del piano di Dio per tutti noi, del perché alcune vite contano così poco e altre così tanto, mentre tutte le creature di Dio dovrebbero essere uguali. Desideravo con tutto il cuore poterle dare un po' di libertà dalle crudeli catene con cui era stata legata fin dall'infanzia. Ma solo il tempo può concedere la libertà agli schiavi, e il tempo non è un padrone gentile. Ho pensato che forse avrei potuto donarle del tempo. Il tempo di sopravvivere a coloro che la tenevano prigioniera. Durante l'esecuzione di questo ritratto ho usato i metodi e i materiali degli alchimisti, utilizzando la geometria delle stelle e il segreto degli egizi come mi erano stati insegnati dal mio amico Luca. Non avrei mai immaginato che questi metodi fossero qualcosa di più di un'inutile farsa, eppure negli anni che sono trascorsi, il duca è morto, la corte è caduta, la mia barba è diventata lunga e grigia, e lei è rimasta esattamente la stessa. Mi dissero che si era ritirata in un convento dove le suore si chiedono se sia un miracolo. Ho chiesto il permesso al re e sono andato a trovarla. Era davvero immutata. È possibile che io l'abbia resa innaturale. Dopo il nostro incontro ho trovato il ritratto che era appeso nella casa di sua madre e, con il pretesto di restaurarlo, ho nascosto qui la sua strana storia, affinché forse un giorno possa essere compresa. Quando ci siamo incontrati, le ho chiesto cosa avrebbe fatto se tutto ciò che conosceva fosse finito in polvere intorno a lei e se fosse rimasta congelata nel tempo, legata all'eterna giovinezza. Mi disse che avrebbe lasciato quel posto e avrebbe vagato per il mondo per sempre, per vederne tutte le meraviglie, e alla fine avrebbe ricominciato da capo. Mentre scrivo non ne so di più, perché dall'ultima volta che ho chiesto informazioni pareva sparita dal mondo.

Chiude il quaderno e mentre la luce della candela le illumina un lato del viso, si raccoglie i capelli in una coda di cavallo sulla nuca. Dopo un momento mi guarda con un'espressione così piena di speranza e tristezza che le mie lacrime fanno eco alle sue.

«Ben, non capisci?» mi chiede. «Ormai te ne sei accorto, di sicuro... Mi dispiace tanto. Pensavo davvero che ci saremmo riusciti, ne ero sinceramente convinta.»

«Cosa non capisco?» domando. «Di cosa dovrei essermi accorto?»

Cerco invano di rendermi conto, inebetito, che abbiamo fallito la nostra missione, che è la fine.

Prima che Vita possa rispondermi, dei colpi frenetici scuotono la porta d'ingresso.

«Chi può essere a quest'ora?» chiedo, mentre vado ad aprire. Vita mi segue e sul gradino dell'ingresso c'è Marta, a piedi nudi, che si stringe addosso la vestaglia.

«Cos'è successo?» domanda immediatamente Vita.

«Mariah è sparita!» esclama Marta. «L'ho controllata alle due ed era tutto tranquillo. Poco fa sono tornata e il suo letto era vuoto, la porta d'ingresso era aperta e le sue scarpe non c'erano. Non so cosa fare. Dove può essere, Vita?»

«Potrebbe essere in un sacco di posti» dice Vita, e si infila subito le scarpe. «Dipende da come si sente, dal momento in cui si trova. Magari è andata a chiedere un passaggio a una chiatta, o a ballare alla French House. Non c'è modo di saperlo. Marta, resta qui nel caso in cui torni. Chiama la polizia. Io controllo alcuni dei suoi posti preferiti.»

«Vengo anch'io» dico. Lei annuisce, mi prende per mano e stringe forte. In questo momento Vita è spaventata quanto me, lo sento. Ma non sono certo che sia solo perché forse, davvero, non abbiamo più tempo a disposizione.

49

«SE è andata verso il fiume, verso le strade principali...» Mi stringo forte a Ben mentre avanziamo tra le vie ancora affollate di Soho.

«Se è andata da quella parte qualcuno la troverà e la aiuterà» mi rassicura Ben. «Cerca di non preoccuparti troppo. Pensa a qualche luogo che conosce e potrebbe attirarla.»

«St Anne» dico, dirigendomi verso la chiesa. «Dopo la guerra, in estate si portava lì il pranzo per mangiare all'ombra degli alberi.» Lascio andare la mano di Ben e mi precipito dall'altra parte della strada, dove la chiesa in stile regency si protende verso il cielo come se stesse per decollare verso la luna da un momento all'altro. I suoi giardini si ergono quasi due metri sopra il marciapiede e devo mettermi in punta di piedi per sbirciare oltre la ringhiera e capire se Mariah è nascosta da qualche parte tra le ombre, convinta di godersi un pomeriggio di sole e un panino alla marmellata avvolto nella carta da pacchi.

«Sei più alto.» Spingo freneticamente Ben in avanti perché la cerchi oltre la ringhiera di ferro che circonda la chiesa, nel cimitero sopraelevato costruito per accogliere le vittime della peste. «La vedi? È lì?»

Ben si scherma gli occhi con le mani e perlustra il giardino in penombra per qualche minuto.

«Non vedo nessuno» dice «e poi solo un ninja riuscirebbe a scavalcare questa ringhiera. Altri posti?»

«French House, Coach and Horses... Ci andava a bere cocktail e flirtare con la gente di teatro, ma a quest'ora saranno entrambi chiusi.»

«Be', andiamo a vedere comunque» propone Ben. «Forse è lì intorno che cerca di entrare.» La calma con cui affronta la mia ansia mi rassicura.

Stavamo per farcela. Ne ero così sicura. E poi tutto mi è piombato addosso in un attimo, il momento in cui ho capito che non potevo salvarlo e l'urgenza di dirgli la verità; tutta la vita che non passeremo insieme. Eppure lui è qui, con me, a cercare Mariah come se fosse la cosa più importante del mondo, perché per me lo è.

Scrutiamo nei vicoli, nei negozi e nei ristoranti chiusi chiamando il suo nome. Due tizi che sembrano mezzi sbronzi barcollano lungo la strada nella nostra direzione.

«Vecchia baldracca fuori di testa» si lamentano mentre ci passano accanto. «Non la finiva più di fare casino. La polizia dovrebbe sbatterla in un ospizio.»

«Chi?» Ne afferro uno per un braccio. «Chi non la smetteva di fare casino?»

«Oh, cosa fai?» Si divincola, poi nota Ben alle mie spalle e indietreggia di qualche passo. «Che vuoi?»

«Di chi stavate parlando?» chiedo. «Senti, una donna anziana che soffre di demenza, una mia amica, si è persa da queste parti. Hai detto che hai visto una *vecchia baldracca fuori di testa*?»

«Era solo per dire» risponde uno di loro. «Era giù nella metro, a Leicester Square, che faceva sbattere i cancelli per entrare. Era l'altra gente che la filmava, non noi.»

«La metro» dico, guardando Ben. «Cerca di andare al rifugio antiaereo.» Mi metto a correre, con Ben al mio fianco. Scendiamo di corsa Charing Cross Road fino al capannello radunato intorno all'ingresso della metropolitana. Sento le sue grida e i suoi pianti prima di vederla.

«Mia madre è là dentro. Fatemi entrare!» urla, scuotendo i cancelli che proteggono l'ingresso. «Non lasciatemi qua fuori. Salterò in aria! Fatemi entrare. Vi prego, fatemi entrare. Voglio solo la mia mamma!»

Mi faccio strada tra la folla, ma vengo spinta dall'altra parte e quasi buttata a terra.

«Andate a casa» dice Ben, facendo cenno alla gente. «Andate via. State spaventando una vecchia signora. Cosa ci trovate di divertente? Levatevi. Subito!» Lo ringrazio con un sorriso, poi mi volto verso Mariah, le dita appese alla rete metallica, scossa da un pianto penoso con la testa appoggiata al cancello.

La chiamo a bassa voce: «Mariah? Mariah, sono... sono io. Tesoro, sei al sicuro adesso, okay? Sono venuta ad accompagnarti a casa».

«Evie?» Mariah si volta a guardarmi, con il viso cinereo e rigato di lacrime, i fini capelli d'argento ritti intorno al capo come un'aureola. «Non trovo la mamma, Evie. Ho sentito le sirene e sono corsa qui, ma non mi lasciano entrare. Dobbiamo entrare, Evie, altrimenti moriremo. Io non voglio morire.»

«Va tutto bene, amore. Il raid è finito» dico, e le tendo una mano. «Non hai sentito la sirena di cessato allarme? È tutto okay adesso.»

«Sei sicura?» chiede Mariah, incerta.

Faccio un altro passo verso di lei, con grande cautela.

«La mamma sta facendo il turno di notte e mi ha chiesto di accompagnarti così non avrai paura. Ti preparo il brodino con il dado e poi cantiamo una canzone. Che ne dici, Mariah? Vuoi cantare una canzone? Ti racconto una storia?»

«La mamma è là dentro.» Mariah scuote di nuovo la porta, ma questa volta con meno convinzione. «Credo che sia là dentro, Evie.»

«Andiamo» le dico prendendole una mano e strofinandola un po'. Inizio a guidarla verso casa, cantando dolcemente.

Mariah sembra essersi un po' risollevata. «Allora, Evie, mi hai portato le caramelle?»

«Ce le ho a casa» le dico. «Vieni a casa e ti darò tutte le caramelle che vuoi.»

«Le voglio adesso» grida Mariah. «La mamma tiene sempre da parte una caramella per quando arrivano i raid.»

«Te le do quando arriviamo a casa, promesso» ripeto, frugandomi invano nelle tasche.

«Ecco, amore.» Una donna dall'aria esausta con l'uniforme della London Underground mi porge un paio di toffee. «Ne porto sempre qualcuna con me.»

«Grazie» rispondo. «Hai visto Mariah? Toffee!»

«È tantissimo che non mangio le toffee!» esclama Mariah, entusiasta.

Inizia a seguirmi. Gli ultimi spettatori della scena se ne vanno.

«Chi è quel tizio, Evie? E dov'è Dominic?» chiede Mariah, guardando Ben. «Sei andata in Francia, hai conosciuto Dominic e non sei più tornata, per anni e anni. Mi sono sposata, sono diventata vecchia, mi sentivo così sola e tu non tornavi mai e poi alla fine sei tornata. E poi Dominic se n'è andato, era vecchio e malato ed è morto, e tu sei tornata ma eri identica al giorno in cui eri partita. Dove sei andata, Evie? Perché ora ti chiami Vita?»

«In effetti è proprio buffo, vero?» ribatto per cambiare argomento, mentre Ben fa una smorfia.

E finalmente capisce la verità.

50

Quando entro, la casa è silenziosa.

Dall'ingresso riesco a vedere Ben immobile davanti all'enorme riproduzione della *Belle*, con le mani sui fianchi e gli occhi che studiano i suoi lineamenti. Ha in mano la mia foto di nozze.

«Non so come ho fatto a non accorgermene» dice senza voltarsi, la voce agitata. «Certo, non fa una piega. Sono così stupido. Sono stato così stupido. Era tutto sotto i miei occhi fin dall'inizio. Tu credi nella leggenda perché *sei* la leggenda.»

«Ben...» inizio.

«Ho capito tutto.» Si volta verso di me. «Mariah continua a confonderti con Evie perché tu *sei* Evie.» Rovescia la cornice d'argento per estrarre la fotografia, il vetro cade fragorosamente a terra e si rompe.

«Parigi, 1945. Evelyn e Dominic. Nozze.»

«Lascia che ti spieghi.»

«Quello che non riesco ancora a capire, Vita, o Evie, o come diavolo ti chiami, è perché non mi hai detto chi eri. Pensavo che fossimo così vicini, così sinceri l'uno con l'altra. Che potessimo dirci tutto fin dal primo momento. Ma da quando ci conosciamo, e per tutto il tempo in cui abbiamo continuato a chiederci se la leggenda fosse vera e io mi sono messo a sperare in un miracolo, tu mi hai tenuto nascosto il segreto più grande di tutti. Che la prova sei tu.»

Prendo fiato. È accaduto tutto in un istante e ora mi sento persa, non so come spiegarmi. Entro nella stanza e inizio a parlare, senza riuscire a evitare una nota di disperazione nella voce. «Non te l'ho detto perché non lo sapevo. E mi vergognavo di avere tutto questo tempo e di non volerlo, quando tu non ne avevi abbastanza. Pensavo che se avessimo potuto salvarti, allora...»

«Non riesco a credere a questa situazione. Non ha senso. Cercavi il segreto anche se sapevi già che era vero? Perché non me l'hai detto?»

«Perché non so come sia successo. Non volevo fare promesse che non potevo mantenere.»

«Devi spiegarmi tutto fin dall'inizio. Chi sei, Vita? Cosa sei?»

«All'epoca in cui fu dipinto questo ritratto mi chiamavo Agnese. Da allora ho avuto molti nomi, la maggior parte dei quali sono andati perduti, come il primo. Agnese, Beatrice, Isabella Bianchi... Evelyn fino alla morte di Dominic e ora Vita. Non so per quanto tempo mi chiamerò così, ma ho imparato che arriva sempre un momento in cui devo dire addio a tutto e ricominciare da capo, prima che la gente inizi ad accorgersi che non invecchio. Mi aggrappo a ogni incarnazione il più a lungo possibile. Finché me lo permettono.»

Il volto di Ben è di pietra. Dalla sua immobilità si irradia una rabbia trattenuta.

«Sono viva da cinquecentotrentun anni» gli racconto. «Il tempo mi scorre intorno, ma credo di essere ferma in un solo momento, nel giorno in cui sono stata ritratta. Credo che in qualche modo Leonardo abbia messo la sua pietà per me nei suoi esperimenti e questo è il risultato.» Indico il mio corpo. «Non penso che fosse convinto che avrebbe funzionato, per lui era solo una fantasia. Un modo per liberare un bell'uccellino da una gabbia, almeno nell'immaginazione. Sono sicura che se avesse pensato che l'alchimia nascondesse un vero potere, avrebbe chiesto il mio consenso. Mi avrebbe chiesto se volevo così tanto... tempo.» Apro lentamente le braccia, abbracciando gli anni infiniti che ho respirato in un unico, lungo gesto. «Ma d'altra parte, aveva i suoi difetti. Sapeva essere vanitoso, esagerato, persino crudele. A sentire Jack.»

«A sentire Jack?» dice Ben. Ha messo giù la cornice ma continua a tenere quell'unica, preziosa fotografia con entrambe le mani. «Cosa vuoi dire? Cosa c'entra Jack?»

Mi faccio coraggio.

«Il vero nome di Jack è Gian Giacomo Caprotti da Oreno» spiego. «Passato alla storia come Salaì. Era il compagno di Leonardo, è stato il suo amante per venticinque anni. Non abbiamo saputo nulla l'uno dell'altra per più di un secolo. Poi, quando ha scoperto la mia esistenza, si è messo a cercarmi. Quando mi ha trovata, ero appena arrivata a Londra sotto il nome di Madame Bianchi. Da allora siamo stati sempre insieme.»

«Insieme?» chiede Ben. «Tu e Jack, insieme?»

«Non in quel modo, *mai* in quel modo» rispondo. «Non ci siamo neppure andati vicini. Credo che all'inizio sapessimo che avevamo troppo bisogno l'uno dell'altra per rischiare tutto per...»

«Per amore» termina Ben al posto mio. «Non so quando sia successo esattamente, ma credo che Jack abbia cambiato idea al riguardo negli ultimi cinquant'anni o giù di lì.»

«No» scuoto la testa. «All'inizio ci siamo scambiati la promessa di non rischiare tutto per...»

«Amore?» ripete Ben. «E cosa significa questo per noi due?»

«...Per il sesso» finisco. «Non che abbiamo mai... Senti Ben, è una sciocchezza. Ti conosco da pochi giorni. Conosco Jack da quattrocento anni. Siamo legati. Come potrebbe essere altrimenti? In tutto il mondo possiamo contare solo l'uno sull'altra. Non devi essere geloso di Jack. È un brav'uomo.»

Ben annuisce, e abbassa di nuovo lo sguardo sulla foto.

«Non riesco a crederci» dice alla fine.

«Ti capisco» rispondo.

«Perché non me l'hai detto subito?» chiede di nuovo.

«Mi avresti creduta?»

«Forse all'inizio no, ma se mi avessi mostrato questa foto, se mi avessi spiegato... Ti amo, Vita. Mi fidavo di te. E ora non capisco cosa stia succedendo. Non capisco cosa vuoi da me.»

Vacilla, gli cedono le ginocchia. Mi precipito verso di lui, e lo sostengo per una spalla appena in tempo. Lo aiuto lentamente a stendersi sul divano.

«Voglio tutto» gli dico dolcemente. «Voglio tutto con te.»

Mi inginocchio sul pavimento di fronte a lui, seduta sui talloni.

«Prima di conoscerti, l'unico motivo per cui cercavo di scoprire cosa fosse accaduto a me e a Jack era perché non ne potevo più di vivere. Perché ero così *stanca*. Tranne Jack, ho perso tutte le persone che amavo, Ben. Mio marito, la mia famiglia, mio figlio, i miei amici. E tra poco perderò anche Mariah, che ho amato come se fosse mia figlia. Ho provato mille volte a farla finita, Ben, ma non funziona mai. Sopravvivo sempre. Per un sacco di tempo ho voluto solo che finisse. Finché non ho incontrato te. E ora voglio che tu abbia tutto ciò che ho. Voglio vivere, con te. Sempre. Ma non sapevo se potevo promettertelo. Così... ti ho nascosto un segreto. Solo uno.»

«Solo uno» ripete Ben. Affonda il viso tra le mani e scoppia in una risata cupa.

«Forse dovresti riposare» dico, e gli poso una mano sulla guancia fresca. «Possiamo riparlarne più tardi, quando avrai avuto il tempo di riflettere.»

«Non ne ho, di tempo» dice Ben, e allontana il viso dalla mia mano. «Non ne ho più, Vita. Vai avanti.»

«Non so cos'altro dire. Ho cercato il segreto per secoli, ma solo dopo aver perso Dominic ho iniziato davvero a cercare una via di fuga.»

«Quando è morto Dominic?» chiede Ben, con gli occhi chiusi come se si sentisse male.

«Nel 1992» dico a bassa voce.

«Sei andata in Francia e hai combattuto nella Resistenza?»

«Sì» confermo. «Sono stata quella donna tanto tempo fa, e una parte di me lo sarà sempre. Ma ora sono la donna che ti ama. È per te, Ben, che il mio cuore ha ripreso a battere. È per te che ho voluto scoprire i segreti di Leonardo, non per morire, ma per vivere. Con te.»

Ben sprofonda sul divano, tenendosi il torace con un braccio. In un solo salto Pablo è al suo fianco, e si stringe contro la sua spalla.

«Un sacco di volte ho pensato che l'avresti guardata e te ne saresti accorto» dico, le mani serrate dall'ansia. «Forse non subito, ma prima o poi. Nessuno mi ha mai guardata come te. Pensavo che te ne saresti accorto e che saresti riuscito a capire come nessun altro ha mai fatto.»

«Voglio capire» dice, e sento le lacrime nella sua voce.

«Non ti ho mai mentito» proseguo. «Tutto quello che ti ho raccontato sulla mia vita era vero.» Guardo di nuovo il volto di Agnese e l'orrore e il dolore che si celano dietro quell'espressione impassibile. «Il ritratto fu commissionato perché avevo appena dato alla luce un figlio maschio. I figli maschi, anche quelli illegittimi, erano sempre un motivo per festeggiare.» Strappo un altro riquadro che incornicia quelle labbra serrate con forza. «Portarono via il mio bambino quando aveva solo un giorno. Non lo rividi per sessant'anni, anche se sapevo sempre dove si trovava. Gli sono stata vicina il più possibile e l'ho guardato invecchiare da lontano. Quando ho saputo che era gravemente malato sono andata da lui, mi sono seduta al suo capezzale mentre moriva. Pioveva. Non sapeva chi ero.» Il profumo della terra bagnata, il rumore della pioggia. La sensazione della mano del mio bambino nella mia, contorta e avvizzita dall'età come la mia non sarebbe mai stata.

«Ho avuto vite costellate di persecuzioni, violenze, stupri. E altre sempre più libere, piene di desiderio, di piaceri. Vite pericolose ricche di avventure, in cui ho scoperto che posso essere esattamente chi voglio essere, senza dovermi scusare. Tutte queste vite mi hanno resa la persona che hai conosciuto. La persona che ami e che ti ama.»

«Smettila» dice Ben. Si copre per un attimo il viso con le mani, prima di alzarsi barcollando dal divano. «Per favore, è troppo. Ho bisogno di un po' di tempo per elaborare tutte queste cose. È meglio che vada.»

«Ti prego, Ben, non farlo. Stai male. Hai bisogno di riposare. Resta qui. Resta qui, me ne andrò io.»

«Perché sei invincibile» dice amaramente.

«Perché ti amo» replico. «Voglio prendermi cura di te.»

Ben stringe le labbra, come per arginare un'ondata di dolore, e all'improvviso capisco. Gli ho dimostrato che la magia esiste, ma non sono comunque riuscita a salvargli la vita. Non c'è da stupirsi che ora voglia starmi alla larga.

«Ora me ne vado» dice. Mi passa davanti e io lo lascio andare. Aggancia il guinzaglio al collare di Pablo.

Quando la porta d'ingresso si chiude, la fotografia che ritrae me e Dominic cade a terra svolazzando.

Sono di nuovo sola.

51

Pablo e io ci incamminiamo nella notte senza sapere dove stiamo andando.

Persino in quest'ora violetta del mattino, Londra è piena di gente. Ci muoviamo tra le persone con la loro stessa determinazione, come se anche noi avessimo un posto dove andare. Se solo fosse vero.

Loro forse sanno dove stanno andando, ma io sto solo cercando di distrarmi dai miei pensieri e fuggire dal mio corpo e dal suo difetto di fabbrica. Ma non trovo il pulsante "eject". Mi toccherà colare a picco insieme a lui.

Cammino senza vedere dove vado. La folla mi scorre intorno e ho la sensazione di non starmi davvero muovendo, anche se metto un piede davanti all'altro.

Ho iniziato questo viaggio sperando nella magia, e l'ho concluso non solo assistendo all'impossibile, ma innamorandomene. Ancora adesso, mentre attraverso le strade trafficate intorno a Trafalgar Square dove ho visto Vita per la prima volta, non capisco ciò che provo, il mio dolore e l'impressione di essere stato tradito.

Volevo che fosse reale, e lo è. Ma non per me.

Il colpo finale è stato inferto quando abbiamo decifrato il messaggio nel quadro, il momento in cui ho capito di non avere alcuna speranza. Quel dolore è raddoppiato e triplicato quando

Mariah mi ha fatto capire finalmente che la donna che amo avrà a disposizione anni e anni per dimenticarmi, mentre a me restano solo pochi istanti per amarla. In pochi giorni Vita è diventata l'amore più grande e importante della mia vita, ma io sarò sempre e solo un frammento della sua.

Non so come, siamo arrivati al Tamigi. Pablo inizia a camminare più in fretta, testa bassa e naso a terra, mentre percorriamo Embankment. Imbocchiamo il Waterloo Bridge nel bel mezzo dell'ora di punta mattutina degli impiegati londinesi. Mi fermo al centro del ponte e guardo il fiume, le parti fluttuanti in metallo e cemento di Londra disposte intorno al vapore argenteo come i petali di un fiore. Se guardo da un lato, vedo la città lanciarsi verso l'alto, i vetri dei grattacieli che catturano frammenti di cielo nelle loro reti. Dalla parte opposta, è il palazzo di Westminster a dominare il lungofiume, con guglie e merli che narrano un'epoca ormai lontana.

Vita ha visto tutto questo sorgere e cadere. Ha visto il fiume ricoprirsi di un ghiaccio così spesso da poter ospitare fiere, e il Blitz lanciare una pioggia di fuoco su St Paul. Si è intrecciata con la storia di questo luogo attraverso mille fili colorati, e in qualche modo sembra presente ovunque poso lo sguardo, ricamata in ogni scorcio. Così tanta vita, che si estende nel passato, lunga quanto il Tamigi fino alla propria sorgente, e poi proiettata nel futuro, dove oceani di tempo la stanno aspettando.

Vacillo al pensiero di tutto quel tempo come se mi trovassi troppo vicino al bordo di un precipizio altissimo.

Pablo strattona il guinzaglio e finiamo di attraversare il ponte. Scendiamo i gradini che portano a South Bank, svoltiamo a sinistra e andiamo verso il London Eye. Lo osservo e fantastico che sia una ruota, e che se solo sapessi come farla girare al contrario potrei rivivere più e più volte gli ultimi giorni con Vita, e la fine non avrebbe importanza, perché vivremmo per sempre in quei pochi, dolci giorni prima che la magia e la realtà si dividessero così nettamente.

Ci addentriamo in uno strano, piccolo parco in cui dei sentieri tortuosi attraversano collinette erbose. Un piccione si posa sulle pagine aperte di un giornale abbandonato. La corsa di uno scoiattolo fa luccicare le foglie di un albero. Intorno a me ci sono persone di ogni genere, condizione e situazione, che si ritrovano ad attraversare insieme questo passaggio, unite per un momento prima di proseguire nel loro cammino.

Questa città è splendida, e così tutti i suoi abitanti. Questa vita è bella, in ogni suo minuto. Anche quelli che ti spezzano il cuore. Anche quelli che ti uccidono.

Vita ha sopportato tutto questo per mezzo migliaio d'anni, e in una tale immensità ha scelto me. Ha permesso a sé stessa di amarmi.

Mi siedo esausto su una panchina, e lascio cadere il capo dolorante tra le mani. Ho passato gran parte della mia vita in dormiveglia, ad attendere che iniziasse. Ma è stato il tocco della morte a insegnarmi a vivere. È stata Vita, che mi ha preso per mano e mi ha mostrato la bellezza nascosta in questo mondo banale.

Forse non mi resta molto tempo, ma potrebbe comunque avvenire un miracolo. Non sarà quello che avevo immaginato, ma se esiste una possibilità di invecchiare guardando le dolci curve del suo viso straordinario, sono pronto a rischiare tutto quello che mi rimane per realizzarla.

So cosa devo fare.

Prendo il telefono e compongo un numero.

«Dottor Perrera? Sono Ben Church. Sono pronto a venire a discutere l'intervento.»

IX

Senza sole taccio.

Motto tradizionale per meridiane

52

«ALLORA» dice Jack, rompendo finalmente il penoso silenzio. «Ora sa tutto?»

«Sì.» Chino il capo. «Avevi ragione, avrei dovuto dirglielo prima. Mi sembrava troppo difficile, ma vederlo in quello stato, così sconvolto e addolorato... è stato ancora peggio. Sono così preoccupata per lui, Jack, in giro tutto solo senza un posto dove andare e senza amici. L'ho trovato nel peggior momento della sua vita e gli ho inflitto tutta questa inutile speranza. E ora probabilmente mi odia.»

«Non ti odia» dice Jack, e alza lo sguardo verso di me da sotto i suoi ricci. «Credimi. Ti ama con ogni cellula del suo corpo. Qualsiasi cosa provi in questo momento – shock, disperazione, confusione – non è odio. Dagli tempo.»

«Ma non ne ha, no?» Sento il pianto chiudermi la gola. «Me ne vado dalla Collezione» affermo, per non pensare allo sguardo che Ben mi ha lanciato prima di uscire dalla porta. «Li ho avvisati con un'email stamattina. Anna mi ha chiesto di pensarci su, ma non posso restare.»

«Non vuoi davvero separarti dalla tua Collezione per altri vent'anni. Non è così, Madame Bianchi?»

«Onestamente non credo che me ne importi» commento, stanca.

«Ho cercato mille volte una risposta in ogni parte della Collezione, sempre convinta che il decennio seguente avrebbe portato un nuovo modo di dare un senso a tutto questo, ma non ho mai trovato una via di fuga. E proprio quando credevo di aver trovato un motivo per voler vivere per sempre, ho scoperto che nemmeno Leonardo conosceva il suo segreto. È lo scenario peggiore che potessi immaginare.»

Jack si agita sulla sedia.

«Non volevo...»

«Lo so.» Mi sorride. «Ho sempre visto la speranza in te e la vedrò fino alla fine dell'universo. So che l'hai persa dopo Dominic. E l'hai ritrovata con Ben.» Tace per un momento. La sua espressione è indecifrabile. «Avrei dovuto capire prima quello che stavi affrontando.»

«Come potevi, se non lo capivo nemmeno io?» Gli prendo una mano al di sopra del tavolo. Sono felice di averlo di nuovo accanto.

«Allora, cosa ti ha detto il quadro?» chiede finalmente Jack, come se avesse temuto il momento della verità.

«Ha scritto un messaggio, per così dire, o forse un memoriale, in cui racconta di quando è venuto a trovarmi in convento. A un certo punto della visita deve aver rimesso mano al dipinto. Ma il ritratto non rivela cos'abbia fatto per rendermi così. A dire il vero, è solo una specie di nota a piè di pagina.»

«Sarebbe proprio da lui» dice Jack. «Che stronzo.»

«Sei l'unica persona al mondo che darebbe dello stronzo a Leonardo da Vinci» commento.

«L'unica a cui sia permesso» ride lui.

«Mi dispiace, Jack» proseguo. «Ero così presa da Ben. Avrei dovuto ascoltarti. Era sconvolto, spaventato, ferito e arrabbiato. Quando se n'è andato, credo che avesse già accettato la verità.» Chino il capo a guardare il tavolo, ma ho la vista annebbiata dalle lacrime. «Ma se n'è andato lo stesso. Non so dove sia e non so se tornerà.»

«Oh, Vita.» Jack aggira il tavolo per venire ad abbracciarmi e poso la testa sulla sua spalla.

«Io ci sarò sempre per te» dice. «Ti vorrò sempre bene.»

«Ieri Ben ha cercato di dirmi che sei innamorato di me.» Tiro su col naso e sorrido. «Come se potessi mai provare qualcosa del genere per me.»

Mi aspetto uno sbuffo e una risata, magari qualche commento estemporaneo. Ma lui resta in silenzio, immobile. Con il fiato sospeso. Mi alzo e lo guardo in faccia.

Unisco finalmente i puntini. «Jack?»

«Neanch'io me l'aspettavo» risponde lui, con un timido sorriso triste. «Anzi, mi ha colto di sorpresa. Non sapevo di essere innamorato di te, Vita, fino al giorno in cui ti ho vista sposare Dominic. Ho visto come lo guardavi e ho capito che avrei vissuto altri mille anni per la possibilità che un giorno mi guardassi in quel modo. Non credo che tu ti renda conto di quanto sei straordinaria. Sì, abbiamo affrontato ogni cosa fianco a fianco, ma per me è sempre stato più facile, perché sono un uomo. Hai sopportato ogni sorta di orrori, ma speri ancora, lotti ancora, ami ancora. È impossibile non innamorarsi di te.»

«Ma...»

«Non ti avrei mai parlato di questa rivelazione il giorno del tuo matrimonio» continua Jack. «Non sono così volgare. Volevo attendere il momento giusto. Avrei riempito i miei giorni di belle persone e belle esperienze finché saresti stata felice e sposata, e anche dopo, quando il dolore ti avrebbe travolto. Ti avrei dato tutto il tempo di elaborare il lutto e di capire che vale la pena di vivere, ne vale sempre la pena, quando c'è l'amore.»

«Jack...»

«E poi, proprio nel momento in cui pensavo di poterti finalmente dire che mi ero innamorato di te a metà del secolo scorso, hai incontrato Ben. È stato un brutto colpo.»

Jack allontana il braccio da me per prendere il caffè dall'altra parte del tavolo.

«Non l'avevo capito» dico. «Che stupida. Non mi è mai neppure passato per la testa. Mi dispiace tanto. Ti voglio bene, Jack, ma...»

«Smettila.» Jack mi mette a tacere alzando il palmo della mano, con un sorriso ironico. «Non ho vissuto così a lungo solo per essere friendzonato da te. Non voglio tornare sull'argomento. E non devi scusarti perché non ricambi i miei sentimenti. È così e basta, e sai che me ne farò una ragione. Prima o poi. Dopotutto, ho un'eternità a disposizione per andare dallo psicologo.»

Gli butto le braccia al collo e lui ricambia l'abbraccio. Mi stringe forte per un momento, poi si libera con decisione e torna al suo posto.

«Credo che abbia dipinto il mio ritratto dopo essere venuto a trovarti a Milano» dice, cambiando discorso per mettere una pietra sull'argomento. «Per lui non ero già più nel fiore degli anni e forse, dopo averti vista, ha pensato che sarebbe riuscito a farmi conservare quel che restava della mia bellezza. "Ah, Salaì" diceva, "sei l'essere più bello che abbia mai conosciuto." Ma non abbastanza bello perché mi amasse fino alla fine. Venticinque anni insieme, e anche dopo avermi intrappolato nell'ambra è riuscito a smettere di trovarmi abbastanza bello.» Sospira. «Vorrei solo che mi avesse chiesto il permesso, e che lo avesse chiesto anche a te» prosegue. «Insomma, almeno nel tuo caso non si aspettava di riuscirci, ma nel mio? Di sicuro si era reso conto che era possibile, aveva le prove che avrebbe funzionato.»

«E cosa gli avresti detto se ti avesse offerto l'eternità?» gli chiedo.

«Gli avrei detto di sì» ammette Jack. «E persino adesso accetterei, credo. Amo ancora questa bizzarra, meravigliosa vita: non riesco a immaginare di stancarmene, nonostante certe... *delusioni*.»

«Ne sono felice» dico.

«E nonostante i miei problemi di cuore» continua Jack «voglio che tu sappia che sarò sempre tuo amico. Voglio che tu sia felice, Vita. È il mio più grande desiderio.»

«Lo so» dico. «Sei un brav'uomo, Jack.»

«Ma non quello giusto» conclude. «L'uomo che ami, a cui appartieni, è Ben.»

«Se potessi riaverlo, anche solo per un po', forse la prospettiva di vivere per altri cinque secoli mi riuscirebbe più tollerabile.»

«E se non tornasse?» chiede Jack.

«Continuerò a cercare una via d'uscita» gli dico. «Ho bisogno di essere sicura che un giorno tutto questo finirà come è giusto che finisca, in modo naturale, come è successo a Leonardo; come è successo a mio figlio. Come dovrebbe succedere anche a me. Se sapessi di poter tornare tra le stelle, per stare con mio figlio, con Dominic, con Ben... Con tutte le persone che ho amato e perduto, allora avrei pace.»

C'è un lungo silenzio. Anche la città trafficata intorno a noi sembra essersi acquietata.

«Vita» dice Jack dopo un po'. All'improvviso ha l'aria spaventata. «Ti arrabbierai, ma ti prego di ascoltarmi fino alla fine e di cercare di capire i motivi della mia scelta.»

«Cosa vuoi dire?» chiedo, diffidente. «Perché?»

Jack china il capo e intuisco che sta scegliendo con cura le parole.

«Jack, perché dovrei arrabbiarmi?» gli chiedo. «Che cosa hai fatto?»

«Il problema non è tanto quello che ho fatto, quanto quello che non ho fatto... non ancora.»

«Dimmelo e basta, Jack» lo incito.

«Quando Leonardo è morto, mi ha lasciato mezza vigna – solo *mezza*, bada bene – e molte delle sue opere, schizzi e taccuini, tutti stipati in quell'enorme baule.» Annuisco. Niente di nuovo: ho visto diverse volte la collezione di Jack. «Sai com'è andata. Dopo Leonardo ero diventato un ubriacone, perso, sregolato. Non c'era guaio in cui non riuscissi a cacciarmi e sono arrivato al punto di dover fingere la mia morte, in modo adeguatamente drammatico.»

«Ucciso in modo violento... molto suggestivo» commento.

«È passato molto tempo prima che mi rendessi conto di ciò

che mi stava accadendo, o meglio, di ciò che non mi stava accadendo. Quando ho capito di essere come te, Leonardo era morto e io non avevo nessuno. Finché non ti ho trovata.» Il suo sorriso è pieno di dolore. «Sai che ogni tanto lascio che uno dei pezzi meno interessanti venga "scoperto" per tirare su qualche soldo? Come quella volta che ci ha tolto da quel pasticcio a Parigi?» Annuisco con un brivido. L'avevano battezzato «il Terrore» per ottime ragioni.

«Allora, cos'è che non mi hai detto?» gli chiedo. Mi sta ricordando tutte le nostre avventure. Di qualunque colpa si tratti, dev'essere grave.

«Circa trent'anni fa – sembra ieri – tu eri nel Dorset con Dominic e io ero a Berlino. Tu amavi la tua vita con Dominic e quindi l'amavo anch'io, ma per me era dura. Più di quanto volessi ammettere.»

«Capisco» dico.

«Comunque, un giorno stavo rovistando nel mio baule, in cerca di qualcosa da far ricomparire. Per una volta avevo tirato fuori il suo intero contenuto, e l'avevo sistemato sul pavimento. In quell'appartamento c'era un bel pavimento di mogano, ti ricordi?»

«Jack.» Non so che espressione ho sul viso, ma lui la prende come un avvertimento.

«Be', ho notato che c'era un gancio sul fondo del baule, progettato in modo da sembrare un giunto. Ovviamente. Leonardo adorava gli scomparti segreti. Comunque, non ci misi molto ad aprirlo, ed eccolo lì.»

«Che cosa?» gli chiedo, ma ho già intuito la risposta, con un tuffo al cuore.

«Giuro che se l'avessi scoperto prima te l'avrei detto. Ma a quel punto Dominic era già vecchio e malato.»

«Che cosa hai trovato, Jack?» chiedo, alzando la voce.

«Un pacchetto, sigillato con la ceralacca» racconta. «L'ho aperto e dentro c'erano dei pigmenti in polvere, una fiala di olio e un minuscolo frammento di roccia rossa simile a cera, grande come l'unghia del mio pollice, che lui aveva chiamato *pietra filosofale*. E i suoi appunti sui procedimenti che aveva seguito per dipingere prima te, e poi me. Ho trovato il segreto dell'immortalità, Vita, e sono rimasti abbastanza pigmenti per un solo ritratto. Un ritratto che fermerà il tempo per il soggetto rappresentato.»

Le sue parole mi tolgono il fiato come un pugno allo stomaco. Lo fisso.

«Vita, ascolta» continua Jack. «Non te l'ho detto allora perché sapevo che avresti voluto che lo usassi per Dominic. E non sapevo se avrebbe funzionato, e se avesse funzionato, mi sembrava...»

«Cosa?» gli chiedo.

«Be', come hai detto anche tu, Dominic era molto malato.» Si accorge del mio shock. «Tenerlo bloccato per sempre in quel momento sarebbe stato ingiusto. Non l'ho fatto per me, credimi. Stavo solo cercando di proteggere te *e* Dominic. Ti sono stato accanto in quegli ultimi mesi, ricordi? Mi ha chiesto di prendermi cura di te quando se ne sarebbe andato. Mi ha detto che non poteva lasciarti senza essere certo che qualcuno ti amasse e si prendesse cura di te; e io gli ho promesso che l'avrei fatto. Cercava una via d'uscita, Vita, proprio come te. Non te l'ho detto allora perché sarebbe stato troppo difficile da accettare.»

Aspetto a occhi chiusi che il mondo smetta di ondeggiare per cercare di comprendere appieno il significato delle sue parole.

«Hai fatto bene a non parlarmene in quel momento» dico alla fine, e lui tira un lungo sospiro di sollievo. «Ma sapevi che l'avevo cercato così a lungo, Jack. E hai sempre avuto la risposta.»

«No, non l'hai fatto. E no, non ce l'ho.» Scuote la testa. «Stavi cercando un modo di porre fine a questo processo. Gli appunti spiegano solo come avviarlo. Leonardo non dice nulla su come arrestarlo. È ancora un mistero per entrambi.»

Ci metto un attimo ad afferrare il significato delle sue parole, e un tenue barlume di luce inizia a rischiarare il buio.

«E perché hai deciso di dirmelo adesso?» gli chiedo, cercando di non illudermi.

«Perché, qualunque cosa tu possa pensare delle mie scelte di allora, io ti amo. Tutto ciò che voglio da questo mondo è che tu sia felice. E perché ce n'è ancora quanto basta per un solo ritratto. Quanto basta per salvare Ben, se va tutto bene, e farlo rimanere al tuo fianco per sempre.»

53

Ci sono quindici chiamate perse sul mio telefono quando esco dall'ufficio del dottor Perrera con Pablo al mio fianco. Gli ho spiegato che non sarei andato da nessuna parte senza il mio cane e lui mi ha subito permesso di infrangere le regole.

Al mio arrivo, circa un'ora fa, gli ho comunicato che acconsentivo all'intervento e che non avrei cambiato idea, quindi non avevo bisogno di conoscere ogni disgustoso dettaglio. Ovviamente me li ha raccontati tutti lo stesso.

Useranno le scansioni del mio cervello per creare una simulazione al computer in modo da potersi esercitare diverse volte a eseguire la procedura. Sono stato a sentire mentre mi illustrava tutti i progetti e gli imprevisti a cui si erano preparati nell'eventualità che cambiassi idea e mi facessi di nuovo vivo. Ha cercato di farmi ricoverare subito in un reparto per tenermi sotto osservazione, ma sarebbero stati pronti per l'intervento solo nel giro di tre giorni, e gli ho risposto che non avevo intenzione di passare settantadue ore chiuso in un ospedale. Non gli è andato a genio, ma è stato comprensivo.

Vorrei sentirmi emozionato e grato per la prospettiva di una soluzione chirurgica, o almeno nervoso o spaventato, ma mi sento solo stordito. È lo stesso torpore che si è impadronito di me il giorno in cui ho lasciato Leeds in cerca del senso della vita, convinto come un idiota che sarebbe stato facile trovarlo. Per un po' Vita ha forato la spessa nube grigia che sembrava voler definire i miei ultimi giorni sulla Terra e l'ha riempita con il suo arcobaleno. Ma ora? Ora non ho più idea di ciò che penso, sento o credo. Sono completamente disorientato.

L'aver scoperto un intero universo segreto mi riempie di rabbia. So che non è bello, ma è così. E nonostante tutto lei mi manca così tanto che ogni cellula mi fa male.

Quindici chiamate perse, tutte da parte di Vita.

Non ha lasciato messaggi fino all'ultima chiamata. Imposto il vivavoce, metto il telefono vicino all'orecchio e ascolto.

«Ben, per favore, chiamami» dice. «C'è una novità molto importante di cui devo parlarti il prima possibile. Per favore. Sono a casa. Sarò in casa tutto il giorno. Ti prego, vieni. Ho bisogno di parlarti di persona. È urgente.»

La sua voce ha un tono che non riesco a interpretare. Non so se ho il coraggio di provarci.

Così, invece, chiamo mia madre su FaceTime. Risponde al secondo squillo.

«Cosa c'è che non va?» mi chiede quando vede la mia espressione. «Ben, cosa è successo?»

«C'è Kitty?» chiedo, e un secondo dopo entrambe mi scrutano dallo schermo del mio telefono. Meglio che vada dritto al punto. «C'è un chirurgo quaggiù che pensa di poter riuscire a tirare via l'aneurisma e ho deciso di provarci» racconto. «Vi va di scendere? Vi vorrei qui con me.»

«Ma la dottoressa Patterson pensava che fosse troppo pericoloso» dice la mamma.

«Non voglio mentirti, in effetti è molto pericoloso» ammetto. «Le probabilità di successo sono un po' più alte di quanto pensasse la dottoressa Patterson, ma non molto. Però è un'opportunità. E io voglio coglierla. Ma non se non ci siete. Ho bisogno di voi.»

«Che cosa dice Vita?» chiede la mamma.

«Sto per dirglielo» rispondo. «Guarda mamma, ho già deciso. Vorrei solo avervi accanto.»

«Arriviamo» interviene Kitty. «Prendo dei biglietti per domani.»

«Stiamo arrivando» dice la mamma prima di premersi una mano sulla bocca per soffocare un singhiozzo.

Restiamo a fissarci, gli sguardi magicamente collegati a centinaia di chilometri di distanza da una tecnologia che il dottor John Dee avrebbe preso per un dono degli angeli. Forse è la mia ultima occasione per guardare i loro volti, per conservarli nel cuore.

«Ci vediamo presto» saluto mentre metto giù. E prego che non sia una bugia.

Ma immediatamente mi ritrovo a chiedermi se non sia meglio lasciar perdere quest'ultimo tentativo di rimanere in vita e tornare semplicemente a casa. Dimenticare Vita, dimenticare l'intervento, prendere il prossimo treno per lo Yorkshire e trascorrere il tempo che mi resta con le persone che amo, nei luoghi che conosco. Sono venuto qui per definire ciò che è stata la mia vita e chi sono. Mi aspettavo che accadesse qualcosa di sconvolgente, ho sperato e pregato che accadesse. Ed è successo. E mi sento solo intontito.

Ma se non la rivedrò mai più, se non la toccherò mai più, il resto della mia vita sarà vuoto.

«Andiamo» dico a Pablo. «Abbiamo un impegno.»

«Ben.» Apre la porta con le lacrime agli occhi, ma sorride. «Avevo paura che non saresti venuto.»

«Ho rischiato di non farlo» dico. «A essere sincero mi sento combattuto.»

Si ritira nell'ombra del corridoio per farci passare. Libero Pablo dal guinzaglio e lui trotterella in salotto e salta subito sul divano come se fosse fatto per lui.

Mi appoggio alla porta del salotto e vedo che le fotografie sono state rimosse.

«Non ne potevo più di guardare la mia faccia grande come una casa» spiega Vita, con un cenno del capo verso la pila di frammenti su un tavolino. «Senti, capisco perché sei così arrabbiato con me» continua in fretta. «Volevo dirtelo, stavo per dirtelo...»

«Lo so» la interrompo. È difficile starle così vicino e sentirmi incapace di toccarla. «Non ho bisogno di perdonarti. È stato doloroso, ma non sono nemmeno più arrabbiato.» Vado in salotto e mi sdraio sul divano accanto al mio cane. «Non so più come sentirmi. Prima pensavo di aver capito. Ero sicuro che ci fossimo dentro tutti: tutti vivono e tutti muoiono. A volte il destino è bastardo e qualcuno muore troppo giovane. Ho giocato alla roulette, ho perso ed è una merda, ma potevo accettarlo. Ma ora so che il gioco è truccato, che tu e Jack esistete. Niente di quello che pensavo di sapere ha più senso. C'è una versione di questo mondo completamente diversa e segreta rispetto a quella che conoscevo, e non so come affrontarla.»

«Lo so, non è giusto» dice Vita. «È letteralmente innaturale. Io e Jack inganniamo la morte ogni giorno e non sappiamo perché. Siamo fortunati. Grazie al tempo infinito ho avuto molta fortuna. Ma anche noi soffriamo. Ho sofferto per secoli in un mondo che mi odiava e mi temeva, anche se non sapeva perché. Quindi, se mi odi, ti capisco. Il solo pensiero mi è insopportabile, ma ti capisco. Se il resto del mondo non è ancora pronto ad accettare quello che mi è successo, perché dovresti farlo tu?»

Le sue parole mi scuotono dal torpore.

«Non ti odio, Vita» le dico, proteso verso di lei, e solo un enorme sforzo di volontà mi permette di non spalancare le braccia per stringerla a me. «Sarebbe tutto più semplice se ti odiassi. Ma io ti amo.»

«Ancora?» chiede lei, la voce acuta e fioca.

«Probabilmente sempre» rispondo triste.

«Ti amo anch'io» dice, con le lacrime che le rigano il viso.

Annuisco. Un nodo alla gola mi impedisce di parlare. Siamo seduti ai due capi della stanza, a pochi metri di distanza l'uno dall'altra, eppure sembra che interi universi riempiano il vuoto tra noi.

«È difficile, questa vita» aggiunge. «Hai visto quanto è stata dura per me. Può essere estenuante, sconcertante, spaventosa e dolorosa. Perdo tutto e tutti coloro che amo, ogni volta. E per quanto cerchi di nascondermi, l'amore riesce sempre a scovarmi. La vita continua a farmi provare ogni genere di emozione, anche se è l'ultima cosa che vorrei. Ma può anche essere piena di gioia e di bellezza. Persino nei momenti più bui ho visto gli esseri umani riuscire ancora a sperare, riuscire ancora a sforzarsi di essere buoni e amarsi l'un l'altro.»

La guardo, senza sapere come rispondere.

«Ma è difficile, e l'eternità è un tempo molto lungo, Ben. Un tempo molto lungo per vivere nel rimorso.»

«Posso immaginarlo» dico.

«Davvero?» ribatte. «Riesci a immaginarti di assistere alla morte di tua madre e di Kitty? Di vedere Elliot invecchiare e morire? Riusciresti a sopportarlo? Perché ho bisogno di sapere che sei sicuro che potresti sopportarlo senza odiare te stesso. Che sei sicuro di voler rinunciare alla vita che hai ora, che è tranquilla e serena, anche se troppo breve, per averne una che potrebbe non finire mai... per avere millenni con me. Ora ti sembrerà un sogno che si avvera, ma ci saranno anche dei sacrifici. Devi essere sicuro di essere disposto a farli.»

«Di cosa stai parlando?» le chiedo, cercando di impedire alla mia mente di trarre conclusioni affrettate.

«Jack... Jack ha trovato il segreto. A quanto pare è sempre stato in suo possesso, ma l'ha scoperto solo di recente. Sa come fare quello che ci ha fatto Leonardo.»

«Sul serio?» La stanza vacilla e si contorce. Cerco qualcosa a cui aggrapparmi e trovo la sua mano, mentre lei copre i pochi metri che ci separano.

«Sul serio» ripete. «Sappiamo come ripetere l'esperimento.»

Quelle parole aprono prospettive troppo vaste per contemplarle, così mi radico nella vecchia realtà, quella che conosco.

«Quando mi hanno portato in ospedale, lo specialista che mi ha visitato» le racconto «ha detto che mi avrebbe operato, per curarmi.»

«Che cosa?» sussulta lei.

«Pensano che ci sia il dodici per cento di probabilità di successo, di guarire. Be' non dalla sindrome di Marfan, ma dall'aneurisma.»

«E se non riuscisse?» chiede Vita, cinerea.

«Morte o morte cerebrale» ammetto, e mi sento tremare la voce. «Ho già acconsentito a farlo. Dopodomani. Se funziona, avremo più tempo da passare insieme. Non credo di averlo saputo fino a ora, ma se funziona tornerò immediatamente da te appena posso.»

«Ma il rischio?» domanda. «Il rischio è così alto. E se ti perdessi domani?»

«E se non mi perdessi?» ribatto. «È un'opportunità. Non me l'aspettavo, e in qualche modo mi sembra... giusta.»

«Allora, sei sicuro?» mi chiede. «Vuoi l'intervento? Non vuoi una vita come la mia, insieme a me?»

Per un lungo momento non so come rispondere. Quando era solo un'ipotesi, non desideravo altro. Ora che lo capisco un po' meglio, per quanto possa farlo il mio piccolo cervello mortale, riesco a percepire il grande peso di tutto quel tempo. Posso quasi sentire il fardello di una vita così lunga in un mondo che non si ferma mai a prendere fiato. Non sono sicuro di volerlo, eppure lei non ha scelta.

«È che fino a circa dieci secondi fa non pensavo che fosse possibile» spiego. «E non so ancora se lo è, perché non l'hai ancora detto.»

«Oddio.» Vita fa un lungo respiro tremante. «Scusa, scusa, scusa, voglio così tanto che tu sia d'accordo che ho bruciato le tappe. Sto cercando di dirti che Jack ci aiuterà, Ben. Se lo vuoi, può renderti immortale come me. Se è questo ciò che desideri. Ma devi esserne sicuro.»

«Per sempre» dico, chiedendomi il vero significato di queste parole. Vita era sola quando le è accaduto il «per sempre», non aveva nulla. Io ho tutto: una famiglia che mi ama, una casa, dei luoghi in cui mi sento al sicuro. Accettare significherebbe lasciare che tutto questo marcisca e vada lentamente in rovina sotto i miei occhi. Il pensiero di perdere mamma e Kitty, Elliot e persino Pablo fa ancora più male ora che mi rendo conto che non c'è via d'uscita. Sarei intrappolato per sempre. Ma è la mia unica possibilità. Questo, o un'operazione che quasi sicuramente mi ucciderà. Lasciarli ora o sopportare che siano loro a farlo. A ben vedere non ho alcuna scelta.

«Per quanto ne so» dice Vita. «Non possiamo essere certi che il processo funzionerà: i pigmenti sono vecchi e potrebbero essere inutili. Ma sappiamo che ha funzionato in passato.» Si appoggia a me, posa la fronte contro la mia. «So soltanto che se dirai di sì, ti amerò finché il mondo continuerà a girare, e oltre.»

Il punto non è quello che ho da perdere: ho molto da perdere. Ma se funziona, questo bizzarro miracolo mi terrà al mondo abbastanza a lungo da apprezzare tutto ciò che ho, e anche di più. E ci sarà sempre Vita.

«E per sempre sia, allora» le dico, portandomi la sua mano alle labbra. «Voglio il per sempre, insieme a te.»

X

La nostra ultima ora ci è nascosta, così che le sorvegliamo tutte.

Motto tradizionale per meridiane

54

«FORSE dovremmo aspettare Kitty e tua madre» mi preoccupo, ferma accanto a Ben e Jack di fronte alla Collezione Bianchi. «Dovrebbero essere qui con te. Dovresti parlarne con loro e vedere come la pensano. A quanto ne sappiamo, sei il primo nella storia a scegliere liberamente di provarci, quindi è importante che tu lo faccia nel modo giusto.»

Ben fissa il palazzo come se lo vedesse per la prima volta. Io lo saluto come un vecchio amico, la mia unica costante in decenni di cambiamenti, che ha vegliato su ogni fase della mia vita, dalla notte in cui brillava alla luce delle fiaccole fino a questo momento in cui aspetta in silenzio, avvolto dalle tenebre, che io torni a casa.

«Scegliere la vita significa partecipare a ogni sua parte, ma anche esserne esclusi. Assistere alla storia, ma non riuscire mai davvero a farla.»

«Stai cercando di dissuadermi?» chiede Ben.

«No, voglio solo essere sicura di non averti convinto a farlo, che è davvero una tua scelta.»

«È davvero una mia scelta» ripete lui. «E per il momento non c'è ancora nulla di cui discutere con loro. Vediamo come va a finire. Saranno comunque qui domattina per l'intervento, quindi non fasciamoci la testa prima di essercela rotta. D'accordo?»

«D'accordo, ma come faremo a sapere se ha funzionato?» gli chiedo. «Jack e io ci abbiamo messo anni ad accorgercene.»

«L'intervento» decide Ben. «Se sopravvivo all'intervento e rimango in vita per qualche mese... sapremo che ci sono buone probabilità che io non possa morire.»

«Posso suggerirvi di passare alla parte della serata dedicata all'effrazione?» ci interrompe Jack. «Ci sono un sacco di telecamere di sicurezza a Londra.»

«Non è un'effrazione quando l'edificio è tuo, Jack» dico.

«Aspetta, cosa?» chiede Ben. «È ancora tuo? Come?»

«Noi due, Jack e io, *siamo* la Collezione Bianchi. Io ero Madame Bianchi e Jack era mio fratello. Volevamo capire cosa ci era successo e come. Così abbiamo viaggiato e raccolto tutto ciò che poteva fornirci una risposta, o anche solo una parte. Questa è la *nostra* collezione. Quando la prima Madame Bianchi, il cui ritratto sorveglia ancora la sala d'ingresso, morì silenziosamente in campagna nel 1781, i suoi discendenti – Jack e io, naturalmente, sotto nuove identità – tennero il palazzo più a lungo possibile, ma il mondo era cambiato e la gente non viveva più in quel modo.»

«E poi non riuscivamo a ottenere l'unica cosa che volevamo davvero, cioè l'accesso ai ritratti di Da Vinci» aggiunge Jack.

«Così nel 1920 lo abbiamo lasciato in eredità alla nazione, nella speranza che un giorno la sua fama di museo culturale a livello mondiale ci permettesse di portare i dipinti qui da noi.»

«Questo sì che è pensare al futuro» commenta Ben.

«L'importante in questa vita è giocare d'anticipo» interviene Jack.

«E anche avere qualche colpo di fortuna» aggiungo, sorridendo a Ben. «Comunque, siamo – o meglio, lo sono alcune versioni di noi – ancora nel consiglio di amministrazione.»

Il semaforo diventa verde e attraversiamo la strada insieme.

«Ma allora perché fai un lavoro per cui hai dovuto prendere due lauree, in un museo di tua proprietà?» chiede Ben.

«Perché Vita non ha mai voluto approfittare della sua posizione privilegiata» spiega Jack.

«Dopo la morte di Dominic, sono tornata all'università» dico. «Ho collezionato lauree come figurine, ma naturalmente la maggior parte dei titoli che ho conseguito non corrispondono a lungo all'aspetto di chi li ha conseguiti. Così ogni tanto ricomincio da capo.»

«Qualche anno fa ha deciso di tornare alla Collezione per approfittare delle nuove tecnologie, quindi si è iscritta all'università, si è armata di conoscenza e, quando si è liberato un posto, si è candidata come chiunque altro.»

«Be', essere in possesso di qualche informazione riservata probabilmente mi ha dato un certo vantaggio» ammetto. «E in una vita così lunga qualche privilegio è inevitabile, come ad esempio accumulare ricchezze.»

«E se non ci fossi riuscita?» chiede Ben. «Cos'avresti fatto?»

«Non mi è mai venuto in mente che potevo fallire» dico pensierosa mentre ci avviciniamo all'ingresso principale.

«E mentre Vita era all'università, io sono tornato a Firenze per dare una rinfrescata alle mie tecniche pittoriche, ma devo ammettere che non ho mai avuto un insegnante più brillante di Leonardo.»

«Dev'essere stato incredibile» dice Ben a bocca aperta «aver conosciuto così bene Leonardo.»

«Non così bene come pensavo» ribatte Jack a bassa voce.

«Comunque, si dà il caso che un donatore incredibilmente facoltoso abbia deciso di affittare l'intero edificio per un piccolo evento privato proprio stasera, con tanto di security privata, quindi avremo a disposizione l'intero palazzo.»

«E l'evento del ricco donatore?» mi chiede Ben.

Gli lancio una lunga occhiata.

«Oh, *sei tu* il ricco donatore. Aspetta, perché non l'hai fatto quando dovevamo fotografare il ritratto?» chiede.

«Sono immortale, mica perfetta» ribatto. «È stata un'idea di Jack, che è molto più machiavellico di me.»

«Ecco, *lui* non era affatto così cattivo come l'ha dipinto la storia» commenta allegramente Jack.

Visto che è una serata importante ed è passato un sacco di tempo dall'ultima volta che ho avuto questo posto quasi tutto per me, entriamo dalla porta principale.

L'ingresso è completamente illuminato e mi lascia ancora senza fiato vedere le nostre opere appese alle pareti di seta color smeraldo, i nostri bei mobili e averi messi in mostra perché tutti possano vederli.

«Casa dolce casa» sospira Jack. «Mi manca il XVIII secolo; credo che sia il mio preferito per ora. I vestiti, per dirne una.»

«Sono seriamente a disagio nell'usare questo modo di dire» commenta Ben, mentre cammina fino al centro della sala e gira molto lentamente su sé stesso «ma mi sento scoppiare la testa. Insomma, chi altro avete conosciuto? Dove siete stati?»

«Avrò tempo per raccontarti tutto più tardi» rispondo. Poi gli prendo una mano e la bacio. «Jack, e adesso?»

«Be', prima di tutto devo fare dei bozzetti di Ben» spiega Jack. «Proporrei il cortile. Leonardo dice che il ritratto deve essere completato alla luce delle stelle. Non parla specificamente dei bozzetti, ma penso sia meglio non rischiare.»

Seguiamo Jack attraverso il vecchio salotto e la sala da ballo e usciamo nel cortile coperto, dove una cupola di vetro sovrasta una vasca con una fontana fiancheggiata dalle antiche statue che abbiamo portato da Roma e dalla Grecia.

Tengo per mano Ben e guardo Jack che prepara il cavalletto e vi fissa diversi fogli di carta marrone. Apre la borsa e tira fuori la scatola di gessetti nuova di zecca che gli ho comprato.

«Questi gessetti andranno bene?» gli chiedo, apprensiva. «Non sono esattamente quelli di Leonardo, vero?»

«No, ma il gesso è una delle poche cose che non sono cambiate in cinquecento anni» mi spiega Jack. «Il gesso è gesso. Ora smetti di disturbare me e la mia musa, altrimenti dovrò chiederti di andartene.»

È uno sforzo titanico, ma so che Jack odia essere osservato quando lavora, quindi faccio come dice. Ho letto le istruzioni di Leonardo prima di venire alla Collezione. Ha scritto di aver completato il mio ritratto tra le due e le quattro del mattino, nell'arco di varie settimane. Non abbiamo settimane a disposizione perché Jack possa perfezionare il suo ritratto di Ben, lavorare sullo sfumato o fissare l'espressione unica nei suoi occhi. Possiamo solo sperare che i materiali, il gesto, siano sufficienti a salvare Ben una volta per tutte. Dobbiamo sperare, e lo faccio. A ogni battito del mio cuore spero il più possibile, fino a tendere ogni muscolo e a far sì che tutto il mio corpo sia avvolto da una febbre di buoni auspici.

«Tutto qui?» Ben scruta la piccola pepita di materiale opaco e rossastro che Jack ha messo sul tavolo poco prima che uscissimo. «È questa la pietra filosofale?»

«Così diceva Leonardo» dice Jack con un'alzata di spalle. «A quanto ne so, potrebbe essere solo cacca di piccione, ma è quello che abbiamo.»

«Ma, se funziona, non dovremmo farla analizzare in un laboratorio? Condividerla con il resto del mondo?» chiede Ben.

«Non riesco a immaginare un'idea peggiore» risponde Jack. «E nemmeno Leonardo. Ecco perché, quando ha capito cosa aveva combinato, ha fatto del suo meglio per nasconderla. Sapeva di cos'era capace l'umanità. Sapeva che una scoperta del genere avrebbe sconvolto l'equilibrio della creazione se fosse apparsa prima che fossimo pronti. Ne conserverò un pochino, quanto basta per farla analizzare un giorno, tra molto tempo, se mai apparirà una civiltà abbastanza avanzata da saperla usare. Ma gli ultimi cinquecento anni non mi hanno dato molte speranze.»

«Ma *tu* capisci come funziona?» chiede Ben.

«Mi rendo conto che questo potrebbe essere un momento

decisivo per te» ribatte Jack «ma temo di dover confessare che in questa occasione tutto ciò che posso fare è seguire le istruzioni e dipingere. Il modo esatto in cui il processo riesce a mutare il comportamento del tempo e dello spazio è ancora un mistero per me.»

«È solo che è così normale» continua Ben. «Mi mette a disagio che una cosa così importante possa avvenire in modo così *tranquillo*.»

«Nemmeno Leonardo ci aveva capito nulla» dice Jack. «Nelle istruzioni scrive di sforzarsi di creare un equilibrio perfetto, un'armonia di atomi; di muovere i soggetti, Vita e io, e in questo caso tu, in completa sincronia con ogni altro atomo dell'universo, di farli esistere come sono nel momento in cui il ritratto viene completato, ma allo stesso tempo di intesserli nella trama della realtà stessa. E poi scrive di catturare lo spirito della creazione che scorre in ogni cosa e di creare una sorta di diga per contenerlo. Non sono uno scienziato, ma credo che stesse parlando della materia oscura.»

«La particella di Dio» concorda Ben.

Jack completa il suo primo schizzo e lo solleva per mostrarcelo. Lo ha riprodotto alla perfezione, con cura, persino con affetto. Guardo Jack, ringraziandolo silenziosamente dal profondo del cuore. Lui sorride appena e annuisce. «Dovremo provare per credere. Sei ancora disposto a fare questo tentativo, Ben, prima di sottoporti a un'operazione suicida?»

«Lo sono» risponde lui.

«Allora vai a prepararti» dice Jack. «Pettinati i capelli, lavati i denti. Ti conviene presentarti al meglio.»

Quando Ben se ne va, prendo la mano di Jack.

«Grazie per aver dato a Ben questa possibilità» dico semplicemente. «So quanto deve costarti.»

«Darti la possibilità di essere felice non mi costa nulla» risponde Jack, e mi dà un lieve bacio sulla fronte. «Spero solo che sia sufficiente. Ora lasciami fare. Lo manderò da te quando sarò pronto per iniziare a dipingere.»

Lo lascio nel cortile, e inizio a vagare per i corridoi, fermandomi qua e là per rivedere vecchi amici. Quando entro nella mostra di Da Vinci, trovo *La Belle* che mi aspetta pazientemente.

Trascino una sedia per sedermi di fronte a lei e ricambiare il suo sguardo. Vorrei poter tornare a quel momento per dirle che, qualunque cosa accada, un giorno sarà felice.

«Sei al sicuro adesso» dico, alla ragazza che sono stata, quell'anima brutalizzata e perduta che era stata derubata di ogni gioia e quasi spezzata. «Agnese, non hai più nulla da temere. Non devi più disperare, perché adesso ci sono io con te. Sei al sicuro.»

Forse è solo un'illusione ottica, ma mi sembra di vederla sorridere.

55

«VOLEVO solo dirti che mi rendo conto di quanto ti pesi quello che stai facendo per me e Vita» confesso a Jack, dopo almeno un'ora passata in un silenzio piuttosto imbarazzante. «Credo di aver capito quello che provi ancora prima che se ne accorgesse lei.»

«Non c'è motivo di piangere sul latte versato» dice Jack con cauta leggerezza. «Ho perso la mia occasione, se mai ne ho avuta una. La amerò per sempre, ma tra un centinaio di anni o giù di lì il dolore passerà. A quanto pare il tempo sa essere un ottimo guaritore, quando si hanno secoli a disposizione.»

«Sei davvero un uomo straordinario» gli dico.

«Lo so» ribatte con un'alzata di spalle.

«Ti sono grato di essere qui stasera, per lei e per me. Non lo dimenticherò mai.»

«La verità è che» dice Jack, misurandomi con l'impugnatura del pennello «Vita non mi avrebbe mai amato in quel modo, anche se non fossi comparso tu. Ora l'ho capito. Ho cercato in tutti i modi di non dirglielo, ma… Be', sono un essere umano. Senti, non dispiacerti per me. Sono incredibilmente attraente e irresistibilmente affascinante. Presto qualche bella persona mi coinvolgerà in una grande passione e tornerò quello di sempre.»

«Non mi dispiacerò per te» prometto. «Però… grazie.»

«Vita mi ha mantenuto sano di mente più volte di quante ne voglia ricordare. Mi ha tenuto con i piedi per terra, mi ha fatto restare umano» dice Jack. «Le devo più di quanto potrò mai ripagare.»

«Capisco quanto sia importante» dico. «Capisco come si possa rischiare di perdere di vista tutto questo quando si è stati parte di tutta la storia cui hai assistito tu.»

«E tu, come pensi che affronterai la storia?» mi chiede. «Di solito ci scorre soltanto accanto. A volte però veniamo travolti nel suo vortice, sballottati qua e là mentre guardiamo le persone a cui teniamo soffrire e morire. E poi veniamo sputati fuori dal vortice e dobbiamo ricominciare da capo. Imparare di nuovo a esistere. Cercare di usare un dannato cellulare. Come pensi che te la caverai?»

«Non lo so» dico, mentre cerco di immaginarlo. «Prima d'ora non avevo mai dato il giusto valore al breve tempo che abbiamo a disposizione su questa terra per fare qualcosa della nostra vita. Adesso so che voglio usare il tempo per fare qualcosa di importante, qualcosa che migliori la vita di tutti. Una cosa del genere dovrebbe darti una prospettiva unica, giusto? Perché non è possibile lasciare tutto sulle spalle della generazione successiva quando sei *ogni* generazione. Tu e Vita avete fatto la guerra e vi siete opposti alle peggiori malvagità. Avete fatto la vostra parte più di una volta. Magari potrei risolvere il cambiamento climatico o cose così. Inoltre, voglio andare ovunque, fare tutto e provare tutto. Se ci riusciamo, non darò mai più un minuto per scontato.»

«Mi piace la tua ambizione» dice Jack con un sorriso ironico. «Sai che potrebbero esserci dei momenti… no, aspetta, cancella. Ci saranno *di sicuro* momenti in cui tu e Vita non sarete amanti, e nemmeno innamorati. In cui vi stancherete l'uno dell'altra, vi darete fastidio a vicenda o verrete separati dalle circostanze. E allora cosa farai?»

«Mia nonna e mio nonno sono stati sposati per sessant'anni» replico. «Quando lui è morto, mia nonna mi ha confessato di averlo odiato per tutti gli anni Ottanta. Cioè, lo amava, ma lo odiava anche. Era stufa di averlo intorno. Hanno tenuto duro, sono rimasti sposati, perché a quel tempo la gente faceva così, perlomeno la classe operaia. E poi un giorno, dopo circa dieci anni di infelicità, solitudine e risentimento, si guardarono e tutto il dolore e le incomprensioni svanirono. Lei disse che era come se si fossero innamorati il giorno prima, e che andò avanti così fino al giorno in cui lui morì. Credo che l'amore sopravviva a tutto, e anche in quei momenti so che alla fine troveremo la strada per tornare l'uno dall'altra.»

«Farai meglio a dimostrarti degno della sua fiducia» dice Jack con leggerezza «perché altrimenti, anche se non posso ucciderti, sono in grado di renderti la vita impossibile a tempo indeterminato.»

«Prendo nota» dico.

«Credo di avere abbastanza bozzetti per iniziare il ritratto» dice. «Vai a chiamare Vita.»

«Il cielo è sereno» dice Jack, guardando la cupola di vetro. «È difficile vedere le stelle nel centro di Londra, ma ci sono comunque, ed è quello che conta.»

«È vero, ci sono» conferma Vita, guardando gli schizzi che Jack ha appeso in giro per il cortile. «Sono fantastici, Jack. L'hai colto alla perfezione.»

In uno dei bozzetti vedo il ritratto di un uomo che sta per sorridere, in un altro un uomo che ha paura, ma anche speranza, in un altro ancora un uomo innamorato. In qualche modo Jack è riuscito a catturare tutto questo e altro ancora nei suoi disegni. In fin dei conti, è un grande artista.

«Allora, è tutto?» gli chiedo nervosamente, cercando di non pensare alla solennità di questo momento. «Niente rituali? Incantesimi? Nessuna offerta sacrificale?»

«No» dice Jack aggiungendo una goccia d'olio alla sua polvere. «A essere sincero, mi sentirei più ottimista se ci fosse di mezzo qualche abracadabra. Ma ho preparato la tavolozza, in legno di tasso come prescritto. E ho mescolato i colori. Ma né tu né io eravamo presenti quando questa parte è avvenuta, Vita, quindi non credo che tu e Ben dobbiate restare qui. Andate a passare un po' di tempo insieme. Provate finalmente quel bel letto a baldacchino nella sala di rappresentanza.»

«Vieni a prenderci quando hai finito» dice Vita. Si ferma per un attimo e poi corre ad abbracciarlo, e lui ricambia l'abbraccio. Gli porgo la mano e lui la stringe.

«Un grazie non basta a ripagarti per quello che stai facendo per me, per noi. Significa così tanto» gli dico. «Anche se non dovessi farcela, è comunque meraviglioso che tu sia stato disposto a provarci.»

«Il suo sguardo è un ringraziamento più che sufficiente» risponde Jack.

«Bene.» Vita si prepara a farmi da guida nella Collezione con gli occhi che le brillano. «Siamo nel museo, di notte. Cosa vuoi fare?»

Un'improvvisa paura mi piomba addosso e si impossessa di me. Sono paralizzato dal terrore e voglio solo tornare a casa, nel mio piccolo cottage a Hebden Bridge. Mettermi a letto, coprirmi gli occhi con il piumone e dormire.

«Ben, stai bene?» chiede Vita.

«Ho paura» rispondo semplicemente. «Ho paura che funzioni. Ho paura che non funzioni. Credo di avere paura da quando ho saputo della mia testa e...» La guardo.

Vita apre le braccia e vado da lei, lascio che mi abbracci e mi stringa così forte che sento il battito del suo cuore.

«Anch'io ho paura» ammette. «Ho paura di perderti. Paura di averti costretto a prendere una decisione di cui forse ti pentirai. Ho paura di quello che stiamo facendo.»

«La vita è terrificante» le sussurro tra i capelli.

«Sì» risponde lei. «Se vuoi possiamo lasciar perdere e tornare a casa. Dirò a Jack di mettere via i pennelli e tenteremo l'intervento e...»

«No» dico, allontanandomi appena da lei per guardarla in faccia. «Sono terrorizzato, ma che razza di idiota volterebbe le spalle a un miracolo come quello che mi avete offerto tu e Jack? Sono sicuro di volerlo. Terrorizzato, ma sicuro. Ora fammi fare il giro della tua splendida casa. Mostrami il tuo ricordo preferito.»

Vita mi guarda negli occhi per un attimo, con forza, determinazione, desiderio.

«O anche quel grande letto di cui parlava Jack» aggiungo con un sorriso.

Mi prende per mano, e inizia a guidarmi su per lo scalone d'onore, mentre una nuova, assillante preoccupazione si fa strada dentro di me.

«Vita» le chiedo quando arriviamo in cima, e lei muove la mano per accendere la fila di lampade che illumina il sontuoso pianerottolo «e se non funziona? Hai pensato a cosa faremo?»

«Onestamente, non ho pensato a molto altro. Ma se non dovesse funzionare, c'è sempre l'intervento.»

«E se fallisse anche quello?» le chiedo. «Che ne sarà di te? Devi promettermi che non rinuncerai a vivere, che non cercherai di nuovo di morire.»

Vita resta immobile, a testa bassa, i capelli le coprono il viso come una tenda scura.

«Non posso pensarci. Non stasera. Stasera dobbiamo credere in quello che stiamo facendo.»

«Ma io ho bisogno di saperlo» insisto. «Ho bisogno di sapere che andrai avanti anche se non va a finire come vorremmo.»

Alza lo sguardo su di me, con le braccia lungo i fianchi.

«Ricordi cosa ti ho detto quando mi hai chiesto se tua madre e Kitty si sarebbero riprese dopo la tua morte? La mia risposta è sempre la stessa. Se ti perdo, Ben, mi si spezzerà il cuore. Sarò devastata. Passerà del tempo – forse degli eoni – e non smetterò mai di pensare a te. Mi mancherai sempre. E alla fine del mondo, quando sarò finalmente libera, avrò il tuo nome sulle labbra. Quindi, no, non mi riprenderò, ma continuerò a vivere: sei stato tu a ricordarmi come si fa. Come potrei dimenticarlo?»

Le prendo delicatamente il viso tra le mani e le asciugo le lacrime dalle guance baciandole. Questa notte non appartiene alla paura. Se sono le nostre ultime ore insieme, le mie ultime ore sulla terra, voglio che siano piene di coraggio, gioia e amore.

La prendo per mano e dico: «Sai, sono convinto che andrà tutto bene. È destino che vada tutto bene. Domani, tra poche ore, guarderemo sorgere il sole insieme, e avremo davanti un futuro da riempire come vogliamo».

«Lo credi davvero?» domanda Vita.

«Con tutto il cuore» rispondo. «E comunque vada, promettimi di ricordarti che mamma e Kitty sono anche la tua famiglia ora.»

«Promesso» dice lei.

«Allora portami a vedere il tuo ricordo preferito.»

«Oh, è questo.» Apre una vetrinetta con l'impronta del pollice e tira fuori un piccolo, semplice anello d'oro con una pietra verde. «Non so se è il mio preferito, ma è il più personale. Me l'ha regalato mia madre.»

«Questo anello?» Lo prendo nel palmo della mano e lo guardo.

«Sì, quando avevo dodici anni» racconta lei. «Mia madre mi chiamò nella sua stanza, mi mise questo anello al dito e mi diede un bacio. La conoscevo appena; era praticamente un'estranea. Ma in quel pomeriggio dorato in cui sedevo accanto a lei, ricordo di essermi sentita così amata.»

Continuo a osservare il semplice cerchio d'oro, un dono d'amore che si completa all'infinito anche quando chi l'ha donato se ne va. Mi faccio coraggio, le prendo la mano sinistra nella mia e la guardo negli occhi.

«Sai, se fossimo persone normali, che si sono incontrate in circostanze normali, avrei aspettato un po' a chiederti di sposarmi. Anche se ho capito di volerlo praticamente dalla prima volta che ti ho vista.»

Vita annuisce in silenzio.

Le infilo l'anello al dito. «Per tutti i giorni della mia vita.»

«Per tutti i giorni della mia vita» ripete lei.

Ci guardiamo negli occhi, immobili. Ora siamo sicuri che, qualunque cosa accada, ci apparterremo sempre.

«Ottimo, posso spuntare una voce dalla mia lista di cose da fare prima di morire» scherzo.

«Non credevo che ne avessi una» commenta lei.

«Nemmeno io, fino a un attimo fa» rispondo. «Ma non si accorgeranno che l'anello è sparito?»

«Può darsi, ma in fondo è mio.»

«E ora dove mi porti?» le chiedo mentre mi guida verso un grande divano.

«Be', tutto ciò che sono lo dono a te.»

«Sei felice?» mi chiede un po' di tempo dopo.

«Sono sempre felice quando sono mezzo nudo su un divano insieme a te» mormoro tra i suoi capelli. Ho il corpo pieno di dolori e formicolii per la stanchezza, ma a dominare su tutto è la sensazione che aspetto da tutta la vita: mi sento completo.

«E sì, sono felice, davvero felice.» Volto il viso verso il suo, e le bacio la punta del naso. «Il tuo amore mi ha salvato, Vita. Anche senza nessuna magia, nessun miracolo. Anche se avessi solo un'altra ora di vita. Il tuo amore mi ha fatto smettere di avere paura di tutto, perché so che questi ultimi giorni con te mi apparterranno per sempre, ovunque io sia.»

«Ti amo, Ben» sussurra, le labbra contro le mie palpebre, che finalmente si chiudono.

Sento il battito del suo cuore, il ritmo del suo respiro. E provo una felicità perfetta.

XI

Il momento per essere felici è adesso.
Il luogo in cui essere felici è qui.

Robert Green Ingersoll

56

La luce del primo mattino si insinua lentamente nel mio sonno e apro gli occhi. La biblioteca è immersa nella quiete, le strade fuori sono quasi silenziose. Ben dorme profondamente accanto a me, con un braccio intorno alla mia vita. Mi sfilo delicatamente da sotto di lui, lo guardo e sorrido. La sua mano scivola giù dal divano. La punta delle dita sfiora appena i tappeti logori. La prima luce di un giorno d'estate entra dalla finestra, color oro pallido, e getta sul suo viso un'ombra screziata. Sta sorridendo. Mi chino e gli do un bacio leggero sulla tempia. Sento la pelle fredda sotto le labbra, allora trovo un cappotto con cui coprirlo, poi vado a cercare Jack.

È seduto in cortile, sul bordo della vasca delle carpe koi, a testa bassa, esausto. Sembra che sia qui da sempre, fuso nel bronzo. Era qui che ci sedevamo a chiacchierare fino a notte fonda, facendo progetti per la nostra prossima avventura, prima che l'abbondanza di tempo cominciasse a sembrare un fardello. Ma da oggi sarà tutto diverso. Da oggi avrò Ben al mio fianco. Non vedo il cavalletto di Jack, né i suoi colori. Tiene la testa poggiata sulla mano con tale abbandono che penso stia dormendo. Non è stata un'impresa da poco quella che ha compiuto per me stanotte. Non solo ha donato un futuro a Ben, ma ha anche accettato la mia scelta, pur sapendo che nulla sarebbe più stato come prima. Un vero dono d'amore.

Gli poso delicatamente un braccio su una spalla.

«Jack, stai bene?»

Alza gli occhi stanchi, mi vede e sorride.

«Sopravviverò» dice. Spalanca le braccia, mi cinge la vita e mi fa sedere accanto a lui.

«Credi che abbia funzionato?» gli chiedo. Per il momento oso appena sfiorare i confini della mia gioia.

«Credo che abbia funzionato» risponde Jack con un sorriso. «Mi sembra che abbia funzionato. Il ritratto di Ben è stupendo. Più ci lavoravo e più capivo come mai ti sei innamorata di lui. Ha una bellezza delicata. Un portamento, una grazia... E credo davvero di aver sentito accadere qualcosa intorno a me. Come l'accumulo di elettricità nell'aria prima di un temporale. Forse stavo creando una congiuntura astrale.»

«Oh, Jack, lo pensi davvero?» gli chiedo. «Ho così bisogno di crederci.»

«È stato come tanto tempo fa» spiega Jack, con un piccolo sorriso. «La forza dell'amore che provavo per Leonardo è tornata in vita; *respirava*. E intanto, sentivo i colori scorrere nelle mie vene, trasformarmi di nuovo nell'uomo che lui teneva tra le braccia. Credo di aver dimenticato cosa significa veramente sentirsi umano, ma per qualche ragione ieri notte è tornato tutto: la gioia, la passione, l'ebbrezza di stargli vicino, la dolce tenerezza che abbiamo condiviso e i momenti di silenzio. È stato come se a ogni pennellata avessi ridipinto me stesso. Leonardo era qui con me, Vita, so che lo era. Nello spirito e nel corpo. Ho sentito...» Abbassa la testa. «Ho sentito di nuovo il suo amore, Vita. Proprio come una volta. È tornato da me, solo per un poco.»

Piange in silenzio, ma allo stesso tempo sorride.

«Come ti senti?» gli chiedo.

«Benissimo» dice. «Mi sento guarito. Sono sicuro che entro l'ora del tè tornerò a maledire il suo nome per l'eternità, ma per adesso sento la pace di cui blateri di continuo. È una bella sensazione.»

Lo bacio sulla guancia e dico: «Ne sono felice».

«Ho dato il tocco finale al ritratto proprio mentre le prime luci dell'alba apparivano all'orizzonte. Una cosa piuttosto prodigiosa, in effetti.»

«Ha funzionato, *per forza*» dico. «Come potrebbe essere altrimenti? E ora la vita ricomincia.»

Jack scoppia a ridere quando mi alzo e mi metto a ballare intorno alla vasca.

«Se non ti amassi così tanto mi offenderebbe constatare che consideri un'esistenza con me come una morte in vita» commenta.

Gli afferro una mano per farlo alzare in piedi: «Non era quello che intendevo. Lo sai che io...»

«Lo so, Vita» risponde. «Non c'è bisogno di aggiungere altro. E poi, ne è valsa la pena solo per vederti di nuovo così, la mia Madame Bianchi, pronta a conquistare il mondo.»

«È tutto nuovo, adesso» esclamo, e lo faccio piroettare mentre ride di gioia. «Ogni posto, ogni avventura, sarà come se la vivessi per la prima volta. Gli farò fare il giro del mondo almeno dieci volte. Tutte le meraviglie di questo splendido pianeta ora sono anche sue, e avremo sempre tempo.» Lascio andare Jack, che si ferma con un'ultima piroetta, ridendo. «E ti prometto che non sarai mai solo. Ti sarò sempre accanto.»

«Finché non mi stufo di te» dice Jack con un ghigno.

«Possiamo mettere su casa insieme» sussurro, mentre guardo le opportunità moltiplicarsi di fronte ai miei occhi. «Non dico che lascerei Londra per sempre, certo che no, ma questa volta...» Lo guardo. «Jack, questa volta penseremo solo al futuro, invece di aggrapparci al passato. Possiamo realizzare tutti i nostri sogni.»

Poi mi guardo intorno in cerca del ritratto: «Posso vederlo?»

«Andiamo a prendere Ben così lo guardiamo insieme, tutti e tre» dice Jack.

Lo oltrepasso di corsa, salgo gli scalini due alla volta, sfreccio più veloce che posso sul pavimento di marmo e arrivo in biblioteca.

Ben non si è mosso di un centimetro. Ha ancora quel sorriso adorabile, dolcissimo sulle labbra.

Mi inginocchio di fronte a lui. Sussurro: «Ben?» Gli strofino una spalla: «Svegliati, Ben. È ora».

Non si muove. Premo le labbra sulla sua guancia fresca.

«Forza, dormiglione, è ora di alzarsi.» Lo scuoto un po'. La sua testa ricade di lato.

«Ben?» Avvicino il viso al suo. Un brivido di angoscia. «Ben?»

Jack entra nella stanza mentre io mi siedo sui talloni.

«C'è qualcosa che non va» dico con un filo di voce. «Ben non si sveglia. Pensi che possa avere una commozione cerebrale o qualcosa del genere? Magari quando ha battuto la testa...» Lo guardo, disperata. «Jack?»

È subito al suo fianco e gli avvicina l'orecchio alle labbra. Aspetto mentre ascolta.

«Non respira» dice Jack, con voce calma ma tesa. «Ma è impossibile. Ha funzionato. Ne sono certo. Ha funzionato.»

«Cosa vuol dire che non respira? Sei sicuro?» Scuoto Ben un po' più forte, la voce strozzata, sempre più in preda al panico. «Ben, svegliati! Svegliati!»

Jack sposta Ben sul pavimento lucido e gli appoggia l'orecchio al petto.

«Ben» imploro. «Ben, dai, è ora di svegliarsi. Forza.»

Jack si mette a sedere sui talloni, con il volto bianco per lo shock. La sua mano trema mentre cerca la mia.

«Vita» dice. «Non c'è battito. È freddo. Credo... credo che fosse così da un po' di tempo.»

«No, non è vero. È caldo, vedi?» ribatto, strofinando la mano di Ben tra le mie. «Quando mi sono svegliata stava dormendo. Avrà battuto la testa e forse è svenuto, ma... Dobbiamo chiedere aiuto. Jack, chiama qualcuno.»

«Vita» sussurra Jack. «Se n'è andato. Ci ha lasciati. Mi dispiace tanto, ma siamo arrivati troppo tardi. Ben è morto.»

«No.» Scuoto la testa e mi accascio addosso a Jack. «No, ti sbagli. È troppo presto. Chiama un'ambulanza! Dobbiamo chiamare qualcuno.»

Jack estrae goffamente il telefono dalla tasca. Lo sento piangere quando si allontana da me per chiamare. Appoggio la testa sul petto di Ben, le lacrime calde scorrono sulla sua camicia. Sento con le mani i contorni familiari del suo corpo forte e inerte. E resto in ascolto con il fiato sospeso. Voglio che il suo cuore batta, voglio vedere il suo torace che si alza e si abbassa, ma c'è solo l'eco del vuoto.

Ora, tutto è niente.

57

TUTTO quello che succede dopo, lo osservo come da lontano. Rimango seduta sul pavimento tenendo la mano di Ben sulla guancia per non so quanto tempo. I paramedici cercano di rianimarlo per tre volte, poi si guardano e scuotono la testa. Vogliono portarlo via, ma io non lascio la sua mano finché una giovane donna non scioglie delicatamente la mia presa e mi comunica dove sono diretti, assicurandomi che potrò rivederlo. «Ma vi sbagliate» le dico. «Non può essere morto. Era qui un attimo fa. Ci siamo appena sposati.»

Dei poliziotti parlano a bassa voce con Jack e mi guardano. Non so cosa gli stiano dicendo, né come riuscirà lui a spiegare cosa ci facevamo qui, ma non me ne importa nulla. Quando i paramedici iniziano a trasportare Ben sullo scalone d'onore, li seguo, un gradino alla volta, fino alla soglia del palazzo, dove attende un'ambulanza. Mi dicono ancora una volta che devo lasciarlo, ma che potrò rivederlo. Mi dicono che qualcuno mi chiamerà.

Quando le porte si chiudono, il veicolo si allontana in silenzio nel traffico mattutino. Resto a guardarlo il più a lungo possibile, finché non si perde nel brusio e nel trambusto dell'ora di punta estiva.

Il tempo non ci è bastato.

Non ci sarebbero bastati tutti gli anni da qui alla fine del mondo, ma non ci è stato concesso di provare. Quando non resta più nient'altro da fare, mi volto e torno nello splendido palazzo che un tempo era la mia casa e che sarà il mio rifugio ancora per un poco. Chiudo la porta e la sprango.

«Il consiglio ha chiuso il museo per oggi» mi spiega Jack. «Gli ho raccontato che c'è stato un incidente durante un evento aziendale. Penserò io a tutto. Non ti preoccupare.»

«C'eravamo quasi riusciti» dico con voce flebile. «C'eravamo quasi.»

«Dev'essere morto nel sonno prima che finissi il dipinto» dice Jack. «Era tra le tue braccia, Vita. È morto mentre ti amava, mentre lo amavi. Non è una consolazione, lo so. Ma è qualcosa.»

«Non è sufficiente» rispondo.

«Vieni, ti faccio vedere il dipinto» dice. «Forse ti sarà d'aiuto.»

Mi lascio condurre per mano nella galleria silenziosa dove il suo quadro è appeso accanto al ritratto di Da Vinci, l'immagine speculare di un'opera realizzata cinquecento anni fa. I loro corpi sono rivolti l'uno verso l'altro, i volti guardano fuori dalla tela. Una coppia perfetta.

Jack ha immortalato Ben in modo splendido. Il lieve sorriso pieno di speranza, la luce calda nei suoi occhi. Il portamento delicato della sua testa geniale. Sul viso di lei ci sono solo tristezza e sofferenza. Su quello di Ben, amore e speranza. Fianco a fianco, si scambiano una promessa.

Jack mi abbraccia. Non resta più altro da fare che piangere a dirotto.

«Ho bisogno di una via d'uscita.» Sono passate ore, anche se non so quante. Quando i miei occhi asciutti hanno preso a bruciare e il corpo a dolermi, Jack mi ha suggerito di andare sul tetto, dove ha versato due bicchieri di whisky dalla sua fiaschetta.

Ed è qui, seduta sul bordo del tetto con le gambe infilate tra le balaustre, che faccio la mia confessione. Non è una rivelazione nuova, ma è sincera. Ora più che mai.

«Voglio invecchiare, Jack. Voglio sapere che ogni minuto è speciale perché non si ripeterà mai più. Che non dovrò più piangere le persone che amo.» Seduti uno accanto all'altra, guardiamo la città che ci ha ospitato e che ci ha permesso di chiamarla casa. «Se ci fossimo riusciti, se avessimo salvato Ben, forse avrei potuto vivere altre cento vite, ma adesso no. Ho bisogno di una via d'uscita. Un bisogno divorante e doloroso.»

«Ma come farò io senza di te?» chiede Jack, tenendomi forte la mano. «A chi potrò raccontare tutti i miei segreti?»

«Ce la farai» gli prometto. «Tu vivi nel momento – l'hai sempre fatto – ed è per questo che te la cavi molto meglio di me. Per te il passato e il futuro non esistono, c'è solo il presente. E non è mai troppo. Senza di me vivrai un numero infinito di presenti e dopo un po' sarò solo un bel ricordo.»

«Vita, io ti amo e non posso sopportare l'idea che tu non sia più qui con me.» La voce di Jack si incrina appena. «In tutti questi anni ho amato veramente solo Leonardo e te. Ma se è ciò di cui hai bisogno, allora ti aiuterò. Credo di aver capito come rompere l'incantesimo. Come farti tornare mortale.»

«Davvero?» Alzo lo sguardo per incontrare il suo e vedo il conflitto nei suoi occhi.

Jack sospira, lascia andare la mia mano e si passa le dita tra i riccioli.

«Mi sono reso conto di quanto fosse semplice solo ieri sera, mentre dipingevo» racconta, con gli occhi fissi all'orizzonte. «Creare un ritratto con il metodo di Leonardo fissa un'anima in un momento del tempo mentre tutto il resto va avanti. Diventa come un sasso conficcato nel letto di un fiume; il tempo continua a scorrerle intorno. Ora, non posso dire di esserne certo, ma mi sembra logico che liberare il sasso lo restituirebbe alla corrente, dove riprenderebbe a scorrere insieme al resto della creazione. Il mio ritratto magico è nascosto chissà dove, ma ovunque sia esiste ancora. Non posso decidere il mio destino, e me ne sono fatto una ragione. Ma il tuo ritratto, Vita, è qui.»

Mi volto lentamente a guardarlo. «Vuoi dire che se lo distruggo sarò libera?» chiedo. «Basta distruggere un Da Vinci e il mio orologio riprenderà a ticchettare?»

«È solo una teoria» dice Jack, cauto. «Ma sì, credo di sì. Non è bizzarro che i misteri più complicati abbiano delle soluzioni così semplici?»

«Ma distruggere un Da Vinci?» dico, ripensando al volto della ragazza che conoscevo così bene.

«Ci riusciresti?» mi chiede Jack.

«Non lo so.» Un allarme suona sul mio telefono, e sussulto. Il bicchiere mi scivola di mano, e scintilla per un momento prima di infrangersi al suolo.

«Dobbiamo andare. Kitty e Sarah sono quasi arrivate.»

Aspettiamo che i passeggeri scendano dal treno sotto le volte di King's Cross. Ho chiesto alla polizia di aspettarli e di lasciare che sia io a dir loro di Ben. Vedo prima Kitty, con Elliot che saltella al suo fianco. Poi sua madre, dietro di loro, che spinge un trolley. Sorridono fino al momento in cui vedono la mia faccia.

Kitty lascia cadere la borsa. Sarah si ferma di colpo.

Corro verso di loro a braccia aperte. Ci stringiamo forte l'una all'altra, ancorate al nostro dolore mentre il resto del tempo scorre intorno a noi, verso un lontano oceano di stelle.

Lo amiamo entrambe, e nulla riuscirà a cancellare il nostro amore.

XI

Carpe diem.

Quinto Orazio Flacco

58

QUELLA sera c'era dell'alchimia nell'aria. Ma non quella che pensavamo. Anche se mi mancano Ben e tutte le persone che ho perduto, e questo non cambierà mai, mi dà una ragione per vivere.

Sono passati quattro mesi da quando abbiamo perso Ben. Quattro mesi bui in cui ho ricominciato, anche se mi sentivo morire. Finché una mattina ho sentito qualcosa muoversi dentro di me, come un frullo d'ali. Sapevo di averlo già provato, ma mi ci è voluto un po' per comprendere cosa fosse. Poi, all'improvviso, ho capito di aver ricevuto il più bello dei doni. Nello stesso momento in cui mi è stata tolta una vita, ne ho ricevuta in dono un'altra.

Ora sono seduta sul pavimento del bagno, con Pablo che gratta fuori dalla porta, e guardo il test di gravidanza che diventa positivo. Mi metto una mano sulla pancia, chiudo gli occhi e aspetto il movimento che conferma la vita dentro di me. Un figlio mio e di Ben, che si prepara al mondo che lo attende, e dove sarà amato così tanto.

«Ciao, piccolino» sussurro. «Sono la tua mamma.»

«Allora?» mi chiede Kitty, che aspetta in cima alle scale.

Mi alzo in piedi, apro la porta e sorrido a lei e a Sarah, seduta tre gradini più in basso.

«Stai per diventare zia» dico a Kitty. «E tu, Sarah, sarai di nuovo nonna.»

Sarah mi getta le braccia al collo piangendo di gioia e in qualche modo ci ritroviamo tutte e tre impigliate insieme a Pablo in un complicato abbraccio a metà delle scale.

«È un miracolo» dice Sarah, anche se non saprà mai quanto. Ma non ha importanza, ora che sono di nuovo mortale.

Il dipinto – il *mio* dipinto – a oggi risulta rubato da misteriosi ladri d'arte, nascosto nel caveau di qualche collezionista privato. Nessuno al mondo, tranne me, sa se rivedrà mai la luce. Io so che non accadrà.

Quando è arrivato il momento, l'ho portato sul tetto di Palazzo Bianchi, dove Jack mi aspettava con una scatola di fiammiferi, e gli abbiamo dato fuoco. Siamo rimasti a guardarlo bruciare, braci color del tramonto che salivano come lanterne verso il cielo scuro, finché si è ridotto in cenere. Ho raccolto quel poco che era rimasto, poi siamo andati al fiume, a spargerlo nelle sue acque. E allora ho saputo che, anche se mancava ancora qualche decennio, un giorno mi sarei riunita a tutti coloro che ho amato e perduto. Mi sarei riunita a Ben.

Il dono della mortalità mi è stato restituito.

Ma negli anni che ci separano da oggi all'eternità trasmetterò a nostro figlio tutto ciò che Ben mi ha insegnato su cosa significa vivere davvero, con tutto il cuore.

Ogni momento è unico, è prezioso. Non potrà mai essere ripetuto.

Questa è la vita.

Ringraziamenti

RINGRAZIO di cuore tutte le persone senza le quali non avrei potuto scrivere questo libro, in particolare Lily Cooper, Hellie Ogden, Ma'suma Amiri ed Emily Randle.

Un grazie anche ai miei amici, in particolare Julie Akhurst e Steve Brown: questo libro è dedicato al loro figlio. Noah vivrà per sempre nei nostri cuori.

E infine, grazie al mio meraviglioso marito Adam per il suo infinito sostegno, ai miei geniali, spiritosi e straordinari figli e ai miei strepitosi cani, Blossom e Bluebell.

Certificato PEFC
Questo prodotto è realizzato con materia prima da foreste gestite in maniera sostenibile e da fonti controllate
PEFC/18-31-226
www.pefc.it

Questo libro è fabbricato da Grafica Veneta S.p.A.
con un processo di stampa e rilegatura certificato 100% carbon neutral
in accordo con PAS 2060 BSI

Finito di stampare presso Grafica Veneta S.p.A.
Via Malcanton, 2 – Trebaseleghe (PD)
su carta HOLMEN
con fibra vergine proveniente da foreste sostenibili holmen.com/paper
Printed in Italy